Vom Wolf Verflucht

Zeitsprünge 2
Aimee Easterling
Ins Deutsche übertragen von Stephan Waba
Erschienen bei Wetknee Books 2023

Kapitel 1

Tru

Es gibt wohl nichts Vergleichbares wie einen Grabraub, um ein erstes Date zu vermasseln. Nicht, dass Drake und ich ein offizielles Date gehabt hätten. Und ich hatte auch nicht vorgehabt, im Grab meines Mannes herumzubuddeln, als wir uns auf den Hügel begaben.

Allerdings war die Umgebung schon von Anfang an bedrohlich. Über uns krümmten sich die Äste der winterkahlen Bäume wie die Finger eines Riesen. Und es war überhaupt keine gute Idee gewesen, keine Taschenlampen mitzunehmen, da der Neumond so gut wie nicht zu sehen war und nicht einmal ein Hauch von Licht den Himmel erhellte.

Kein Wunder, dass mein Fuß an einer Wurzel hängen blieb. Doch bevor ich aus dem Gleichgewicht kam, ergriff Drakes Hand meinen Ellbogen und stützte mich, während sie gleichzeitig eine ganz andere Art von Unruhe unter meiner Haut auslöste.

„Dir ist kalt", murmelte er, weil er den Grund für mein Schaudern falsch eingeschätzt hatte.

Ich schüttelte den Kopf und fügte der Geste Worte hinzu, denn es war selbst für Shifteraugen zu dunkel, um meine Körpersprache zu erkennen. „Nein. Ich mache mir bloß Sorgen um Lynette."

Und das entsprach auch der Wahrheit, wenn auch nicht der ganzen Wahrheit. Zwar hatte mich unser sechzehnjähriger Schützling dazu gedrängt, diesen Ausflug zu arrangieren, aber sie hatte beschlossen, dass es viel zu anstrengend gewesen wäre, zu dem Friedhof hochzulaufen, auf dem Ambrose begraben worden war. Stattdessen spielte sie mit vier jungen Werwölfen Fangen, und zwar genau dort, wo wir unsere Autos geparkt hatten.

In gewisser Weise war das auch gut so. Lynette brauchte Freunde. Sie hatte eine normale Kindheit verdient, um einen Ausgleich zu ihren magischen Händen zu schaffen, die jeden, den sie berührte, in Brand steckten, wenn sie nicht vorsichtig war.

Trotzdem musste ich meine Besorgnis kundtun. „Sie hatte keine Handschuhe an und es hat ganz so ausgesehen, als würde sie gewinnen. Wenn sie dabei jemanden verbrennt, werden die anderen zurückbeißen."

Drakes Knurren verhieß sofortige, blutige Vergeltung. „Das würden sie nicht wagen. Außerdem", fuhr er fort, wobei sein Tonfall zunehmend sanfter wurde, „wird Lynettes Selbstkontrolle immer besser. Du hast einen guten Einfluss auf sie."

Die letzten Worte, die in meine Richtung gerichtet waren, fühlten sich wie eine Liebkosung an. Trotz seines Jobs, trotz seiner Stimme, beschützte Drake alle, die ihm wichtig waren. Lynette, die Streuner ...

... mich.

Die Frage war nur, ob ich überhaupt zulassen konnte, in diese Liste aufgenommen zu werden, nachdem mein letzter Sprung in eine romantische Beziehung so verheerend ausgegangen war. Wenn ich jetzt auch noch einen Teenager hatte, der sich darauf verließ, dass ich ihn beschützen und aus einer ebenso leidvollen Vergangenheit herausführen würde?

Ich erschauderte aus einem anderen Grund als Drakes Nähe, dann kehrte ich zum Thema zurück, bevor mein Begleiter meine körperliche Reaktion überhaupt bemerken konnte. „Der Einfluss zwischen Lynette und mir geht hauptsächlich in die andere Richtung. Hat sie dir erzählt, dass wir letzte Woche Klamotten eingekauft haben, als du in Montana warst?"

Ich zupfte am V-Ausschnitt meines Pullovers, der sich an dieser Stelle auf sehr undamenhafte Weise nach unten zog, sodass ein Stückchen nackte Haut zum Vorschein gekommen war. Die Wahl der Kleidung hatte Lynette getroffen, und ich hatte ihre modischen Ratschläge nur deshalb in Kauf genommen, weil es sie zum Lächeln gebracht hatte. Außerdem hatte ich mich seitdem ein halbes Dutzend Mal daran erinnert, dass das, was in der Zeit, aus der ich stammte, ein gesellschaftlicher Patzer gewesen wäre, heute keineswegs mehr als gewagt galt.

Trotzdem ertappte ich mich dabei, wie ich den Ausschnitt des Pullovers hochzog, was den unglücklichen Nachteil mit sich brachte, dass mir eine kalte Brise über den Rücken lief. Und dieses Mal machte sich Drake nicht einmal die Mühe zu fragen, ob mir kalt war. Wolle umspielte meine Schultern und brachte sein typisches Aroma von Zitronen-Meringue-Kuchen und eine wohlige Wärme mit sich. Mit geschickten Fingern knöpfte er den Mantel unter meinem Kinn zu. Er fummelte nicht ein einziges Mal, obwohl es stockdunkel war.

„Ich unterhalte mich mit Lynette mal über aufdringliches Verhalten", murmelte er in mein Ohr, und ich fröstelte, obwohl mir jetzt in seinem Mantel mollig warm war.

Mühsam neigte ich meinen Körper in die Richtung, in die er sich keinesfalls neigen wollte – weg von dem aufreizenden Werwolf. Drake hatte mir den Ball in unserer Beziehung überlassen, und ich war noch nicht bereit, ihn wieder aufzugreifen.

Also beließ ich es bei Worten, anstatt der körperlichen Anziehungskraft, die sich zwischen uns entwickelte, nachzugeben. „Gefallen dir die Klamotten etwa nicht?"

„Deine Kleidung ist deine Sache. Nicht ihre. Und auch nicht meine." Eine Pause, dann ersetzte ein Summen Drakes übliche raue Stimme. „Aber ja, mir gefällt sehr gut, was du trägst. Meinen Mantel. Und auch das, was sich unter meinem Mantel befindet."

Ich konnte fast die Worte schmecken, die er nicht erwähnt hatte. *Das, was sich unter dem Pullover und dem Rock unter meinem Mantel verbirgt ...*

Jetzt war es nicht mehr nur das zusätzliche Kleidungsstück, das meine Körpertemperatur in die Höhe trieb und ich konnte mir nicht mehr länger einreden, dass ich die Grenze unserer Beziehung, die ich in den Sand gezogen hatte, nicht überschreiten würde. Ja, Lynette zuliebe mussten wir dafür sorgen, dass der Vulkan, den ich zwischen uns spürte, nicht ausbrach und die glühend heiße Beziehungslava auf uns losließ. Zu leicht würde ich mich in diesem Ausbruch verlieren, bevor ich mich wirklich gefunden hatte.

Doch trotz der Dunkelheit hatte meine rechte Hand keine Probleme, seine linke Hand zu finden. Haut streifte über Haut, dann ließ ich meine Finger zwischen seine Finger gleiten, als würden sie nach Hause kommen und sich ausruhen.

Vielleicht war ich ja doch bereit, den Beziehungsball ein wenig vom Boden aufspringen zu lassen.

„Gut so?", fragte Drake, obwohl ich diejenige gewesen war, die die Hand ausgestreckt und ihn berührt hatte. Obwohl der Grad der Intimität unserer Berührung so harmlos war, dass nicht mal ein Grundschüler rot geworden wäre.

„Ich möchte das ja", gab ich zu und widerstand dem Impuls, mehr zu tun, als unsere Finger miteinander zu verflechten, „aber ich wache immer noch schweißgebadet auf, weil ich Angst habe, mich an einen Alphawerwolf zu binden und nicht nur mir, sondern auch Lynette und Neko zu schaden."

Neko war das Kätzchen, für das Drake und ich inoffiziell das Sorgerecht hatten. Der wenig einfallsreiche Name (Katze auf Japanisch) ließ mich jedes Mal, wenn ich ihn aussprach, an meine vergessene Vergangenheit denken. Die besagte Katze schlief gerade in der Tasche des Mantels, den Drake mir geliehen hatte, und ich ließ meine freie Hand zwischen die Stoffschichten gleiten, um seine pelzige Wärme zu umschließen. Als Antwort darauf streckte Neko seinen seidigen Rücken gegen meine Handfläche und die Berührung beruhigte einige, aber nicht alle Erschütterungen, die die Erinnerungen in mir auslösten.

Drake linderte die anderen, so wie er das schon mal getan hatte und wahrscheinlich wieder tun würde. „Ich möchte nichts, wofür du noch nicht bereit bist."

„Damit bist du zufrieden?" Ich hob unsere Hände, die Handflächen eng aneinandergeschmiegt.

„Mehr als zufrieden", murmelte er. „Danke, dass du mich heute Abend mitgenommen hast."

In Wahrheit hatte Lynette sich mein Handy geschnappt und auf Senden gedrückt, bevor ich mich dazu überwinden konnte, die Nachricht zu löschen, in der Drake eingeladen worden war, sich uns anzuschließen. Ich erinnerte mich an Lynettes und mein Lachen, als ich ihr gedroht hatte, ihr lebenslangen Hausarrest zu erteilen. „Sehr romantisch, mit dir das Grab meines Ehemanns zu besuchen."

„Des ersten."

„Des ersten?"

„Des ersten Ehemanns."

Mein erster Ehemann und der erste Alphawerwolf, der ein Interesse an mir bekundet hatte. Ambrose Reed hatte mich als eine Art Katalogbraut um die halbe Welt gelockt, um mich umzubringen, doch stattdessen hatte er mich für über ein Jahrhundert in einen Scheintod versetzt.

Dieser Scheintod – unterstützt durch den Geist meines Schwertschirms – hatte den Großteil meines Gedächtnisses ausgelöscht. Deshalb kannte ich viele der Umstände, die mit Ambroses schrecklichen Taten zu tun hatten, gar nicht. Ich konnte mich auch nicht daran erinnern, wie Drake und ich einander kennengelernt hatten, obwohl er diese Leerstellen bereits mündlich ausgefüllt hatte. Er kannte weder meinen richtigen Namen noch viel von meiner Vergangenheit.

Das war einer der Gründe, warum ich hier war. Ich hoffte, dass der Besuch von Ambroses Grab mir etwas über meine Geschichte verraten würde. Deshalb war ich hier, und außerdem wollte ich in kindlichem Übermut auf der Erde herumtrampeln, unter der Ambrose begraben worden war, um sein längst überfälliges Ableben zu feiern.

Zu diesem Zweck beeilte ich mich auch, als wir aus den Bäumen auf eine Lichtung auf der Hügelkuppe traten. Unter dem kahlen Blätterdach konnte ich ein wenig besser sehen, genug, um die Grabsteine im Gras zu erkennen, das wahrscheinlich irgendjemand ein- oder zweimal in der Saison mäht. In der nahen Dunkelheit war es schwer zu erkennen, wo das neueste Grab liegen mochte.

„Hier entlang." Drake war wie immer gut vorbereitet. Er wies uns den Weg nach Süden, wobei seine Hand mich führte, als wäre mein Arm das Ruder eines Bootes. Die Geste hätte unangenehm sein müssen, aber das war sie nicht. Stattdessen stellte ich mir vor, wir würden tanzen. Eine Gavotte nach alter Art vielleicht, die mit einem Kuss endete.

Meine Wangen brannten, als Drake seinen Arm vor mir ausstreckte. Die Reflexe meiner Füchsin bewahrten mich davor, das Gleichgewicht zu verlieren, und ihre Augen ließen mich einen Augenblick später erkennen, worauf mein Begleiter deutete.

Auf dem Boden vor uns erstreckte sich kein Rasen wie auf anderen Grabstätten. Stattdessen gähnte vor uns ein Loch, das so tief war, dass ich den Boden nicht erkennen konnte und das lang genug war, um sich hineinzulegen.

Irgendjemand hatte das Grab meines Mannes ausgehoben.

Kapitel 2

Tru

Für den Bruchteil einer Sekunde packte mich die Angst wie eine kalte Hand an meiner Kehle. Erinnerungen drängten sich in mein Bewusstsein, Erinnerungen an Ambrose, der mein Ehegelübde dazu missbraucht hatte, mich zu einer willigen Gefährtin zu machen, die sich jeden Tropfen Blut aus dem Leib saugen ließ.

Dann schluckte ich die Angst hinunter. Was auch immer mit seinem Grab geschehen war, Ambrose war *tot*. Dieses Rätsel galt es zu entschlüsseln, sonst gar nichts.

Drakes Handy flammte auf und seine Taschenlampe beleuchtete die Grube und den Erdhügel auf der anderen Seite, während der dunkle Wald um uns herum undurchdringlich erschien. Jeglicher Vorteil, den wir dadurch erlangt hatten, dass wir im Dunkeln hier hochgelaufen waren, war dahin.

Aber das war nicht weiter schlimm. Wir hatten die Erlaubnis bekommen, uns hier umzusehen. Trotzdem brannte mir die Gefahr im Nacken, als ich in ein Loch blickte, das so tief war, wie ich groß war. Am Grund der Grube lag der Deckel eines schlichten Holzsarges schief da, gerade schräg genug, um zu verdeutlichen, dass es sich um Grabräuberei gehandelt haben musste, aber wir konnten nicht hineinsehen.

„Das hier ist nicht mehr frisch", raunte Drake, als er sich hinkniete und die Erde zwischen seinen Fingern zerbröselte.

Das bedeutete, dass derjenige, der dieses Loch gegraben hatte, wahrscheinlich nicht in der Dunkelheit auf uns wartete, um sich auf uns zu stürzen. Trotzdem …

Die Angst, die mich einen Augenblick zuvor noch durchströmt hatte, war nun zu einem heftigen Gefühl der Bedrohung erstarrt. Unser Schützling lief in der Dunkelheit dort herum, wo wir unsere Fahrzeuge geparkt hatten. Die Eltern der Shifter, mit denen sie spielte, befanden sich zwar in den umliegenden Gebäuden, aber bevor ein Teenager auf die Idee käme, um Hilfe zu rufen, konnte schon viel passieren …

Ich zückte mein Handy und tippte auf die Nummer neben Lynettes Gesicht. Es läutete und läutete und läutete, lange genug, damit sich meine hektischen Gedanken zu Bildern zusammenfügen konnten, die Futter für neue Albträume liefern würden.

Wer auch immer Ambroses Grab ausgehoben hatte, konnte auch Lynette gefangen nehmen. Er könnte sie festhalten, so wie sie bereits über ein Jahr lang eingesperrt gewesen war, und die nur notdürftig verheilten früheren seelischen Verletzungen aufreißen. Ihre Hände könnten in Waffen verwandelt werden. Ihre …

„Was ist los?" Unser Schützling war ganz außer Atem, als sie endlich ranging, aber ich konnte das Lächeln in ihrer Stimme hören. Es ging ihr gut und ich wollte sie nicht verängstigen. Trotzdem waren meine Worte kurz und knapp.

„Ich möchte, dass du in eines unserer Autos steigst und die Türen verschließt." Denn ja, es gab erwachsene Shifter in den Häusern in der Nähe … aber wer konnte schon sagen, ob nicht einer von ihnen möglicherweise für den Grabraub verantwortlich gewesen war?

Sofort verschwand die Freude in Lynettes Stimme. Wir saßen wieder in benachbarten Einzelzellen und bereiteten uns auf eine unbekannte Gefahr vor. „Ich lasse die Kids nicht zurück“, stieß sie hervor, bevor sie ihre Spielkameraden herbeirief.

Und auch wenn ich wollte, dass Lynette sich wie ein Kind benehmen konnte, so erfüllte mich ihre Geistesgegenwart doch mit Stolz. „Gute Arbeit“, lobte ich sie und sprach schnell und leise, bevor die jungen Shifter nahe genug herangekommen waren, um mich zu hören. „Mach ein neues Spiel daraus. Clownauto. Mal sehen, wie viele von euch reinpassen und ...“

Mir fiel nichts mehr ein. Wie konnte es Jugendlichen bloß Spaß machen, in einem viel zu kleinen Fahrzeug eingepfercht dazusitzen und darauf zu warten, dass wir zurückkommen und sie retten würden?

Drakes Finger krümmten sich um meine; er wollte etwas sagen. Ich nickte und er hob mein Handy an seine Lippen.

„Mein Ersatzschlüssel befindet sich in einem magnetischen Fach unter dem hinteren Radkasten auf der Beifahrerseite“, raunte er mir zu. „Nimm sie doch mit auf eine kleine Spritztour.“

Ich musste mich auf die Zehenspitzen stellen und mich an Drakes warmen Körper lehnen, um nah genug an das Mikrofon heranzukommen. Das Zittern, das mich dabei durchfuhr, ließ meine Stimme atemlos klingen, als ich Lynette zurief: „Nur eine Sekunde“.

Ich schaffte es, meine Stimme ein wenig sicherer klingen zu lassen, als ich mich an Drake wandte. „Lynette hat doch kaum Fahrerfahrung und dein Auto ist doch so …"

Drakes Auto war neu und schick und passte zu dem Erscheinungsbild, das er in seinem Job abgab. Er war ein Henker – ein Alpha, dessen Rolle darin bestand, sich so gebieterisch aufzuführen, dass selbst Rudelführer sich lieber am Riemen rissen, als seinen Zorn zu riskieren.

Aber Drake schien etwas Anderes im Sinn gehabt zu haben als ich. „Mein Wagen ist gepanzert", schnarrte er. Dann sprach er wieder ins Handy. „Los jetzt. Bleib in der Leitung, bis sich das Auto in Bewegung gesetzt hat. Und halte nicht an, bis ich dich zurückrufe."

NACHDEM DIE KIDS IN Sicherheit waren, wollte ich nicht länger darauf warten, die Geheimnisse des Grabes meines Mannes zu lüften. Aber auch hier hatte Drake andere Vorstellungen.

„Ich sehe mir das mal an", bot er mir an, als ich mit wenig Begeisterung auf den Grund der Grube blickte. Ich lief nicht Gefahr, dort unten stecken zu bleiben. Aber ich war noch nicht dazu bereit, das zu sehen, was sich unter dem schiefen Deckel befand.

Trotzdem schüttelte ich den Kopf. „Nein. Das muss ich selbst erledigen."

Drake knurrte leise, aber er hielt mich nicht auf. Er schaltete lediglich mein Handy in den Taschenlampenmodus und gab es mir zurück, damit er sein Handy für seine eigentliche Aufgabe nutzen konnte – um damit zu kommunizieren.

Im Laufe des Monats, den wir als Teilzeit-Mitbewohner und Vollzeit-Aufsichtspersonen unseres Schützlings verbracht hatten, hatte ich festgestellt, dass Drake allen anderen als mir und Lynette lieber SMS schrieb. Aber er muss wohl gespürt haben, dass ich das Bedürfnis hatte, dass seine stechenden Augen auf mich gerichtet blieben, denn er wählte die Nummer seines Azubis und rief sie an.

„Drake", meldete sich Kira mit einer vor Heiterkeit triefenden Stimme, die ich fast riechen konnte, als ich den Abhang hinabstieg. Ich war froh, dass ich das Gehör einer Shifterin besaß, denn die Unterhaltung über mir lenkte mich davon ab, mich näher mit dem Sargdeckel zu befassen, auf den ich zusteuerte: eine schlichte Oberfläche aus offenbar unbearbeitetem, grob zusammengeschraubtem Holz. Der Spalt zwischen Deckel und Sarg war zu schmal, um hindurchzusehen, aber ich würde nicht den ganzen Deckel aufhebeln müssen, um zu sehen, was da drinnen vor sich ging. Es sah ganz so aus, als hätte jemand bereits ein Brett entfernt, sodass ich leicht Zugang zu dem Ende des Sarges erhielt, das sich am nächsten zu meinen Füßen befand.

„Lass mich raten", fuhr Kira fort, und ihre freche Stimme stand im völligen Gegensatz zu dem, was ich mir unter dem losen Brett vorstellte, das ich längst hätte wegschieben müssen. „Du willst mich von einem Date abhalten, um mit meinem Witz und meiner Schönheit die Herzen von furchterregenden Werwölfen in Angst und Schrecken zu versetzen."

„Nah dran“, schnarrte Drake. „Du musst unverzüglich einen Wagen voller Jugendlicher aufsammeln und sie zu Reeds Friedhof bringen.“

„Der ist wenigstens in der Nähe“, antwortete Kira. „Meinst du, ich schaffe es rechtzeitig zum zweiten Film zurück? Heute Abend läuft eine Doppelvorstellung im Autokino. Du solltest auch mal mitkommen. Bring doch auch deine Gefährtin mit.“

Ich hatte schon nach dem losen Brett gegriffen, das nicht ganz so lose war, wie ich gedacht hatte. Aber meine Hand verharrte und wartete auf Drakes Antwort. Denn Kira hatte sich wohl missverständlich ausgedrückt. Wir waren keine Gefährten.

Ich hatte nur eine einzige Erinnerung an einen Kuss zwischen uns beiden, und diese Erinnerung war verschwommen, bevor ich angefangen hatte, mein Gedächtnis bei jedem neuen Morgengrauen zu behalten. Bald darauf hatte ich klargestellt, dass ich nicht bereit für eine romantische Beziehung war, und Drake hatte das Thema nicht weiterverfolgt.

Aber auch wenn er nicht in der Stadt war, haben wir jeden Abend telefoniert, vorgeblich wegen Lynette, aber oft über Themen, die überhaupt nichts mit unserem Schützling zu tun hatten. Drake hatte alles stehen und liegen gelassen, um mich hier zu treffen, obwohl er gerade mitten in einem Job steckte, und er hatte sich auch nicht darüber beschwert, dass der Saum seines teuren Mantels durch den Dreck geschleift wurde, während er mir den Rücken freihielt.

Also rüttelte ich nicht an dem Brett, um es von der Erde zu befreien, die sich darauf angesammelt hatte. Ich kauerte einfach im Grab meines Mannes und schaute zu dem

Alphawerwolf hoch, dessen Blick mich selbst aus dieser Entfernung wärmte. Seine Augenbrauen schossen fragend nach oben.

Ich war mir nicht ganz sicher, worauf ich mich da eigentlich einließ – auf ein einfaches Doppeldate oder auf eine Verpaarung mit diesem Mann, der mich so sehr in seinen Bann zog, dass ich oft vergaß, warum ich seinen Annäherungsversuchen nicht schon längst nachgegeben hatte. Wie auch immer, ich nickte. Und der Duft von Zitronenkuchen verdrängte plötzlich den Gestank von Schmutz und Verwesung.

„Das wäre toll", antwortete Drake. „Aber später. Im Augenblick sitzen fünf verängstigte Jugendliche in einem Auto und brauchen dringend Geleitschutz."

Danach legte er auf und rief erneut Lynette an, um ihr Anweisungen zu geben, wo sie Kira treffen sollte, und um ihr gleichzeitig ihre Telefonnummer zu geben. Und obwohl ich mich danach sehnte, mich in seinem Blick zu sonnen, der sich unentwegt auf mich richtete, zwang ich mich, mich auf etwas ganz Anderes zu konzentrieren.

Dies war nicht der richtige Zeitpunkt, um sich zu sonnen. Wenn ich wissen wollte, was für eine Zukunft Drake und ich möglicherweise teilen würden, musste ich zuerst mit dem unangenehmsten Teil meiner Vergangenheit fertig werden.

Zu diesem Zweck rüttelte ich ein wenig fester an dem losen Brett. Diesmal löste es sich und ließ einen Schwall von Erde in den selbstgefertigten Sarg hinunterrieseln.

Ich hatte erwartet, dort das Gesicht meines toten Mannes zu finden, oder vielleicht seinen Schädel. Mit der

Geschwindigkeit der menschlichen Verwesung war ich nicht besonders vertraut.

Doch was ich fand, war noch viel schlimmer. Kein Gesicht. Keinen Schädel. Überhaupt keinen Beweis dafür, dass mein mörderischer Ehemann tot war.

Kapitel 3

Tru

Es war zwar nicht gerade die vernünftigste Reaktion, aber ich *musste* plötzlich wissen, ob diese raue Holzkiste lediglich ein Ablenkungsmanöver war. Also ließ ich mich auf den Bauch sinken und steckte meinen Arm durch die Öffnung, wo das Brett gewesen war, und tastete in der Finsternis herum.

Nichts. Nichts. Dann stießen meine Finger plötzlich auf etwas Hartes, und Ambroses dröhnendes Lachen holte eine längst vergessene Erinnerung zurück ins Bewusstsein.

„Dein Blut ist köstlich." Er hatte sich über mich gebeugt und eine der hunderten von Glasfläschchen, die er sorgfältig mit einer Mischung aus meinem Blut und einem farblosen Konservierungsmittel gefüllt hatte, zwischen Daumen und Zeigefinger geklemmt. Seine Lippen waren blutig von der Kostprobe, die er bereits zu sich genommen hatte, und er machte sich nicht die Mühe, das Rot abzuwischen, das seine Lippen besprenkelte.

„Warum?" Ich verschluckte mich an dem Wort und war kaum in der Lage zu sprechen. Mir war so schwindelig. Wenn ich nicht schon dagelegen hätte, wäre ich hingefallen.

„Sieh mal." Er breitete seine Arme aus und ich blinzelte und versuchte, mich zu sammeln. Das Gesicht meines Mannes schien

leicht zu schimmern, als würde er sich in seine Wolfsgestalt verwandeln, obwohl er immer noch eindeutig menschlich aussah.

Dann verstand ich, was passiert war. Die kleinen Fältchen um seine Augen hatten sich geglättet. Die wenigen weißen Strähnen in seinem Haar waren zu einem glänzenden Braun zurückgekehrt.

Ambrose stahl mein Leben, um sein eigenes zu verlängern. Und in Anbetracht meines Ehegelübdes konnte ich überhaupt nichts dagegen tun.

Er lachte wieder, der Klang war tief und klangvoll. Eine Hand landete auf meiner Schulter ...

Allerdings nicht bloß in meiner Erinnerung. Ambrose war tatsächlich *hier*. Er wollte mich wieder ausbluten lassen und ...

Zum Glück war ich nicht mehr so unschuldig wie beim letzten Mal. „Mein Schwur ist mit dir gestorben!", fauchte ich ihn an.

Ich wusste zwar nicht, ob das stimmte, aber ich wollte auch nicht abwarten, um es herauszufinden. Dann fummelte ich nach dem Schlitz in meinem Rock, den ich mit einem Klettverschluss versehen hatte. Der Schlitz klaffte unter meinen Fingern auf. Und schon lag das Messer, das ich mir an den Oberschenkel geschnallt hatte, in meiner Hand, als ich mich herumdrehte, um gegen den Mann zu kämpfen, der mich schon einmal umgebracht hatte.

Um das Messer zu ergreifen, musste ich allerdings mein Handy fallen lassen. Es lag mit der Vorderseite nach unten auf der Erde und sein Schein gab nur einen schwachen Lichtschein zwischen uns beiden ab. So konnte ich nur die gewaltige Größe meines Gegners wahrnehmen, als er sich über mich beugte.

Alles, was ich riechen konnte, war das Fell, das unter seiner Haut wartete.

Seine riesigen Hände waren jedoch zum Himmel erhoben. Kein Wunder, wenn mein Messer an seiner Kehle saß. Diese Runde hatte ich gewonnen.

„Ich hätte dich nicht anfassen sollen."

Das vertraute Knurren umspielte mich und ich atmete tief die Luft ein, die nun noch kälter war als einen Augenblick zuvor, und merkte erst jetzt, dass ich den Atem angehalten hatte. „Drake?"

Der massige Schatten nickte, dabei schnitt mein Messer in seine Haut. Ich konnte sein Blut riechen, genauso salzig wie die Flüssigkeit, die die Lippen meines Mannes benetzt hatte. Meine Finger zitterten. Und meine Waffe purzelte nach unten zu meinem Handy.

„Ambrose Reed ist tot", fuhr Drake fort, als hätte er meine Gedanken gelesen. „Ich habe ihn sterben sehen und ich werde dir beweisen, dass er nicht mehr am Leben ist."

Und genau das tat Drake in der nächsten Stunde.

ER BEGANN DAMIT, DIE ersten beiden Bretter mit bloßen Händen zu lösen und legte die Schultern eines ausgetrockneten, kopflosen Skeletts frei. Und als ich immer noch nicht aufhören konnte zu zittern, holte er ein Multitool heraus und löste jede Schraube an der Oberseite des Sarges, um den Rest der Überreste meines Mannes freizulegen.

Zerfallene Kleidungsstücke waren über Knochen und Bindegewebe geschlungen. Wenn nicht jemand anderes in dieses Grab gelegt worden war, war ich tatsächlich Witwe.

Und Drake schwor, dass er persönlich für den Transport von Ambroses Leiche quer durchs Land verantwortlich gewesen war, um sie im letzten Frühjahr Reeds Rudel zu übergeben. „Die Handflächen mussten eingefettet werden", räusperte er sich. „Wir balsamieren unsere Leichen nicht ein und menschliche Gesetze können beim Überqueren von Grenzen ziemlich hinderlich sein."

„Wenn du sagst, dass er tot ist, ist er auch tot." Dann runzelte ich die Stirn und schenkte dem Mann vor mir endlich meine Aufmerksamkeit. „Ich habe dich geschnitten."

Und, zugegeben, vielleicht wollte ich ja auch einfach nur eine Ausrede, um jemanden anzufassen, der am Leben war und nach Zitrone duftete. Immerhin war die dünne rote Linie von meinem Messer bereits am Abklingen und bedurfte keiner Behandlung. Trotzdem griff ich in die Tasche mit dem Kätzchen und holte das Stofftaschentuch heraus, das Drake immer dort aufbewahrte, um damit die Verletzung zu betupfen, die ich ihm beigebracht hatte, während ich in Erinnerung und Angst versunken war.

„Nicht das erste Mal." Drakes Kratzen vibrierte durch das Tuch und in meinen Fingern und löschte die Angst vor der Vergangenheit vollständig aus, während es die Luft um uns herum erwärmte. Vielleicht war es gar nicht so plötzlich so kalt geworden, wie ich angenommen hatte. Vielleicht hatte ich mich einfach zu weit von Drakes verlockender Wärme entfernt.

So fand uns Lynette, die zusammen mit vier jungen Wölfen und der Azubi, die Drake gerufen hatte, um sie abzuholen, ankam. Letztere leuchtete mit einer riesigen Taschenlampe auf uns herab, während der größte Wolf sich umdrehte, um alles abzufangen, was hinter uns aus dem Wald auftauchen mochte. Und Lynette sprang hinunter in ein Loch, das sich plötzlich wie überfüllt anfühlte. Nur schnelle Reflexe bewahrten Drake vor einer blutigen Nase, als unser Schützling salutierte.

„Melde mich zum Dienst. Was hat der Bas...“ Sie hustete und schien ihre Wortwahl zu überdenken. Dabei liefen ihre Wangen knallrot an. „Was hat der *Grabräuber* angefasst?“

Ihr Gestammel ließ Lynette jünger wirken, als sie tatsächlich war, und ich öffnete den Mund, um ihr zu versichern, dass sie das hier nicht zu tun brauchte. Ich hatte noch gar nicht bedacht, dass eine Jugendliche beim Untersuchen eines offenen Grabes den alten traumatischen Erinnerungen neue hinzufügen könnte.

Außerdem war das gegenwärtige Rätsel nicht so vordringlich, dass wir Lynettes neu gewonnene Kindheit unterbrechen mussten. Mein Mann war *tot*. Was auch immer mit seinem Grab passiert war, war nicht wichtig genug, um das normale Leben zu stören, das ich für unseren Schützling aufzubauen versuchte.

Aber Drake schüttelte leicht den Kopf und lenkte Lynettes Aufmerksamkeit wortlos auf das einzelne Brett, das von Anfang an schief gewesen war. Sie streckte die Hand aus, um es zu berühren, und nutzte dabei ihre glühenden Finger, die sie bei Berührungen mit leblosen Gegenständen auch Bruchstücke aus der Vergangenheit sehen ließen.

Ihre Augen schlossen sich und jetzt sah Lynette nicht mehr wie das Kind aus, das wir beim Fangenspielen mit jungen Shiftern zurückgelassen hatten. Stattdessen war sie wieder eine junge Frau, die tat, was sie tun musste, um zu überleben.

Es war eine schreckliche Idee gewesen, sie überhaupt in diesen Schlamassel zu verwickeln.

Dann zuckten Lynettes Wimpern. Und als sie ihre Augen öffnete, sprach sie zu mir. „Das wird euch jetzt gar nicht gefallen."

Mir gefiel das Ganze schon jetzt nicht. „Sag schon."

„Es war *Kami*." Lynette wippte auf ihren Fersen und entfernte sich so weit wie möglich von dem Stück Holz, das sie gerade angefasst hatte. „Sie hat das Grab ausgehoben und den Kopf des Toten mitgenommen."

Kapitel 4

Tru

Wenn es jemanden gab, über den ich mich noch weniger freute als über die Erinnerung an meinen toten Ehemann, dann war es *Kami*. Noch vor einem Monat hatte ich gedacht, dass unsere körperliche Ähnlichkeit bedeutete, dass sie eine Schwester oder vielleicht eine Tochter und außerdem meine beste Freundin war.

Dann stellte sich jedoch heraus, dass sie nicht meine Freundin war, nicht einmal eine richtige Person. Stattdessen war *Kami*, nun ja, ein *Kami*, ein Geist, der mich vor über einem Jahrhundert vor dem Tod bewahrt hatte, als mein Mann blutdürstig geworden war ... und der in jüngster Zeit die Hälfte der Leute um uns herum entführt und getötet hatte, während er täglich meine Erinnerungen gestohlen hatte, um damit seine eigene Kraft zu stärken.

Das Verlies, in dem Lynette und ich vor einem Monat gelandet waren? *Kamis* Werk. Und als ich die Verbindung zwischen uns gekappt hatte, in der Hoffnung, dass sich die Frau, die genauso aussah wie ich, sich aber wie mein böser Zwilling verhielt, in Luft auflösen würde, war *Kami* stattdessen mit dem Gesicht einer anderen Frau aus dem Gebäude getürmt.

Ja, die Tatsache, dass *Kami* Gestalt angenommen hatte, um einen Grabraub zu begehen, war also eine denkbar schlechte Nachricht. Das erklärte aber noch lange nicht, warum Lynettes Hände so zitterten. Ebenso wenig den dunklen Fleck unter dem Ohr unseres Schützlings, bei dem ich den leisen Verdacht hatte, dass es sich nicht um Dreck handelte.

Ich war auch nicht die Einzige, die das bemerkt hatte. „Du warst ganz schön aufgewühlt, bevor du das Brett angefasst hast", murmelte Drake. „Warum?"

Lynette schüttelte den Kopf, während ein nackter junger Mann, der neben Kira stand, das Wort ergriff. „Lynette wird gleich behaupten, dass sie das Auto zu Schrott gefahren hat, aber das hat sie nicht."

Der Sprecher musste ein paar Minuten zuvor noch in Wolfsgestalt gewesen sein, wahrscheinlich der Wolf, der uns allen den Rücken freigehalten hatte, indem er in den dunklen Wald gestarrt hatte. Ich hatte gedacht, dass die Kids, mit denen Lynette Fangen gespielt hatte, alle jünger waren als sie, aber da hatte ich mich wohl geirrt. Denn dieser Kerl hielt sich wie ein Mann, zumindest bis Drake seine grauen Augen in seine Richtung richtete.

„Sprich."

„Ja, Sir." Und jetzt wurden die Anzeichen der Jugend des Teenagers wieder sichtbar. Seine Lippen bewegten sich, aber es kamen keine weiteren Worte heraus.

Dass Drakes Blick einem förmlich den Mund austrocknete, war keine Überraschung, aber dieser Blick schien unverhältnismäßig, nachdem Lynette am Steuer gesessen hatte und alle unverletzt aus dem Autowrack gekommen zu sein schienen. Auf der Suche nach Hinweisen betrachtete ich unseren Schützling, dessen Augen auf eine Art und Weise funkelten, wie ich das noch nie zuvor gesehen hatte. Dann betrachtete ich Drake, der, wie ich jetzt erkannte, besitzergreifend einen Arm um die Schultern des Mädchens gelegt hatte, während er den Teenager leicht anknurrte.

So war das also, nicht wahr?

Ich murmelte so leise, dass nur ein Shifter in der Nähe mich hören konnte, und schlug vor: „Du solltest dich vielleicht mit dem Beschützen etwas zurückhalten, wenn wir heute Abend Antworten bekommen wollen. Das sind Teenager. Da darf man schon mal verknallt sein."

Als Antwort darauf verzog Drake nur leicht den Mund. Dann verstummte das Grollen in seiner Brust und er neigte seinen Kopf nur ein klein wenig, sodass das arme Kind, das er stirnrunzelnd ansah, tief durchatmen und dann das Wort ergreifen konnte.

„Wir waren in einer unübersichtlichen Kurve, Sir, und die Straßen hier sind nicht wirklich breit genug für zwei Autos, es sei denn, man hält sich dicht am Straßenrand."

Jetzt hatte auch Lynette ihre Sprache wiedergefunden. „Es ist trotzdem meine Schuld, Erik. Ich bin es nicht gewohnt, ohne Straßenbeleuchtung unterwegs zu sein und ich war in der Mitte und ..."

„Verstehst du denn nicht?", konterte der junge Mann und wandte sich an das Mädchen, das er offensichtlich ins Herz geschlossen hatte. „Er ist dir doch *entgegengekommen*. Du hast getan, was du konntest, um ihm auszuweichen."

„Er?" Drake räusperte sich, wobei er dieses Mal einen ruhigen Ton anschlug. „Hast du den anderen Fahrer gesehen?"

„Ich glaube schon, aber ich habe nicht viel erkennen können. Es war ganz dunkel. Und als wir von der Straße abgekommen sind, hat sich unser Auto überschlagen und die Kids auf dem Rücksitz haben sich erschrocken."

„Würdet ihr den anderen Fahrer denn wiedererkennen?", fragte ich die beiden Teenager.

Lynette schüttelte den Kopf, aber Eriks Achselzucken war eher unsicher. „Ich meine, vielleicht? Ich komme mit Zahlen besser klar als mit Gesichtern. Aber Buchstaben sind eigentlich auch nur Zahlen, wenn man sie von der Seite betrachtet und ..."

„Was er damit sagen will", mischte sich Kira ein, „ist, dass er sich das Nummernschild gemerkt hat und es mir sofort aufgesagt hat, sobald ich aufgetaucht bin. Unsere übliche Kontaktperson ist im Mutterschaftsurlaub, aber ich sollte bis morgen einen Namen und eine Adresse haben."

In der Vergangenheit hatte ich die Zusammenarbeit zwischen Drake und seinem Azubi nicht wirklich verstanden. Drake hatte Kira zweimal zu sich gerufen, damit sie ihn bei der Arbeit als Henker unterstützte, seit meine Erinnerung aufgehört hatte, jeden Tag zu verblassen, und beide Male, als ich sie am Telefon belauscht hatte, waren mir Zweifel gekommen, warum er sie überhaupt in die Sache miteinbeziehen wollte.

Kira war einfach so fröhlich und angenehm. Und der Job des Vollstreckers war einfach so ... anders.

Aber jetzt bewies sie, dass sie mit ihrem Lächeln genauso viel ausrichten konnte wie Drake mit seinem Knurren. „Ich habe auch ein paar Wölfe von Reed hinzugezogen, die auf dem Friedhof herumschnüffeln sollten, obwohl die Spur schon ziemlich kalt zu sein scheint. Beide Ansätze werden eine Weile dauern, also sollten wir die Kids bei ihren Eltern absetzen und der Rest von euch kommt für die Nacht zurück nach Gate City. Mein Gefährte und ich haben genug freie Betten für jede erdenkliche Schlafsituation und" – sie schien fast vor Freude zu strahlen – „ich würde wirklich gerne mein Date zu Ende bringen."

Daraufhin warfen Drake und ich uns einen Blick zu und tauschten wortlos unsere Einschätzung aus, was wir uns angewöhnt hatten, um nicht von Lynette um den kleinen Finger gewickelt zu werden. Seine gerunzelten Brauen erinnerten mich daran, dass wir nicht beabsichtigt hatten, unser Treffen auf dem Friedhof auf die ganze Nacht auszuweiten. Schließlich erwartete unsere Mitbewohnerin und Vermieterin Rosa mich und Lynette heute Abend zurück in Lexington und Drake hatte einen Job – wenn auch einen nicht zeitkritischen –, für den er in den Süden musste.

Mein kurzer Seitenblick hingegen deutete darauf hin, dass Lynette so zittrig auf den Beinen war, dass wir froh sein konnten, wenn sie es ohne Hilfe durch den Wald zurück zu meinem Auto schaffte. Unser Schützling brauchte jetzt ein Bett, und zwar nicht nach einer dreieinhalbstündigen Fahrt neben einer Fahrerin, die gerade erst den Umgang mit einem modernen Kraftfahrzeug erlernt hatte. Außerdem – ich biss mir auf die Lippe, als ich an den jungen Werwolf neben Kira dachte – wenn Erik Recht hatte und jemand die Kids absichtlich von der Straße gedrängt hatte, hatte ich nicht vor, das Gebiet zu verlassen, bevor ich nicht sicher war, dass der Schuldige nicht hinter unserem Schützling her sein würde.

Schon gar nicht, wenn *Kami* im Spiel war.

Drake wollte zwar nicht, dass Lynette und ich in der Nähe von *Kami* waren, aber er wusste auch, dass ich das Thema nicht fallen lassen würde. Also entschied er mit einem leisen Seufzer, dass es wohl besser wäre, wenn wir in seiner Nähe blieben, als uns ohne ihn auf Spurensuche zu begeben. Er hob Lynette und mich aus dem Grab und nahm höflich das Angebot an, dass wir alle drei in dem neu gebauten Schlafsaal im dritten Stock der Bar, die Kiras Gefährte als Hauptquartier des Rudels nutzte, untergebracht würden.

Dort war ich vor sechs Monaten aufgetaucht. Und an diesem Ort war ich auch Drake zum ersten Mal begegnet, ein Treffen, an das ich mich nur allzu gerne zurückerinnern würde.

Es war aber auch der Ort, an dem anscheinend meine Leiche begraben worden war. Ja, ich war nicht gerade begeistert davon, die Nacht über meinem eigenen Grab zu verbringen.

Doch Lynettes Bedürfnisse hatten Vorrang. Und eine Stunde später, nachdem der Teenager in sein Bett gekrochen war und Kira sich auf den Weg zu ihrem Gefährten gemacht hatte, war ich erleichtert, dass ich schon bald auch mein eigenes Bett haben würde.

Zuerst aber nutzte ich meine momentane Einsamkeit, um Rosa anzurufen und ihr mitzuteilen, dass wir heute Abend nicht zu Hause sein würden, vielleicht nicht einmal morgen. „Aber wenn du mich für die Arbeit brauchst …", schloss ich.

„Du weißt doch, dass die Nichte, die mich vertritt, meistens ihre Schwester dabeihat. Und Clara wird sich freuen, wenn sie sich was dazuverdienen kann."

Das war eine gute Nachricht, vor allem, weil ich Rosa so nicht ermahnen musste, ja nicht den Putzjob wieder aufzunehmen, den sie seit der Gehirnerschütterung, die sie letzten Monat durch *Kami* erlitten hatte, anderweitig vergeben hatte. Der Arzt hatte darauf bestanden, dass Rosa bloß leichte Arbeiten verrichten sollte, bis sie nicht mehr ohne Vorwarnung wegschlummerte, aber die ältere Frau hielt Ruhe für äußerst unschön.

„Ich hoffe, du weißt, wie sehr wir alles zu schätzen wissen, was du für uns getan hast", begann ich, und Rosa unterbrach mich, bevor ich fortfahren konnte.

„Ich würde mich viel mehr über einen Bericht von Lynette freuen, dass du und dieser hübsche Werwolf euch nicht mehr wie Öl und Wasser aufführen würdet. Wo ist Drake eigentlich? Und warum bist du nicht bei ihm?"

„Ich passe auf Lynette auf." Um dafür zu sorgen, dass sie schlafen konnte, anstatt den Autounfall wieder und wieder zu erleben.

„Mach dir selbst vor, was du möchtest", entgegnete Rosa. „Aber erwarte nicht, dass ich dir deine Lügen abkaufe."

Sie hatte ja Recht. Vielleicht folgte ich deshalb, nachdem ich das Gespräch beendet hatte, Drakes Duftspur durch das riesige Gebäude, das mir nur aus den Erzählungen über unser Kennenlernen vor Monaten bekannt war. Damals waren meine Erinnerungen jeden Morgen verflogen. Deshalb erkannte ich den Raum, den ich jetzt betrat, auch nicht wieder.

Trotz der Dunkelheit war Drake nicht zu übersehen, wie er an der Bar saß und nachdachte. Ohne lange zu überlegen, ließ ich mich neben ihn sinken und drückte meine Schulter an seine Schulter. Denn ich brauchte die moralische Unterstützung durch den Körperkontakt, um über das unausgesprochene Thema nachzudenken – oder vielmehr über die Grube, aus der ich sechs Monate zuvor auferstanden war.

„Nur, weil wir hier sind", murmelte Drake, der meine Gedanken so leicht lesen konnte, als hätte ich sie ausgesprochen, „heißt das noch lange nicht, dass du es dir ansehen musst."

„Aber ich möchte", antwortete ich, obwohl das nicht das richtige Wort war. Es war eher ein Verlangen, über das ich keine bewusste Kontrolle hatte. Und doch unterschied es sich deutlich von der prickelnden Spannung, die mich zu dem Mann an meiner Seite zog, wenn wir uns in unmittelbarer Nähe befanden.

So wie jetzt.

„Also gut." Drake hielt mir seine Hand hin, obwohl es für meine Shifteraugen so einfach war, sich in dieser leeren Bar zurechtzufinden, als würde ich an einem sonnigen Nachmittag über einen Bürgersteig schlendern. Ich ließ meine Hand in seine gleiten, genau wie auf dem Friedhof, und die Berührung von Haut zu Haut zog meine Brust zusammen.

Ich war auch nicht die Einzige, die davon berührt worden war. Drakes Stimme wurde noch tiefer als sonst, als er hinzufügte: „Es ist dort drüben."

Dann zwickte die Kälte an meinen Fingern, als er meine Hand losließ, um eine Innentür mit einem eingravierten Halbmond zu öffnen und mich in einen Raum zu führen, der in jedem anderen Lokal ein Partyraum gewesen wäre. Im Full Moon Saloon, so erfuhr ich, diente er stattdessen als Treffpunkt für Werwölfe, die sich nicht vor neugierigen Blicken der Menschen fürchten mussten, wenn einige von ihnen sich für ihr Fell entschieden. Es gab keine Fenster, die nach draußen führten, also schaltete ich dieses Mal das Licht an, bevor ich die Tür schloss, durch die wir gekommen waren.

Im grellen Neonlicht wirkte die Klappe im Boden nicht sonderlich eindrucksvoll. Drake zog sie mühelos auf und gab einen unterirdischen Raum frei, der nicht viel größer war als ein Schrank, und der von allen Seiten von Kalkstein umgeben war.

Ich legte meinen Kopf schief und versuchte, mir einen Reim auf das Ganze zu machen. „Hier war also der Fuchsschädel?" Der Fuchsschädel, der, wie wir vermuteten, mir gehörte. Er war von *Kami* gestohlen und hier einzementiert worden, sodass ich seit über einem Jahrhundert in einem Schwebezustand zwischen Leben und Tod gefangen war.

Drake nickte. „Keine neuen Erinnerungen?"

Ich blickte hinunter in die Grube und versuchte, irgendwelche Bruchstücke aus der Vergangenheit aufzuspüren, die mit diesem Ort zu tun hatten. Durch Drakes Berichte wusste ich, wie wir uns kennengelernt hatten und dass ich sowohl geistig als auch körperlich vollkommen entblößt aufgetaucht war. Ich hatte Angst vor Drake wegen seines Alphageruchs gehabt und er war vom ersten Augenblick an gebannt von mir gewesen.

Ich konnte mir die Szene zwar gut vorstellen, aber ich wollte mehr. Ich wollte mich an unsere ersten Blicke erinnern können. Wollte den Beginn dieser Beziehung von Anfang an miterleben.

Aber das Nichts, das die meisten Ereignisse vor dem Tag, an dem ich meine Verbindung zu *Kami* abgebrochen hatte, verbarg, blieb undurchdringlich. Ich schüttelte den Kopf und verpasste dabei fast das Aufblitzen eines dunklen Schattens, als Neko aus Drakes Manteltasche direkt in das Loch sprang.

Wir hätten uns denken sollen, dass das Kätzchen Ärger machen würde. Nachdem er den ganzen Tag geschlafen hatte, wurde er nach Einbruch der Dunkelheit immer abenteuerlustig und verspielt. Aber in einem verschlossenen Gebäude konnte er ja nicht weglaufen.

Zumindest hatten wir das gedacht. Aber das Loch war jetzt nicht mehr bloß ein Loch. In dem Augenblick, in dem Neko hineingesprungen war, hatte es sich in einen Tunnel aus Licht verwandelt, der an den Rändern pulsierte. Und unser Haustier stakste diesen Tunnel so unbekümmert entlang, als wäre er ein Kratzbaum, der nur zu seinem eigenen Vergnügen gebaut worden war.

„Neko!" Ich dachte nicht weiter nach. Stattdessen stürzte ich mich einfach in die Grube, um das Kätzchen zu retten.

Nur setzten meine Füße nicht auf. Stattdessen sackte der Boden unter mir weg und ich rutschte ins blendende Licht, bevor Drake mich zurückziehen konnte.

Kapitel 5

Tru

Ich landete barfuß auf etwas Rauem und die Spannung in meinen Muskeln löste sich, ohne dass ich das bewusst wahrgenommen hätte. Ich war nicht in Gefahr. Nicht, wenn die einzige anwesende Person mit dem Rücken zu mir stand und ihr Körper mich an Rosa erinnerte, nur mit glatterem Haar als meine jetzige Vermieterin und Freundin.

Der Raum hingegen war ganz anders als die Gebäude, in denen ich mich in den letzten Monaten aufgehalten hatte. Geflochtene Schilfmatten überzogen den Boden, Licht schien durch Papierschirme und alles roch ein bisschen süßer als zu Hause.

Süßer ... und auch zutiefst vertraut. Gespenstische Arme drückten mich fest an sich, wie bei einer Umarmung, und die Lösung des Rätsels wurde blitzschnell klar.

Diese Frau zog meine Aufmerksamkeit nicht auf sich, weil sie mich an Rosa erinnerte. Nein, ich vermutete, dass ich Rosa so schnell und herzlich in mein Leben gelassen hatte, weil die Frau, mit der ich jetzt zusammenlebte, mich an sie erinnerte.

„Mom?"

„Dein englischer Akzent wird immer besser, aber ich ziehe es immer noch vor, Okaasan genannt zu werden." In den tadelnden Ton meiner Mutter mischte sich Belustigung. Sie drehte sich mit einem Lächeln auf den Wangen zu mir um, und ich betrachtete ihre Gesichtszüge und versuchte, Ähnlichkeiten zwischen uns zu finden oder wenigstens ein Fünkchen Erinnerung an unsere gemeinsame Vergangenheit.

„Okaasan", berichtigte ich mich, als ich näher an diese Frau herantrat, die mir fremd und zugleich so vertraut war. Ich erinnerte mich nicht an sie, konnte nicht genau sagen, ob ihre Augen oder Ohren Ähnlichkeit mit meinen hatten. Aber das Gefühl der Leere, das in meinem Bauch herrschte, seit ich meine Bindung zu *Kami* gelöst hatte, verflog in ihrer Gegenwart. Ich brauchte keine Erinnerungen, um zu spüren, wie die Liebe zwischen uns beiden brodelte.

Aus dem Augenwinkel bemerkte ich, dass auch Neko seinen Weg hierher gefunden hatte. Das Kätzchen schlängelte sich um die Knöchel meiner Mutter, und eigentlich hätte ich es mir schnappen sollen. Immerhin stand die Tür nach draußen weit offen und Neko hatte bereits bewiesen, dass er Lust und Laune hatte, loszupreschen und das Schicksal herauszufordern.

Stattdessen streckte ich die Hand nach der Mutter aus, die ganz aus meinem Gedächtnis gestrichen worden war. Ich erinnerte mich vielleicht nicht mehr an ihre Stimme oder ihren Vornamen, aber irgendwie wusste ich, dass ich ihre Berührung wiedererkennen würde ...

Doch Okaasan ließ die Decke sinken, die sie gerade gefaltet hatte, und wich aus, bevor ich sie berühren konnte. „Leise", zischte sie und ihre dunklen Augen blitzten auf eine Art und Weise, die zu sehr nach einer verärgerten *Kami* aussah, als dass mich das beruhigt hätte. Das Loch in meinem Bauch wurde noch größer, als Okaasan ein seidenes Kleidungsstück von der Bank neben sich nahm, es mir entgegenstreckte und dann ihren Griff um den Stoff löste, bevor auch nur die geringste Berührung zwischen uns stattfinden konnte.

Ich musste mich bücken und nach dem Kleidungsstück greifen, bevor es genauso wie die Decke auf dem Boden landen würde. Und während ich das tat, erhob Okaasan ihre Stimme und rief jemandem im Haus zu: „Ich gehe raus, um Binsen zu schneiden. Pass auf den Herd auf, bis ich zurück bin."

„Natürlich, Okaasan."

Der Name, mit dem ich meine Mutter ansprechen sollte, klang in meiner Stimme mit, obwohl ich die Lippen fest aufeinandergepresst hatte. Und dieser wundersame Gedanke verdrängte den Schmerz über meinen Empfang ein wenig.

„Folge mir", forderte Okaasan, bevor ich eine der Fragen, die mir auf der Zunge lagen, aussprechen konnte. Dann drehte sie mir den Rücken zu und führte mich hinaus ins blendende Sonnenlicht, während Neko ihr dicht auf den Fersen war.

ICH BEMERKTE ERST, dass ich nackt war, als die Wärme der Sonne auf meinen Schultern landete, aber das spielte keine Rolle, da niemand in der Nähe war, der das hätte sehen können. Das Haus hinter uns war das einzige Gebäude in Sichtweite, und die einzige Person, die sich dort aufhielt, war Okaasan, die viel schneller unterwegs war, als es für eine Frau ihres Alters möglich gewesen sein sollte. Nachdem sie an einem großen Garten vorbeigelaufen war, ging sie auf eine Baumgruppe zu.

Obwohl wir alleine waren, schob ich meine Arme durch die Ärmel des Kimonos, während ich hinter ihr herlief und ihn aus reiner Erfahrung faltete und zuband. Ich konnte mich zwar nicht daran erinnern, jemals ein solches Kleidungsstück getragen zu haben, aber meine Finger erinnerten sich an das, was mein Verstand nicht wusste, und diese Erkenntnis beruhigte mich auf eine Weise, die ich nicht ganz verstand.

Dann waren wir zwischen den Bäumen und an einem Teich, und Okaasan stand mir mit Tränen in den Augen gegenüber. Der Groll, den ich vorhin in ihr zu sehen geglaubt hatte, war verschwunden und durch etwas Sanfteres und Zärtlicheres ersetzt worden. Knorrige Finger streckten sich aus, als wollten sie meine linke Schläfe streicheln, und hielten kurz vor der Berührung inne.

„Schon ein Leben verloren", murmelte sie. „Und so jung."

Jetzt strich ich mir selbst über das Haar, das sie erwähnt hatte. Über die weiße Strähne, von der ich gedacht hatte, sie sei nur ein seltsamer, aber natürlicher Teil von mir, fühlte sich so an wie immer, aber ihre Herkunft bekam durch ihre Worte eine neue Bedeutung. „Habe ich die hier bekommen, als ich gestorben bin?", vermutete ich.

„Du erinnerst dich nicht?"

Ich schüttelte den Kopf und Okaasan sprach schnell, als ob unsere gemeinsame Zeit begrenzt wäre.

„Dann erinnerst du dich vielleicht auch nicht daran. Du bist eine Zeitkitsune, also hast du drei Leben – Vergangenheit, Gegenwart und Zukunft. Dein vergangenes Ich befindet sich wieder in diesem Haus und falls ihr einander begegnen solltet, würde das euer beider Ende bedeuten."

Das erklärte die Strenge, mit der Okaasan mich zum Schweigen gebracht hatte, bevor sie uns aus dem Haus gescheucht hatte. Das war keine Verärgerung oder

Gleichgültigkeit gewesen. Es war die Angst gewesen, die aus der Liebe geboren worden war.

Ich hätte mich so gern dieser Liebe hingegeben, aber die Dringlichkeit in Okaasans Tonfall verriet mir, dass ich bei der Sache bleiben musste. „Wie bin ich eigentlich hier gelandet?", fragte ich sie.

„Du bist dem Kätzchen gefolgt. Schwarze Katzen können die Zeit beherrschen, wenn sie mit einer Zeitkitsune verbunden sind. Sie können Portale öffnen und Zeitkitsune durch sie hindurchführen. Hast du das gar nicht gewusst?"

Ich schüttelte den Kopf. Ich hatte absolut keine Ahnung davon gehabt. Am liebsten hätte ich mir einen Platz weit weg von meinem früheren Ich gesucht, damit ich mich neben Okaasan hinsetzen und ihr tausend Fragen stellen konnte. Nicht nur über Magie, sondern auch über sie. Über uns. Unsere gemeinsame Welt. Die Geschichte, die wir teilten.

Neko schien sich jedoch langsam zu langweilen, obwohl ich das Ende meiner Schärpe vor ihm baumeln ließ, um ihn zu beschäftigen. Könnte ein gelangweilter Neko einen neuen Tunnel bauen und mich zurück in meine Gegenwart bringen, bevor ich bereit war?

Ich schluckte, weil ich das Offensichtliche nicht hinnehmen wollte. Dass meine Zeit hier durch die Aufmerksamkeitsspanne eines Kätzchens begrenzt war.

Ich konnte mir nicht vorstellen, dass ich Okaasan so schnell verlieren würde, wie ich sie gefunden hatte. Aber Lynette zuliebe konzentrierte ich mich und wehrte mich gegen die Sehnsucht in mir, so wie ich vermutete, dass Okaasan sich gewehrt haben musste, als sie mich in ihrem Haus auftauchen gesehen hätte.

„Es gibt da eine *Kami* in meiner Gegenwart", begann ich. Es war so eine lange Geschichte und ich hatte das Gefühl, dass ich nicht genug Zeit haben würde, die ungeschnittene Version der Ereignisse zu erzählen. Stattdessen machte ich es kurz und bündig. „Die *Kami* hat meine Erinnerungen gestohlen, um sich selbst in eine Person zu verwandeln, aber ich habe diese Verbindung unterbrochen. Ich habe angenommen, sie dadurch zurück in die Geisterwelt zu schicken, aber stattdessen hat sie das Grab meines toten Mannes ausgehoben und seinen Schädel mitgenommen. Hast du eine Vermutung, warum?"

„Du möchtest eine Vermutung von mir?" Okaasans dunkle Augenbrauen zogen sich zusammen, was ich irgendwie als mütterliche Enttäuschung wahrnahm. „Oder Tatsachen?"

„Gibt es denn Tatsachen?"

„Es gibt schon Tatsachen über *Kamis*. Die beste Zeit für einen *Kami*, sich in einem menschlichen Körper zu verwurzeln, ist bei Vollmond. Durch das Trinken aus einem Schädel kann man sich verwandeln. Wie dein Mann da allerdings ins Bild passt ... das wäre reine Spekulation."

Dieses gemeinsame Rätselraten zwischen uns fühlte sich so richtig an. Ich konnte mir fast vorstellen, wie ich mit meiner Mutter gescherzt hatte, während ich mich um den Haushalt gekümmert hatte. Was war eine Vermutung? Was war Tatsache? Was wusste ich mit Sicherheit? Und welche Schlussfolgerung konnte ich daraus ziehen?

Bei diesem gemeinschaftlichen Grübeln fühlte ich mich mehr wie ich selbst, seit die Erinnerungen nicht mehr in die Nacht verschwanden.

„Jetzt musst du mir eine Frage beantworten", fuhr Okaasan fort, und nur der Anflug eines Lächelns verriet, dass sie unsere

Unterhaltung genauso genoss wie ich. „Wo ist das alles eigentlich passiert?"

„In Gate City." Als Antwort auf ihren ausdruckslosen Blick, zählte ich immer größere Orte auf. „Virginia. Vereinigte Staaten von Amerika."

„Die Staaten." Okaasan zuckte zusammen, als hätte ich sie geschlagen, und die Wärme, die zwischen uns geherrscht hatte, war im Nu verflogen. „So weit weg."

Bevor ich antworten konnte, ertönte eine Stimme, die zwar meine war, aber eben doch nicht meine, durch die Bäume. „Okaasan!" Diese Version von mir klang auf eine Weise sorglos, an die ich mich gar nicht mehr erinnern konnte. Unbekümmert, liebevoll und jugendlich naiv. „Du hast deine Sichel vergessen!"

Okaasan senkte ihre Stimme und erteilte mir einen Befehl, der unsere zarte Bande mit einem Schlag auslöschte. „Geh dahin zurück, wo du hergekommen bist. Sofort."

Ungeachtet meiner selbst wich ich einen Schritt vor ihrer Härte zurück. „Ich weiß doch gar nicht wie."

„Die Katze weiß es."

Neko mochte es wissen, aber seine Langeweile schien wie weggeblasen. Er hatte sich auf einem flachen Felsen zusammengerollt und döste nun im Sonnenlicht. Aus langer Erfahrung wusste ich, dass er mindestens noch eine Stunde lang nicht vorhatte, sich zu bewegen.

Dieses Mal wurde sein Nickerchen jedoch jäh unterbrochen. Okaasan riss das Kätzchen am Genick hoch und schleuderte es in Richtung des trüben grünen Wassers ...

... und das Wasser öffnete sich zu einem leuchtenden Tunnel, genau wie der, in den ich gefallen war, um hierher zu gelangen. Eine Stimme – die unbekümmerte Version meiner eigenen Stimme – rief etwas, das ich wegen des Windstoßes, der mich in Richtung des Wassertunnels trieb, nicht ganz verstehen konnte. Aber ich blieb stehen und bewegte mich nicht.

Denn ich verstand jetzt, dass Okaasans Härte bloß meinem eigenen Schutz diente. Dadurch wurde die Wärme in mir nur noch mehr entfacht. Und diese Wärme wollte ich so schnell nicht wieder verlieren.

Okaasan ließ mich jedoch nicht einfach so dastehen und vor mich hinstarren. Bis zu diesem Zeitpunkt war sie so vorsichtig gewesen, mich nicht zu berühren, aber jetzt griff sie nach der weißen Haarsträhne und zerrte so heftig daran, dass unsere Nasen fast zusammenstießen. Und obwohl sie versuchte, ihre Berührung unpersönlich zu halten, spürte ich sie in meinem Herzen.

Die Berührung einer Mutter. Die Liebe einer Mutter. In Okaasans Augen widergespiegelt, sah ich jünger aus, als ich mich je erinnern konnte. So geliebt, wie ich Lynette liebte.

Hier wurde ich gebraucht. Hier hatte mein Leben einen Sinn. Hier gehörte ich hin.

Vielleicht hatte Okaasan etwas Ähnliches empfunden. Das war schwer zu sagen. Ich wusste nur, dass ihre Kehle zuckte, als sie schwer schluckte, dann flüsterte sie leise und schnell Befehle.

„Hör mir zu, Tochter. Du darfst mit niemandem darüber sprechen." Ihre Geste umfasste sie selbst, den Strudel aus glühendem Licht, in dessen Mitte Neko tanzte, und auch mich. „Bestätige mir, dass du das verstanden hast."

„Ja, Okaasan."

Sie schloss die Augen, als ob sie es nicht ertragen könnte, ihren nächsten Befehl zu geben, während sie mich ansah. „Dann geh. Jetzt. Und zwar schnell."

Meine Mutter hatte mir ja bereits erklärt, was passieren würde, wenn ich meinem früheren Ich gegenüberstünde. Trotzdem ... wenn ich jetzt wegging, würde ich Okaasan vielleicht nie wiedersehen. Diese eine kurze Erinnerung war vielleicht die einzige, die ich je von ihr bekommen würde.

Aber hatte ich Okaasan überhaupt noch? Es schien nicht so. Denn meine Mutter hatte sich bereits abgewandt und schritt auf die Bäume zu, ohne auch nur einen Blick in meine Richtung zu werfen. Und ihre Stimme wurde sanfter, als sie die andere Version von mir begrüßte.

„Tochter. Wenn ein alter Verstand die notwendigen Werkzeuge vergisst, tragen ihn alte Beine zurück, um sie zu holen."

„Aber junge Beine tragen diese Werkzeuge doppelt so schnell."

Das Gemurmel von Okaasans Zustimmung folgte mir in den Strudel, als die Magie mich von der einzigen Verwandten wegzog, der ich jemals begegnen würde.

Kapitel 6

Tru

Weg aus der Vergangenheit, aber nicht zurück in meine Gegenwart. Denn es gab nicht nur einen einzigen Tunnel, dem ich folgen konnte, wie es den Anschein gehabt hatte, als ich aus dem Full Moon Saloon in die Tiefe gerutscht war. Stattdessen zweigten mehrere in verschiedene Richtungen ab, die Wege waren undeutlich und kaum sichtbar, da das Licht im Inneren des Portals durch Finsternis ersetzt worden war. Falls Neko noch in der Nähe war, machte ihn sein schwarzes Fell für meine Augen unsichtbar.

Ich wandte mich um, um nach hinten zu schauen, und fand dort einen ebenso verzweigten Weg vor. Ich konnte also weder in die Vergangenheit zurückkehren, noch in die Zukunft weiterreisen. Ich ...

Dann war plötzlich Drake über mir, und sein Anblick verschwamm, als würde ich vom Grund eines Wasserbeckens nach oben blicken. Instinktiv streckte ich mich aus, als würde ich schwimmen, und meine Ohren knackten, als mein Kopf in die modrige Luft eindrang.

Ich war in der Grube ... und dann doch nicht. Drake riss mich heraus, seine Hände auf meinen nackten Schultern entfachten eine Hitze, wo Augenblicke zuvor noch Eiseskälte geherrscht hatte. Seine grauen Augen loderten lichterloh und

41

ich verzichtete darauf, mir darüber irgendwelche Gedanken zu machen. Ich fühlte mich einfach wohl in seiner Gegenwart, schlang meine Finger um seinen Nacken und drückte uns eng aneinander.

Unterschwellig bemerkte ich, dass ich irgendwo in diesem Portal meine Kleidung verloren hatte. Dass ein Fell über meine Knöchel strich, war ein Zeichen dafür, dass Neko die Reise unbeschadet überstanden hatte. Aber ich konnte mich nur auf Drakes Größe und Kraft konzentrieren, als er mich von der Grube wegzog und die Luke mit seinem gestiefelten Fuß zustieß.

Dann strich kalte Luft zwischen uns hindurch, wo zuvor das Verlangen geglüht hatte. „Du bist nackt." Er fuhr sich mit der Hand schnell und heftig über sein Kinn, während die Hitze in seinen Augen wieder zu einer Glut verebbte. „Du weißt ja gar nicht, wer ich bin, oder? Ich hätte dich nicht anfassen sollen. Du hast nichts zu befürchten."

War es so gewesen, als ich das erste Mal aus der Grube aufgetaucht war? Das fragte ich mich, aber ich wollte Drake nicht in seinem offensichtlichen Elend verweilen lassen, nicht, wenn die Erinnerung an Okaasan, die sich von mir abgewandt hatte, so schmerzhaft deutlich war. „Ich weiß genau, wer du bist", versicherte ich ihm, „und ich weiß genauso gut, wer ich bin, wie vor einer Stunde."

Vielleicht sogar noch besser. Trotz der Art und Weise, wie wir auseinandergegangen waren, hatte mich die Begegnung mit meiner Mutter mit der Gewissheit erfüllt, dass Liebe etwas war, das man mit beiden Händen ergreifen und festhalten musste. Wer wusste schon, wie viele Augenblicke Drake und ich zusammen haben würden? Lynette zuliebe durfte ich immer noch nicht überstürzt handeln. Aber das bedeutete nicht, dass wir dauerhaft auf Armeslänge Abstand voneinander halten mussten.

Als ob er meine Gedanken hören könnte, hielt Drakes Blick meinen fest, als er sich aus seinem schiefergrauen Button-Down-Hemd schälte. Sein Mantel war durch das Portal verschwunden und jetzt schmiegte sich lediglich ein dünnes weißes Unterhemd an seinen Oberkörper.

Der Stoff verriet mehr, als er verbarg. Mir blieb die Luft im Halse stecken.

„Hier." Drake hielt mir das Oberhemd hin, von dem ich wusste, dass es genauso von seiner Körperwärme durchdrungen war wie der Mantel, den ich verloren hatte, aber noch süßer duftete, weil es so nah an seiner Haut getragen worden war.

Aber ich wollte das Hemd nicht. Ich wollte Drakes Arme um mich haben. Und bevor ich es mir anders überlegen konnte, nahm ich mir, was ich wollte.

Es waren nur zwei Schritte nötig, um mich an die Brust zu schmiegen, zu der ich in den Augenblicken und Äonen zuvor den Kontakt verloren hatte. Zwei Schritte, um die Weichheit des Unterhemds zu spüren, das viele Male gewaschen worden war und lange nicht mehr so rau war wie die Fassade, die Drake der Welt zeigte.

Ich zitterte inzwischen, aber nicht vor Kälte. Kein Wunder, dass Drake das Hemd, das er mir angeboten hatte, über meinen Rücken legte und dann seine unbekleideten Arme um mich schlang und mich wie ein Bär umarmte.

Oder besser gesagt, wie ein Wolf. Ein Alphawerwolf. Etwas, das mich vor einem Monat noch in Angst und Schrecken versetzt hätte, das sich jetzt aber noch richtiger anfühlte als das Zuhause, das ich an Okaasans Seite betreten hatte.

Leider fiel Drakes Geste nicht wesentlich sinnlicher aus als die, die ich Lynette oft entgegenbrachte. Seine Hände blieben auf Schulterhöhe und seine Worte waren sanft, als er eine Frage murmelte. „Was ist passiert?"

Die Hitze zwischen uns kühlte ein wenig ab. Es fühlte sich falsch an, den Anweisungen meiner Mutter zu folgen, aber ich musste darauf vertrauen, dass sie es besser wusste als ich. „Das kann ich dir nicht sagen."

„Weil du dich nicht erinnerst?"

Genervt von der Situation zuckte ich mit dem Kopf hin und her. Es wäre schön gewesen, wenn ich das Verschweigen von Geheimnissen auf mein schlechtes Gedächtnis hätte schieben können, aber das wäre falsch gewesen. „Ich erinnere mich und ... ich kann es dir nicht sagen."

Ich erwartete fast, dass Drake mich wieder von sich schubsen würde. Stattdessen zuckte er nur mit den Schultern. „In Ordnung."

„In Ordnung?"

„Ja."

Einen endlosen Augenblick lang standen wir so da, meine Haut an seinem weichen Unterhemd und seine Arme um meine Schultern. Dann strich eine schwielige Fingerspitze ganz langsam über die wenigen Zentimeter meines Halses, die er erreichen konnte, ohne seine Handfläche zu bewegen. Das Raue gegen das Weiche. In Watte gehüllte Kraft.

Mein ohnehin schon stockender Atem setzte aus. „In Ordnung?", raunte Drake.

„Mehr als in Ordnung", antwortete ich. Die Süße des Zitronen-Meringue-Kuchens strömte jetzt mit jedem Einatmen in meinen Mund. Genau das wollte ich. Genau das brauchte ich.

Meine Hände fanden ihren Weg unter den Saum von Drakes Unterhemd. Es war so eng, dass meine Finger sich anfühlten, als würden sie in eine Tasche gleiten, nur, dass diese Tasche auf einer Seite mit Muskeln ausgekleidet war, die sich bei Berührung anspannten und ...

„Igitt, igitt, igitt, igitt!" Lynettes Stimme von der Tür her klang wie eine seltsame Mischung aus jugendlicher Verachtung und selbstgefälligem Übermut. „Habt ihr etwa Sex? Ich werde auf der Stelle blind!"

Ich hatte gehofft, auf andere Weise zu erfahren, wie geschickt Drake mit seinen Fingern umgehen konnte, anstatt ihn dabei zu beobachten, wie er sein Hemd über meiner Nacktheit zuknöpfte, während er sich zu unserem Schützling umdrehte. „Ich fürchte", schnarrte er, „dass ich mit der längst überfälligen Lektion über die Bienen und die Blumen wieder ganz von vorne anfangen muss."

„Ekelhaft!" Jetzt waren Lynettes Wangen knallrot angelaufen. Sie steckte sich die Finger in die Ohren und sprach ein bisschen zu laut. „Ich kann dich nicht hören!"

Unser Schützling ähnelte oft einer jungen Frau, aber in diesem Augenblick war sie ganz Kind. Das war süß ... und es zerriss die Hitze zwischen mir und Drake so nachhaltig, als hätte sie uns mit einem Wasserschlauch abgespritzt.

Ich machte einen Schritt von Drakes Herrlichkeit weg und machte eine abwinkende Handbewegung zu Lynette, um sie zu beruhigen. Als sie zögerlich ihre Ohren öffnete, versicherte ich ihr: „Du bist nicht in irgendeine sexuelle Handlung hineingelaufen. Ich habe bloß meine Klamotten verloren ...“

Ich warf einen Blick auf die Luke im Boden. Okaasans Warnung traf auf Lynette genauso zu wie auf Drake, also konnte ich diese Erklärung nicht weiter ausführen. Es gab jedoch eine Sache, bei der sie mir helfen konnten.

„Wir müssen die Katze an die Leine nehmen.“

Neko hüpfte von mir weg, als ob er mich verstanden hätte, aber Lynette hatte die Tür hinter sich geschlossen, sodass er keinen Fluchtweg hatte. Nun, keinen anderen Fluchtweg als die Katzenklappe, die mir gerade aufgefallen war, eine Katzenklappe, durch die gerade ein viel größerer, orange gestreifter Kater mit aufgestelltem Fell hereinstakste.

„Hat Kira ein Haustier?“, fragte ich Drake, ohne meinen Blick von dem Neuankömmling abzuwenden.

„Thom hat ein Haustier“, korrigierte Kira, die den Namen ihres Gefährten liebevoll aussprach, als sie durch eine weitere Tür am anderen Ende des Raumes trat. Ich erhaschte einen winzigen Blick auf einen Parkplatz, bevor sie befahl: „Pumpkin. Reg dich ab.“

Der große Kater ließ sich zu Boden plumpsen, um sich sein Gemächt zu lecken, aber wenigstens stürzte er sich nicht auf mich. Jetzt wandte Kira ihre Aufmerksamkeit Drake zu, der Neko hochgehoben hatte und dabei war, aus seiner Krawatte ein Geschirr zu basteln. „Wir haben auch größere Probleme als Katzenduelle. Erik hat sich in der ganzen Stadt vor Menschen entblößt.“

Kapitel 7

Tru

Der junge Werwolf hatte sich bloß laut Shifterjargon entblößt, nicht so, was Menschen darunter verstehen würden. Er hatte sich keinen Trenchcoat über seine Blöße gezogen und war nicht herumgelaufen, um vor alten Damen zu präsentieren, was er hatte. Stattdessen hatte er etwas zehnmal Schlimmeres getan.

Er hatte sich vor einem Menschen nach dem anderen gewandelt und tat das wohl immer noch, obwohl Kira berichtete, dass ihr Gefährte ihm dicht auf den Fersen war und ihn wahrscheinlich jeden Augenblick eingeholt haben würde. Dann würde sich Eriks Unvernunft in ein Todesurteil verwandeln, das Drake persönlich aussprechen müsste. Kein Wunder, dass Lynette aussah, wie vom Donner gerührt.

„Du kannst doch nicht ...", begann sie.

„Ich werde mich bemühen, es zu vermeiden", murmelte Drake. Ohne ein weiteres Wort verschwand er durch die Tür auf den Parkplatz und wandelte sich in einer dunklen Ecke, damit Lynette sich nicht darüber beschweren konnte, dass sie durch den Anblick seiner Nacktheit für ihr Leben gezeichnet worden wäre.

Trotz meiner besten Absichten, mir um Eriks Dilemma Gedanken zu machen, ertappte ich mich dabei, wie ich Drake nach draußen folgte. Ich war jedoch zu langsam, um auch nur einen flüchtigen Augenblick nackter Haut zu erhaschen, sondern sah nur, wie er sich in die Dunkelheit davonschlich. Als Trostpreis hob ich den warmen Stoff auf, den er zurückgelassen hatte, und hielt ihn an meine Nase, um daran zu schnuppern.

„Also ..." Ich hatte gar nicht bemerkt, dass Kira und Lynette sich zu mir auf den Parkplatz gesellt hatten, bis Kira das Wort ergriff und es schaffte, dieses eine Wort mit dem Versprechen von Schwesternschaft und einem Hauch von Belustigung zu unterlegen. „Möchtest du dir deine eigenen Klamotten schnappen, damit wir uns um den Vorfall kümmern können?"

Meine Klamotten. Richtig. „Ich habe anscheinend jedes einzelne Kleidungsstück, das ich bei mir gehabt hatte, irgendwo verloren", gab ich zu. „Vielleicht hast du ein paar Sachen, die du mir leihen könntest?"

Und so standen Lynette und ich vor einem reich bestückten Kleiderschrank mit der Anweisung, uns zu nehmen, was wir wollten. Ich hatte schon fast erwartet, dass mein Schützling das spärlichste Kleidungsstück herausziehen würde, das sie finden konnte, aber ihre Augen waren finster, als sie an ihrer Nagelhaut zupfte, anstatt sich zu äußern. Und sie hatte ja Recht. Wir hatten keine Zeit für eine Wiederholung unseres letzten Einkaufsbummels, zumal Erik sich mit jedem Augenblick ein tieferes Loch grub.

„Na, nicht weitergekommen?", fragte Kira, als sie mit dem Ersatzhandy und dem Dolch zurückkam, die sie mir angeboten hatte, nachdem ich zugegeben hatte, dass ich beide Gegenstände zusammen mit meiner Kleidung verloren hatte. „Ich kann das ja gut nachvollziehen. Klamotten helfen einem immerhin dabei, seine Persönlichkeit zu entfalten. Aber seht es doch mal so: Wir bekommen jeden Tag eine neue Gelegenheit, diese Persönlichkeit zu gestalten."

Kiras Analyse meines Dilemmas war goldrichtig ... und hätte durch meine momentane Unentschlossenheit nicht unbedingt zu erraten sein müssen. Vielleicht hatte Drake bei einem der gemeinsamen Jobs ja mal über mein schlechtes Erinnerungsvermögen gesprochen und in seinem Schmerz Informationen preisgegeben, von denen ich gedacht hatte, dass sie unter uns beiden bleiben würden?

Ich zuckte zusammen und Kira nahm das als Bestätigung, dass sie auf der richtigen Spur war. „Wie wäre es, wenn du das Ganze wie eine dieser Spielshows betrachtest, bei denen du eine Zeitvorgabe hast, um deinen Einkaufswagen mit dem teuersten Zeug im Laden zu füllen? Nicht nachdenken, sondern einfach zugreifen. Und jetzt los!"

Ich war zwar nicht ganz überzeugt, aber die Zeit drängte. Also überlegte ich nicht lange. Ich versuchte nicht zu entscheiden, was modern genug sein würde, um den Anforderungen zu genügen, ohne mehr Haut zu zeigen, als mir lieb war.

Und meine Finger schienen schon ganz gut zu wissen, was sie wollten. Verblichene Jeans, ein Rollkragenpulli, eine schwarze Lederjacke, die glänzend aussah, sich aber unter meinen Fingern fast so sanft anfühlte, wie Drakes weiches Unterhemd auf meinen nackten Brüsten.

Kira nickte. „Eine gute Wahl. Schau mal, ob dir die hier passen."

Es fühlte sich seltsam persönlich an, den BH und das Höschen einer anderen Frau anzuziehen, aber ich dachte nicht an Kira, als die ungewohnte Spitze an den Rändern meiner erogenen Zonen landete. Vielleicht hat sich Lynettes Gesicht deshalb ein wenig aufgehellt, als sie mir einen weiteren Seitenblick zuwarf.

Obwohl ihre Angst kurzzeitig nachgelassen hatte, war unser Schützling immer noch nicht ganz bei der Sache. Denn ihre Finger verbrannten meine, als sie meine Hand in dem Augenblick ergriff, in dem ich mir die Stiefel anzog, um mein Outfit zu vervollständigen. „Bist du fertig?", fragte sie und ihre Stimme vibrierte vor Anspannung. „Dann lass uns gehen."

AUF DER FAHRT DURCH die Stadt erklärte Kira, dass sie auf dem Handy ihres Gefährten die Standortmitteilung aktiviert und ihm das Gerät mit einem eigens dafür entwickelten Halsband um den Hals gelegt hatte. So mussten wir nicht mehr ziellos herumjagen. Wir konnten direkt zum Ort des Geschehens fahren, der aus menschlicher Sicht leider auch einer der belebtesten Orte in Gate City war.

„Der Zirkus." Kiras ausdrucksstarkes Gesicht verzog sich missmutig, als sie einparkte und uns zu einem Ticketschalter und dann direkt in die Masse der lachenden und feiernden Menschen führte. „Hätte er sich nicht einen Ort aussuchen können, an dem etwas weniger los ist?"

„Erik hätte das doch nicht mit Absicht gemacht", begann Lynette, doch dann verstummte sie, als sich die Menge teilte und drei Wölfe auf uns zustürmten. Erik war weniger massig als die anderen, aber was ihm an Größe fehlte, machte er durch Schnelligkeit wett.

Außerdem war er kurz davor, sich wieder zu wandeln. Ich konnte die Energie schmecken, die aus der Luft in seinen Körper strömte, obwohl sich Dutzende von Menschen um ihn herumtummelten. Menschen, die nach dem Shiftergesetz getötet werden müssten, wenn sie davon erfahren würden, dass es Werwölfe wirklich gab. Menschen, darunter ein Kleinkind, das schon längst im Bett sein sollte, zwei Teenager, die Händchen hielten, und ein alter Mann, der sich auf einen Stock stützte, um das Gleichgewicht zu halten.

Dutzende andere Menschen, die auf dem Zirkusgelände verstreut waren, hatten schon mehr gesehen, als sie hätten sehen sollen. Menschen, deren soeben aufgerissenen Augen von Drake vielleicht für immer geschlossen werden mussten.

Ich konnte zwar nichts an der Vergangenheit ändern, aber dieses Dutzend Unbeteiligter konnte ich retten.

Also blendete ich die entblößten Reißzähne aus, die mich an Zeiten erinnerten, die ich lieber vergessen hätte, nahm Anlauf und stürzte mich auf den heranrasenden Werwolf.

Kapitel 8

Tru

Erik drehte sich in meinem Griff und biss fest in meinen Unterarm. Aber seine Reißzähne drangen nicht in meine Haut ein. Anscheinend taugten Lederjacken für mehr als nur für den Style.

Ich schenkte dem zermalmenden Druck keine Beachtung und nutzte die Berührung zu meinem Vorteil. Rollen. Drehen. Festhalten …

Ich hatte gehofft, dass Drake auf eine Gelegenheit wie diese warten würde, und das tat er auch. Sein riesiger Wolfskörper verdeckte die Lichter, die auf mich und Erik gerichtet waren, als wir auf der Seite lagen, aneinandergekettet durch Eriks Hartnäckigkeit. Hinter uns brüllte jemand eine Warnung, aber Drake ließ sich nicht beirren. Eine riesige Pfote streifte meinen Hals, als er in den schmalen Spalt zwischen Erik und mir trat, und sein viel größeres Maul öffnete sich, um sich um die Kehle des jüngeren Wolfs zu legen.

Leider war Erik nicht bereit, sich zu ergeben. Bevor Drakes Zähne wieder zuschnappen konnten, hatte Erik sein Maul von meinem Arm losgerissen und sich wieder aufgerappelt. Ich tat es ihm gleich, stand auf und zog gleichzeitig den Dolch, den Kira mir gegeben hatte. Ein Messerkampf vor menschlichem Publikum war fast so schlimm wie ein Wolfskampf, aber beides war besser, als Erik Zeit zu geben, sich zu wandeln, wie er das heute Abend offenbar schon mehrfach getan hatte.

„Böser Hund", stellte ich laut fest, während ich versuchte, Erik in die Wirklichkeit zurückzubringen, ohne den Zuschauern noch mehr Gesprächsstoff zu liefern. Dem aufgeregten Geplapper nach zu urteilen, wuchs die Zahl der Beobachter eher, als dass sie schrumpfte. Erst jetzt wurde mir klar, dass ich versuchen hätte sollen, Erik hinter das Tor zu locken, anstatt ihn inmitten dieser vergnügungssüchtigen Menge zur Rede zu stellen.

Was auch immer Drake von meiner Vorgehensweise hielt, er unterstützte mich mit einem tiefen Knurren, das auf Erik gerichtet war. Doch der jüngere Wolf zuckte nicht zurück.

Stattdessen drehte sich Erik in einem engen Kreis und suchte einen Ausweg. Wir hatten ihn jedoch eingekesselt, Drake, ich und ein anderer großer Wolf, den ich für Kiras Gefährten hielt.

In diesem Moment begann die Magie der beginnenden Wandlung ein zweites Mal in der Luft um uns herum aufzusteigen, und der Geschmack von Fell lag mir auf der Zunge, als ich durch mein Maul einatmete. Erik hatte vor einem Augenblick vorgehabt, sich in einen Menschen zu wandeln, und es war mir nur kurz gelungen, ihn abzulenken. Wenn uns keine andere Ablenkung einfiel ...

Ich hatte ganz vergessen, dass Kira ja auch noch anwesend war. Oder besser gesagt, ich hatte angenommen, dass sie auf Lynette aufpasste, als sie uns nicht zur Hilfe geeilt war. Aber ich hatte mich geirrt.

Denn die beiden standen plötzlich neben mir, vier riesige Plastikbecher in den Händen haltend. „Eins, zwei, drei", rief

Kira. Dann spritzte die leuchtend pinke Flüssigkeit über Erik und lief ölig an seinem Fell hinunter in das zertrampelte Gras.

Und ... derselbe Wolf, der so viel Unheil angerichtet hatte, sank zusammen mit der Flüssigkeit leblos zu Boden. Er ließ sich auf den Bauch fallen und drehte sich nach einem Seitenblick auf Drake auf den Rücken.

Er unterwarf sich umgehend und bedingungslos, bloß, weil er mit einer Art Limonade übergossen worden war. Das ergab doch überhaupt keinen Sinn.

„Lynette erklärt dir alles", murmelte Kira. Dann schwenkte sie mit einer Reihe von Eintrittskarten und zog mit ihrem verräterischen Funkeln die Aufmerksamkeit der Menge auf sich, während sie ihre Stimme erhob und eine Lüge nach der anderen auftischte. Offensichtlich war hier bloß für eine neue Show geworben worden. Eine voller Wolfskämpfe! Angst und Schrecken! Nahkämpfe! Bloß fünf Dollar, um das alles zu sehen!

Da fragte eine Frau: „Ist das denn auch sicher?"

„Nicht im Geringsten", antwortete Kira. Ihr Grinsen war breit, aber ihre Zähne waren vorsichtshalber menschlich und stumpf. „Keine Effekthascherei. Nur echte, hautnahe Kämpfe."

„Nein. Das kann nicht echt sein." Das war ein Mann. „Vor zehn Minuten habe ich doch gesehen, wie sich ein Wolf in einen Jungen verwandelt hat."

„In einen Jungen?" Kira lachte so herzlich, dass der Mann mitlachen musste. „Bist du dir da auch ganz sicher, dass du das gesehen hast? Sowas wie einen Werwolf?"

„Ja." Er zuckte mit den Schultern und schüttelte den Kopf über seine eigene Leichtgläubigkeit. „Schon wieder eine Show, hm? Hier, gib uns doch bitte vier Karten."

Drake, der nicht mehr im Mittelpunkt der menschlichen Aufmerksamkeit stand, half Erik wieder auf die Beine und Kiras Gefährte Thom schob sich auf die andere Seite, um den jüngeren Wolf zwischen sich zu schieben. Ich behielt die Menge im Auge und auch unseren schwierigen Gefangenen, während die beiden größeren Wölfe uns durch das Tor und am Rande des Parkplatzes entlangführten, bis die Dunkelheit die Sicht auf uns verdeckte.

IN EINEM AUGENBLICK war Drake ein Wolf gewesen. Im nächsten Moment schien etwas Deckenartiges von seinem Rücken auf den Boden neben dem Hinterreifen meines Autos zu gleiten, als er zum Menschen wurde.

Ich blinzelte und versuchte zu begreifen, was ich da soeben gesehen hatte. Niemand sonst schien die Merkwürdigkeit bemerkt zu haben, aber Thom war wachsam und blickte in die Dunkelheit hinaus, während Erik in irgendwelche Träumereien versunken war und Lynette nur Augen für Erik hatte.

Leider war Drake nur für einen Augenblick nackt. Er öffnete den Kofferraum meines Autos und versteckte sich, um dann in einer Jogginghose und einem Sweatshirt wieder aufzutauchen, während er eine weitere Garnitur derselben Kleidung bei sich trug.

In der Zwischenzeit waren seine Worte, die an Erik gerichtet waren, so kalt, dass ich trotz meiner Lederjacke fröstelte. *„Wandle dich. Und dann raus mit der Sprache.“*

Drakes Befehl bewirkte mehr als nur, dass Erik zitterte. Der Teenager wurde zurück in seine menschliche Gestalt gerissen und stöhnte erst durch eine Wolfsschnauze und dann durch menschliche Lippen. Er schaffte es nicht ganz, die Kleidung zu fangen, die Drake ihm zuwarf, und Lynette trat einen Schritt vor und erstarrte, als Drake kurz mit dem Kopf schüttelte und den Teenager noch strenger anfunkelte.

„Sir." Erik hustete das Wort aus, als wäre es ihm im Hals stecken geblieben. „Ich weiß ja selbst nicht, was da passiert ist. Ich ..."

Jetzt fand Lynette endlich die Sprache wieder. „Kira hat doch gesagt, dass die Flüssigkeit den Bann brechen würde, wenn es sich um eine Art von Besessenheit handeln würde. Und so *war* es dann ja auch. Was passiert ist, war also nicht Eriks Schuld. Er ..."

„Genug." Drakes Tonfall war nicht so sanft wie sonst, wenn er sich an Lynette wandte. „Du kennst meinen Job. Wenn Kira die Sache nicht unter Kontrolle bringen kann, wenn jemand Eriks Wandlungen gefilmt hat, dann sind mir die Hände gebunden."

„Du kannst Erik doch nicht umbringen!" Lynettes Worte waren ein Schluchzen und ich schob mich dazwischen und versuchte, ihren offensichtlichen Schmerz zu lindern.

„Wir sollten jetzt los", murmelte ich und streichelte Lynettes Schultern, um sie von diesem Anblick abzulenken, den sie wirklich nicht sehen sollte.

Doch sie ließ sich nicht von mir bewegen. „Nein. Ich gehe nirgendwo hin."

Unser Schützling wusste genauso gut wie ich, dass Drake niemanden, der ihr wichtig war, vor ihren Augen abschlachten würde. Also wollte sie Erik auf die einzige Art und Weise beschützen, zu der sie in der Lage war – mit ihrer Anwesenheit und indem sie alle an ihre tragische Vergangenheit erinnerte.

Aber dieses Mal hat das nicht geklappt. Denn Drake drängte sich Erik entgegen und verlangte: *„Sprich!"*

Zum Glück kämpfte Erik nicht gegen den Zwang an. Er packte aus, erklärte so viel, wie er konnte, und warf Lynette dabei immer wieder Blicke zu. Er war nicht viel länger bei Reeds Rudel geblieben als wir, erzählte er uns. Nachdem er sich vergewissert hatte, dass seine Cousins und Cousinen sicher im Bett lagen, schrieb er Lynette eine SMS und fragte, ob er sie wiedersehen könnte. Nachdem sie nicht geantwortet hatte, folgte er dem dichten Verkehr auf das Messegelände, um sich abzukühlen und auf eine Antwort zu warten.

„Ich habe dich doch gar nicht geghosted." Lynettes Stimme klang zögerlich. „Ich bin einfach eingeschlafen."

„Ich habe mir schon gedacht, dass es sowas war", begann Erik.

Aber Drake unterbrach ihn mit einem weiteren Befehl. *„Sprich mit mir, nicht mit ihr."*

Unter meinen Händen zitterten Lynettes schmächtige Schultern. Sie reckte den Hals und versuchte, ihre Aufmerksamkeit auf Erik zu richten, obwohl es zu dunkel war, um mehr als seine Gestalt zu erkennen, und obwohl Drake sich zwischen die beiden gestellt hatte, um seinen Schützling abzuschirmen.

Erik schien etwas Ähnliches im Sinn zu haben. Auch er versuchte, Lynette anzusehen, obwohl sein Leben am sprichwörtlichen seidenen Faden hing. Die beiden waren ja süß ... aber sie waren auch auf Abwege geraten, und ich konnte Drakes Ungeduld spüren.

„Warum hast du dich vor den Menschen gewandelt?“, fragte ich Erik, bevor Drake das tun konnte, und hielt meine Stimme Lynette zuliebe sanft, obwohl ich Erik am liebsten geschüttelt hätte, um ihm all seine Dummheit auszutreiben. „Du musst es doch besser gewusst haben. Du hättest das doch nicht mit Absicht getan.“

„Ich erinnere mich eigentlich nicht an das Wandeln. Irgendeine Dame hat kostenlose Getränke verteilt.“ Da knurrte Drake und Erik sprach schneller. „Keine alkoholischen Getränke. Limonade oder sowas Süßes. Ich habe einen Schluck genommen und das nächste, woran ich mich erinnere, ist, dass ich klitschnass war und mein Fell getragen habe.“

Erik schien mir nichts vorenthalten zu wollen. Trotzdem wurde mir ganz mulmig zumute, als ich Verbindungen zog, von denen ich hoffte, dass sie falsch waren. „Wie hat die Frau denn ausgesehen?“

Der Teenager schüttelte den Kopf, während er antwortete. „Ich habe nicht wirklich darauf geachtet. Sie war vielleicht so alt wie du. Blond. Hübsch.“

Genau wie *Kami*, als sie abgehauen war, nachdem ich die Verbindung zwischen uns gekappt hatte. Ich umklammerte meinen geliehenen Dolch fester und erinnerte mich daran, wie es sich angefühlt hatte, ein Schwert zu führen.

Drake folgte dem gleichen Denkmuster, ging aber noch einen Schritt weiter. „Die Frau hat mehrere Drinks verteilt“, murmelte er und richtete seine Worte an den einzigen von uns, der noch auf vier Beinen unterwegs war: an Kiras Gefährten Thom. „Weißt du, wo sich dein gesamtes Rudel gerade aufhält?“

Ein stummes Kopfschütteln. Dann trafen sich die Blicke der beiden Alphas und Drake nickte kurz. „Ich kümmere mich darum, während du nach dem Rechten siehst."

Anschließend schlich sich Thom in die Dunkelheit, um sicherzugehen, dass nicht noch mehr derartige Bomben in die Luft gehen würden. Im selben Augenblick landete Drakes Hand auf Eriks entblößtem Hals.

Kapitel 9

Tru

Lynette leistete wortlos Widerstand und versuchte, sich von mir zu lösen, aber ich war eine Shifterin und sie bloß ein Mensch. Bevor sie irgendwas dagegen tun konnte, gelang es mir, sie wieder zu packen.

Das konnte ich und so tat ich das auch. Weil ich Drake vertraute, dass er genau wusste, was er tat. Ich vertraute ihm, dass er alles tun würde, um seiner Pflicht zu entgehen, ein öffentliches und schreckliches Exempel an Erik zu statuieren, als Warnung für alle Shifter.

Und ich vertraute ihm, dass er darauf Rücksicht nehmen würde, dass Lynette alles mit Tränen in den Augen genauestens beobachtete.

„Solange wir nicht genau wissen, was passiert ist", raunte Drake, „bist du eine Gefahr für alle um dich herum."

Bevor er fortfahren konnte, gab Lynette es auf, sich von mir loszureißen, und enthüllte stattdessen Geheimnisse, von denen sie und ich genau wussten, dass sie nicht ausgesprochen werden sollten. „Er könnte ja auch ein Streuner sein!"

In der darauffolgenden Stille schien die Nacht dunkler und kälter zu werden. Vor Wochen hatte Drake mir bereits erläutert, dass er seine Pflicht nicht immer so erfüllte, wie es seine Vorgesetzten für nötig hielten. Wenn ein Werwolf ohne eigenes Verschulden gegen das Shiftergesetz verstieß, gelang es Drake manchmal, den versehentlichen Übeltäter wegzubringen. Dann schuf er ein neues Leben und eine neue Identität für denjenigen, der in Gefahr war, und täuschte seinen vorzeitigen Tod vor.

Lynette, so erfuhr ich, war eine Streunerin, obwohl sie keine Werwölfin war. Ihre versengten Hände müssen sie auf dem Radar der Shifter aber in ein schlechtes Licht gerückt haben. Auf jeden Fall war sie mit den geheim gehaltenen Werwölfen, die Drake beschützte, besser vertraut als ich. Sie hätte es eigentlich besser wissen müssen, als ihr Leben zu riskieren, indem sie vor einer nahezu fremden Person über sie sprach.

Zum ersten Mal befürchtete ich, dass Drake den Jungen, der vor ihm stand, tatsächlich umbringen könnte. Der Geruch von Fell erfüllte die Luft und Erik stöhnte, als hätten sich die Hände um seinen Hals zusammengezogen.

„Hör auf!", forderte Lynette, die sich erneut gegen meinen Griff wehrte.

Und Drake atmete laut durch die Nase aus und stellte Erik eine Frage, die seinen Schützling wieder beruhigte. „Hast du denn eine Familie, die dich vermissen wird?"

„Ich ... ich lebe bei meiner Tante und meinem Onkel, Sir. Es würde sie nicht wundern, wenn ich abhauen würde."

Drakes Stimme wurde tiefer. „Würdest du dich damit abfinden, in eine Zelle gesteckt zu werden? Nicht zu wissen, ob du den Ort, an den ich dich heute Abend bringe, jemals verlassen darfst?"

Bevor Erik antworten konnte, rief Lynette ihm beruhigend zu: „So schlimm ist es dort nicht." Dann richtete sie ihre letzten Worte eindeutig an Drake: „Bis auf den Teil mit der Zelle."

„Ist aber nötig", murmelte er.

„Wenn es für ihn nötig ist", konterte Lynette, „dann ist es das auch für mich."

Und das von einem Mädchen, das über ein Jahr lang entführt und eingesperrt gewesen war und aufgrund des Traumas kaum noch schlafen konnte. Die kurzzeitige Wiederholung im letzten Monat hatte ihrer psychischen Gesundheit auch keinen Gefallen getan. Bei Rosa wachte ich morgens meistens mit Lynette im Bett neben mir auf, weil sie sich aus Angst über Nacht zu mir geschlichen hatte.

Erik konnte das nicht wissen. Oder vielleicht wusste er es doch. Vielleicht hatte Lynette in der kurzen Zeit, die die beiden zusammen verbracht hatten, alle ihre eigenen Geheimnisse verraten.

Was auch immer der Grund war, Erik bejahte Drakes Fragen. „Eine Zelle klingt gut, Sir. Sie schützt Lynette vor mir, falls das, was auch immer da vorgefallen ist, wieder passiert."

Das war das Beste, was er sagen konnte, um die Anspannung sowohl bei Drake als auch bei Lynette zu entschärfen. Trotzdem sprachen die beiden während der darauffolgenden zweistündigen Fahrt nicht miteinander. Und zwei Stunden Schulter an Schulter mit ihrem Schweigen und einem hellwachen Kätzchen ließen mein Auto plötzlich viel kleiner erscheinen.

UNSER ZIEL LAG HOCH in den Bergen von West Virginia, wo die Streuner untergebracht waren, die nicht wieder in die Gesellschaft integriert werden konnten. Ich hatte mir vorgestellt, dass diese Ausgestoßenen den Winter in Zelten und Unterständen überstehen würden, aber die Ansammlung von Holzhütten, die Lynette und ich nach der beschwerlichen Fahrt und einer weiteren, weniger beschwerlichen Stunde zu Fuß erreichten, sah eher aus wie ein alpines Skidorf als ein Notlager für Geflüchtete.

Die Gebäude waren im Sternenlicht kaum zu erkennen, als wir beide am Waldrand verweilten und mit einem angeleinten Neko auf Lynettes Schulter die Aussicht genossen. Drake und Erik waren in Wolfsgestalt vorausgegangen und hatten das Ende des Pfades wahrscheinlich schon vor einer ganzen Weile erreicht. Genug Zeit, um Erik in eine Zelle zu bringen, ohne Lynette mit dem Klirren einer Metalltür und dem Klicken eines Schlosses zu traumatisieren. Genug Zeit, um die Wachen zu benachrichtigen, dass wir uns von hinten näherten.

Der Kerl, der hinter einem Baumstamm hervortrat, hätte uns also erwarten müssen. Er hätte keinen Grund gehabt, sich ein wenig zu nahe an mich heranzudrängen und dann nach meiner rechten Hand zu schnappen.

Wolf. Gefahr.

Meiner Nase vertrauend tastete ich nach dem Schlitz in meinem Rock, aber natürlich trug ich keinen Rock. Der Dolch, den Kira mir gegeben hatte, hing an meinem Gürtel und war mit einem Verschluss versehen, der nicht schnell genug ansprach, als ich versuchte, die Waffe mit meiner linken Hand loszureißen. Nachdem ich mich bewaffnet hatte, war meine gefangene Hand schon an die Lippen des Fremden gehoben worden.

Also kein Angriff. Zumindest nicht die Art, vor der mich mein Instinkt gewarnt hatte.

Der bloße Hauch eines Kusses hätte unter anderen Umständen meine Wangen erhitzt. Aber die Berührung dieses Fremden fühlte sich falsch an und seine Zähne blitzten ein wenig schärfer, als sie das in einem menschlichen Mund hätten tun sollen.

Er ließ mich auch nicht los, während er einen Gruß murmelte, der sich auf die Jugendliche an meiner Seite bezog, diese aber kaum beachtete. „Ich habe Lynettes alte Hütte vorbereitet. Erlaubt mir, euch dorthin zu begleiten."

Während er sprach, winkelte er einen Ellbogen an, aber wie mich bei ihm unterhaken sollte, ohne dass er meine Hand losließ, war mir ein Rätsel. Das war nicht die Art von galantem Benehmen, an die ich mich in meiner teilweise vergessenen Vergangenheit gewöhnt hatte. Er täuschte Höflichkeit vor, während er in Wirklichkeit Gehorsam verlangte.

„Lass mich los", verlangte ich. Und mein Befehl zeigte überraschenderweise Wirkung. Der Fremde ließ meine Hand los und schlug sich mit einer geballten Faust auf die Brust. „Ich bin zutiefst gekränkt. Deine Schönheit hat mich überwältigt und ..."

Lynettes Schnauben unterbrach das, wovon ich annahm, dass es zu einem langen Monolog werden würde. „Lass sie in Ruhe, Cedric." Dann deutete sie auf ein Gebäude, von dem ich mir ziemlich sicher war, dass es an einem Ende ein Glasdach hatte – vielleicht für einen klaustrophobischen Teenager gebaut? „Die hier gehört mir. Ich werde nach Erik sehen, aber du kannst …"

„Wir werden beide nach Erik sehen", berichtigte ich sie. Dann nickte ich dem Shifter zu, den ich nur allzu gerne zurückließ, und benutzte dieselbe Art von Höflichkeit, die auch er als Ablenkung eingesetzt hatte. „Es war mir ein Vergnügen, dich kennenzulernen. Wenn du uns nun entschuldigen würdest …"

Cedric lachte leise und ließ uns ohne weiteres Befummeln gehen. Aber als ich einen Blick zurückwarf, kurz bevor ich Lynette in das Gebäude folgte, in das sie uns geführt hatte, starrte Cedric uns immer noch mit seinem Wolfsblick hinterher.

Aber darum würden wir uns später kümmern. Im Augenblick verwandelte der Anblick von Erik in einer Zelle Lynette von einer selbstbewussten Frau in ein Kind, dem die Lippen zitterten. Sie raste durch den Raum und hielt sich an den Gitterstäben fest, als ob sie es irgendwie hätte schaffen können, sie aus den Angeln zu reißen. „Erik!"

Als Antwort schlossen sich seine größeren Hände um ihre. „Das ist keine große Sache. Schau, ich habe ein Bett, eine Toilette und ein Waschbecken. Ich komme schon klar. Du kannst in deine Hütte gehen und mich morgen früh besuchen kommen."

„Ich bleibe hier."

„Dachte ich mir, dass du das sagen würdest." Erik machte eine Kopfbewegung, anstatt sich von Lynette abzuwenden, und lenkte unsere Aufmerksamkeit auf ein zweites kleines Bett, das an die Wand auf unserer Seite des Gitters geschoben war. „Deshalb habe ich ein Bett für dich herbringen lassen."

Er hatte nicht nur ein Feldbett für Lynette verlangt. Im Gegensatz zu seinem spartanischen Schlafplatz verfügte ihr Bett über eine Matratze mit Laken und Decken, ein Kopfkissen und zwei dicke Wurfkissen, die einfach nur hübsch waren.

„Dein Bett sollte auch so sein", beschwerte sich Lynette. Aber sie lächelte, als ihre Finger über die Satineinfassung der Decke fuhren. Und sie nahm die heiße Schokolade an, die ich aus den Päckchen neben der Mikrowelle zubereitet hatte, zumindest tat sie das, nachdem sie von mir verlangt hatte, Erik zuliebe eine weitere Runde dieser wunderbaren modernen Errungenschaft zuzubereiten.

Die Nacht war schon halb vorbei, aber Lynettes Unruhe legte sich erst, als Erik sein Bettchen an die Innenseite der Gitterstäbe und sie ihr Bettchen an die Außenseite geschleppt hatte und ich mich in meine Pelzgestalt begeben hatte, um die lebende Wärmflasche zu werden, die Lynette nach einem ihrer Albträume immer wieder in den Schlaf wiegte.

Als die Sonne aufging, schliefen wir alle fest, sogar das nachtaktive Kätzchen. Und es war nicht die Sonne, die mich weckte, sondern vielmehr Drakes Stimme.

In menschlicher Gestalt hätte ich hinter den soliden Wänden kein Wort verstehen können, aber meine Fuchsohren konnten sein Schnarren trotz des Hindernisses wahrnehmen. „Was ist los?"

Er klang müde und abgekämpft. Ich hatte mich schon gefragt, wohin Drake verschwunden war, und das war meine Antwort. Er hatte die Nacht draußen verbracht, um Lynette zu bewachen, ohne sie mit seiner Anwesenheit zu verärgern. Ich vermutete, dass ihr Zorn viel länger als eine halbe Stunde angedauert hätte, wenn er drinnen nach uns gesehen hätte, während sie noch wach gewesen wäre.

Die andere Stimme war mir nicht ganz so vertraut, aber ich konnte sie nach einigem Grübeln doch zuordnen. Seth, ein Freund von Lynette und Drake, den ich vor einem Monat kurz kennengelernt hatte und der anscheinend auch zu den Streunern gehörte. Seine Stimme klang schärfer, als ich sie in Erinnerung hatte, als er erklärte: „Das musst du dir ansehen."

Ich konnte mir Drakes entschlossenes Kopfschütteln bildlich vorstellen. „Ich muss hierbleiben. Sag es mir."

Eine Pause, dann überbrachte Seth die schlechte Nachricht. „Es geht um Cedric. Er ist letzte Nacht über eine Klippe gestürzt. Wir haben ihn heute Morgen am Grund gefunden. Er ist tot."

Kapitel 10

Tru

Cedric, der Handküsser? Trotz seines Verhaltens durchfuhr mich ein Stich. Und mit dem Schmerz kam ein nervenaufreibendes Frösteln.

Denn auch wenn es denkbar war, dass Cedric einen Hang zum Schlafwandeln gehabt haben könnte, der ihn aus eigener Kraft über den Rand der Klippe stolpern ließ, erschien mir diese Möglichkeit doch sehr zufällig. Wie groß war die Wahrscheinlichkeit, dass der einzige Streuner, den Lynette und ich letzte Nacht kennengelernt hatten, gleichzeitig derjenige war, der nur wenige Stunden später auf dem Bauch liegend aufgefunden wurde?

Ich blickte über das Kissen auf meinen Schützling. Sie schlummerte wie ein Baby und hatte eine Hand unter ihr Kinn geschoben. Mit dem anderen Arm umarmte sie sich selbst, als ob sie sich zwischen mir, Neko und Erik noch immer allein fühlte.

Mutterseelenallein und durch die Vertrautheit mit Cedric in diesem neuen Rätsel verstrickt. Aber zumindest für eine weitere halbe Stunde ließ ich sie einfach bloß Kind sein.

Also schlängelte ich mich vorsichtig unter der Bettdecke hervor und landete lautlos auf dem Boden neben dem Feldbett. Dann wandelte ich mich in meine menschliche Gestalt und hob das Bündel meiner Habseligkeiten auf ... nur um zu erstarren, als das Klirren des Reißverschlusses gegen die Bodenfliesen die Stille durchbrach.

Lynette rührte sich nicht, aber Eriks Augen sprangen auf. Er stützte sich auf einen Ellbogen und verzog den Mund zu einer Frage, die Lynette sicher aufgeweckt hätte. Schnell schüttelte ich den Kopf und legte einen Finger auf meine geschlossenen Lippen, bevor ich auf das Mädchen zwischen uns deutete. Wenn mein Instinkt richtig war und Erik sich wirklich um meinen Schützling sorgte ...

Natürlich nickte er und ließ sich zurück auf die Matratze sinken, ohne zu fragen, was ich eigentlich im Schilde führte. Erst nachdem ich Lynettes geschlossene Augenlider einen weiteren langen Augenblick beobachtet hatte, löste ich mich von den beiden, schlüpfte aus der Tür und schritt barfuß durch die dünne Schneedecke auf den Alpha zu, der schon so lange Wache gehalten hatte, dass seine Schultern ganz weiß waren.

„Kalt?" Drake krächzte, und die Wärme seines Atems ließ die Luft zwischen uns weiß aufsteigen. Er ließ seinen Blick nicht auf meine aufgerichteten Brustwarzen fallen, aber ich errötete trotzdem und spürte, wie mein Körper darauf reagierte, in seiner Gegenwart nackt zu sein.

Trotzdem winkte ich ihn durch die geschlossene Tür weiter zu mir, bevor ich mich ankleidete. Mit leiser Stimme raunte ich ihm alles zu, was er nicht schon wusste.

Cedric hatte mich und Lynette gestern Abend begrüßt. Er war aufdringlich gewesen, hatte uns aber gehen lassen, als ich ihn zur Rede gestellt hatte. Unser Aufeinandertreffen könnte möglicherweise etwas damit zu tun haben, warum er in den letzten Stunden gestorben war. Diese Spur musste unbedingt weiterverfolgt werden.

Gerade als ich meinen Vortrag beendet hatte, piepte Drakes Handy und nach einem kurzen Blick nach unten verfinsterten sich seine grauen Augen. Anstatt mir die Nachricht vorzulesen, kippte er nur den Bildschirm, um mir weitere schlechte Nachrichten zu verkünden.

Kira hatte sich wie versprochen in aller Herrgottsfrühe mit Informationen über das Kennzeichen gemeldet, das Erik uns gegeben hatte. Es stimmte tatsächlich mit einem Fahrzeug überein, das in der Nähe des Unfalls gesehen worden war. Aber das Auto war monatelang in einer Garage eingeschlossen gewesen und laut Kiras Nachforschungen war so viel Staub auf der Motorhaube, dass es unmöglich gestern gefahren worden sein konnte.

Außerdem konnte der Mann, der in den Fahrzeugpapieren eingetragen war, es nicht mehr gefahren haben. Ambrose Reed, mein Exmann und Eriks ehemaliger Alpha, war der eingetragene Besitzer.

„ERIK HAT GELOGEN." Drakes Raunen war eisiger als der Schnee, der zwischen meinen Zehen schmolz. Ich hatte mir noch keine Socken und Stiefel angezogen, aber an Anziehen war jetzt nicht mehr zu denken.

„Er kann Cedric nicht umgebracht haben", widersprach ich, und versuchte, die Zusammenhänge zu ergründen. „Er war in dieser Zelle, seit ich Cedric lebend gesehen habe."

„Ein Komplize?"

„Kami." Ich drehte mich in einem engen Kreis und betrachtete das ruhige Dorf voller schlafender Streuner ... und vielleicht einem rachsüchtigen Geist. Dann zuckte ich zusammen, als mir klar wurde, was passiert sein musste. „Lynette hat Erik gestern Abend doch ihr Handy geliehen. Er wollte seinen Eltern eine SMS schicken und ihnen mitteilen, dass sie sich keine Sorgen machen sollen. Das hätte ich verhindern sollen. Ich hätte ihm zumindest über die Schulter schauen sollen, um sicherzugehen, dass er sich wirklich bei jenen gemeldet hat, die er angeblich anrufen wollte ..."

Mein Frösteln hatte nichts mehr mit Kälte zu tun.

Anstatt zu antworten, kniete Drake vor meinen Füßen nieder. Dann hob er einen Fuß an, befreite meine Zehen vom Schnee, streifte eine Socke über und schnürte einen Stiefel um meinen frierenden Körperteil. „Das konntest du doch nicht wissen."

„Vielleicht nicht. Aber wenn Erik *Kami* verraten hat, wo wir sind, und sie Cedric getötet hat, dann sind wir alle hier in Gefahr."

Und vielleicht war auch Lynette in Gefahr, allein in dem Raum mit dem Objekt ihrer Zuneigung, selbst wenn sie durch Metallgitter getrennt waren?

Ich muss angespannt gewesen sein, denn Drake antwortete auf meine unausgesprochene Sorge. „Ich habe Erik befohlen, ihr nichts zu tun." Er hockte immer noch auf dem Boden, seine Hände waren unerträglich sanft, als sie meinen anderen Fuß anhoben, die andere Socke anzogen und den anderen Stiefel zuschnürten. „Nachdem er bereitwillig geschworen hatte, meinen Befehlen zu gehorchen."

Meine Muskeln entspannten sich ein wenig. Erik hatte Drake im Grunde als seinen Alpha angenommen. Und als solcher würde jeder Befehl, den Drake gab, viel länger Bestand haben als normale Alphabefehle.

„Ich habe auch nicht vor, mich aus ihrer Hörweite zu bewegen", fuhr Drake fort. „Trotzdem ist es vorrangig, den Rest der Streuner in Sicherheit zu bringen. In meinem Büro liegen versiegelte Umschläge, in denen steht, wohin jeder Streuner verschwinden soll. Der Safe befindet sich an der Wand hinter dem Schreibtisch. Hier."

Er war jetzt auf den Beinen und machte sich nicht die Mühe, den Schnee von seiner Hose zu putzen, als er mir einen Schlüssel reichte. Ich nahm ihn an mich und mein Blick folgte seiner Geste in Richtung des Büros, wo ich eindeutig eine Räumung in die Wege leiten sollte. Meine Füße blieben jedoch fest an ihrem Platz.

„Du hast doch nicht etwa vor, Erik vor ihren Augen zu verhören, oder?"

Drake schüttelte den Kopf. Dann zuckte er zusammen, als ob er sich an etwas erinnerte, das ihn schmerzte. „Der Big Boss soll auch heute Morgen ankommen. Sie sieht sich am Ersten des Monats gerne alles selbst an."

Der Big Boss, so nannte Drake die Frau, die für ihn zuständig war. Ich hatte sie bei den gelegentlichen Videochats gesehen und war nicht gerade angetan von ihr. Sie benutzte die Streuner gerne als Sicherheiten, um Drake zu Aufträgen zu drängen, die seinem moralischen Empfinden widersprachen.

Trotzdem zuckte ich mit den Schultern. „Ich bin höflich", versprach ich. „Bekommt sie denn auch einen Umschlag?"

„Sie kann ganz gut auf sich selbst aufpassen. Die Sache ist die …" Er schloss die Augen und seine Stimme verstummte.

Ich hatte noch nie erlebt, dass Drake sprachlos war. Er war zwar umsichtig mit seinen Worten, ja. Es tat ihm weh, wenn er zu lange sprach, klar. Aber nicht in der Lage, einen Gedanken zu Ende zu führen? Das war so gar nicht seine Art.

„Drake", ich streckte meine Hand aus, um ihn zu berühren. „Was ist los?"

Er knurrte tief in seiner Kehle, dann gab er einen weiteren Hinweis preis. „Ich nenne sie zwar immer Big Boss, aber sie bevorzugt eigentlich eine andere Bezeichnung."

Das konnte ich mir schon denken. *Big Boss* klang eher ironisch, als würde Drake die Rolle der Frau mittleren Alters anerkennen, ohne ihr die Ehre zu geben, die mit dieser Position einhergehen sollte.

„Welche denn?", fragte ich, als Drake verstummte.

„Sie zieht es vor", murmelte er mit Blick auf den Boden, „von mir *Mutter* genannt zu werden".

Kapitel 11

Tru

Zu dieser Aussage gäbe es so viel zu sagen, aber jetzt war nicht die Zeit dafür. Stattdessen ließ ich Drake vor dem Gebäude, in dem Lynette an ein Kätzchen und einen möglichen Mordkomplizen gekuschelt schlief, in Ruhe und betrat dann das Büro, zu dem mich Drake dirigiert hatte.

Bei Rosa hatte Drake ein Zimmer gemietet, das er wie eine Hotelunterkunft behandelt hatte. Die wenigen Male, die ich drinnen gewesen war, hatte ich keine persönlichen Gegenstände gesehen. Anzüge hatten im Schrank gehangen, während Kleidung, die nicht knitterte, in einem Koffer aufbewahrt worden war. Außer einem winzigen Paar Ohrstöpsel und seinem Handy schien er keine weiteren elektronischen Geräte zu besitzen; auch keine Bücher.

Auf den ersten Blick war dieses Büro das genaue Gegenteil. Um das Fenster herum war ein kräftiger, wuchernder Philodendron gepflanzt worden. Ein verziertes Bücherregal an der benachbarten Wand war voll mit beliebten Texten, von Kinderbuchklassikern im untersten Regal bis zu Philosophie und Geschichte im obersten. Zwei tiefe Sessel neigten sich einander zu, als ob sie um ein Gespräch bettelten. Und als ich den Lichtschalter umlegte, leuchteten hinter Buntglasschirmen warme Lampen.

Aber nichts von alledem roch nach Drake. Der Raum duftete nach Fell, ein halbes Dutzend Gerüche, die so stark waren, dass man sie leicht unterscheiden konnte, während sich mehrere andere daruntermischten. Doch nirgends konnte ich Drakes persönliche Zitrone ausmachen, weder die süße, dessertartige Version noch den herben Geruch nach Putzmittel, den er manchmal bei der Arbeit verströmte. Dies war zwar sein Büro, aber es wurde von einer Vielzahl von Streunern genutzt, die, wie ich jetzt vermutete, die Bücher, Stühle, Pflanzen und Lampen ausgesucht hatten.

Der Safe war da ganz anders. Er war nicht hinter irgendetwas versteckt, aber der Griff roch eher nach Politur als nach Shifter. Wenn ich raten hätte müssen, wäre das Metall zusammen mit allen anderen Oberflächen viele Male gereinigt worden, seit er das letzte Mal geöffnet worden war.

Das Drehen des Schlüssels im Schloss fühlte sich an, als würde ich in Drakes Privatsphäre eindringen, viel mehr als damals, als ich ihm angeboten hatte, saubere Handtücher auf sein Bett bei Rosa zu legen und er sich ohne mit der Wimper zu zucken bei mir bedankt hatte. Damals hatte es ihn nicht gestört, dass ich sein Schlafzimmer betreten hatte, weil dort ja nichts Persönliches zu finden gewesen war.

Das Innere dieses Safes war das genaue Gegenteil.

Es gab natürlich Briefe, einen ordentlichen Stapel davon, die ich wie gewünscht herauszog. Aber zwei andere Gegenstände, die hinten hineingeschoben worden waren, fesselten mich, bevor ich mich dazu durchringen konnte, mich abzuwenden.

Ein Seil, das lang genug war, um es zwischen meinen schulterbreit ausgebreiteten Händen zu halten, und auf dessen

Oberfläche etwas Dunkles verkrustet war. Und ein winziges Stück Fell, das leicht von einem Wolf hätte stammen können, das aber statische Elektrizität erzeugte, als ich es streichelte.

Im Gegensatz zu dem Seil roch das Fellstück süßlich nach Zitronen-Meringue-Kuchen. Als ob Drake es schon oft angefasst hätte, wenn niemand anderes in der Nähe war, sodass sich die Gerüche vermischt hatten.

Nun, das Fellfragment roch nach Zitrone und jetzt auch nach muffigen Buchseiten. Drake würde wissen, dass ich herumgestöbert hatte, sobald er das nächste Mal den Safe öffnete.

Ich schloss schnell die Tür und wirbelte herum, als ich eine männliche Stimme hörte.

„Wie ich sehe", stellte Seth fest, dessen Stimme so ganz anders klang, als ich sie vor ein paar Minuten gehört hatte, „hat er dich in sein Herz gelassen."

ALS SETH UND ICH UNS das letzte Mal gesehen hatten, war ich gerade von einem Gedächtnisverlust aufgewacht, der nach Lynettes letzter Entführung aufgetreten war. Kurz darauf hatte ich ihn und Drake unwissentlich weggeschickt, anstatt ihnen zu verraten, wo Lynette gefangen gehalten worden war.

Kein Wunder, dass Seths Schultern jetzt angespannt waren und er die Fäuste geballt hatte. Durch die gesteigerten Gemütsregungen war sein Geruch inzwischen so stark, dass ich ihn im ganzen Raum wahrnehmen konnte.

Sonnenlicht auf Eis, einer der häufigsten Gerüche, die von früheren Besuchen im Büro übriggeblieben sind. Seth hatte schon viele Stunden in diesem Raum verbracht.

Aber dieses Mal war er nicht eingetreten, obwohl ich vermutete, dass Drake ihn geschickt hatte, um mir beim Verteilen der Umschläge zu helfen. Streuner nehmen Anweisungen besser von jemandem entgegen, den sie kennen, als von einem Fremden. Trotzdem hatte Drake die Briefe mir ausgehändigt, nicht ihm.

Es sah ganz so aus, als würden wir beide zusammenarbeiten. Um die offensichtliche Spannung zwischen uns abzubauen, machte ich den Anfang: „Ich schulde dir eine Entschuldigung ...“

Aber Seth unterbrach mich, bevor ich zu Ende sprechen konnte. „Das tut heute nichts zur Sache.“ Dabei deutete er auf die Briefe. „Darf ich?“

Erst als ich nickte, betrat er das Büro und mir wurde klar, dass er nicht wegen des alten Grolls zwischen uns in der Tür gestanden hatte. Er hatte mir Freiraum gelassen, falls der Geruch von frischem Fell mich dazu bringen würde, zu fliehen.

Aber das hatte ich hinter mir, zumindest größtenteils. Im Augenblick hatte ich kein Problem damit, die Stellung zu halten, als Seth die Umschläge durchblätterte und seinen und zwei weitere herauszog: den von Lynette und den von Cedric. „Die können zurück in den Safe.“

Ich widersprach nicht. Stattdessen legte ich die Briefe vor die unbekannten Schätze und schloss den Tresor wieder fest. Dann folgte ich Seth wieder hinaus in den Schnee und wir hämmerten an eine Tür nach der anderen.

Wir arbeiteten gut zusammen, aber mir entging nicht, dass Seth sich davor drückte, meine Entschuldigung anzunehmen. Ich übersah auch nicht, dass beim Verteilen der Briefe das

Schweigen zwischen uns so eisig und kristallklar war wie der Schnee, den wir bei jedem Schritt aufwirbelten.

Doch ich war zu sehr damit beschäftigt, über meine Schulter zu schauen, um einen Hinweis auf *Kamis* Anwesenheit zu finden, als dass ich das Thema weiterverfolgen konnte, während wir zwischen den Hütten hin und her gingen. Und in jeder Hütte ließ die überwältigende Angst, die von einem Shifter nach dem anderen ausging, unsere persönlichen Meinungsverschiedenheiten im Vergleich dazu verblassen.

Denn jeder Streuner war als letzten Ausweg auf diesen Berggipfel gekommen. Kein Wunder, dass der Rauswurf einige in Rage brachte, andere zum Weinen und eine lachte sogar derart hysterisch, als wäre die Aufforderung, die versprochene Sicherheit zu verlassen, der größte Witz, den sie seit langem gehört hatte.

„Ich war Drakes Erste", berichtete India und ich merkte erst, dass sich meine Zähne schärften, als die kleine Frau um die dreißig mit den kurzen, verrückten Haaren, die in mindestens drei verschiedenen unnatürlichen Schattierungen gefärbt waren, mir einen Klaps auf die Wange gab. „Nicht *diese Art* von Erster, Schatz. Ich war seine erste Streunerin. Ich habe ihm zwar immer wieder klargemacht, dass dieser Ort nicht lange bestehen kann, aber dann habe ich ihm wohl doch geglaubt, als er behauptet hat, dass wir hier sicher sein würden."

„Ihr seid überall sicher, wo ihr hingeht", versprach Seth und trat mit einem Rucksack in der Hand zurück in den Raum. Jeder Streuner hatte einen solchen Rucksack an einem leicht zugänglichen Ort, den auch Seth kannte. Ich nahm an, dass sie auch ein Transportmittel vorbereitet hatten, denn dort, wo

Drake mir gesagt hatte, dass ich mein Auto parken sollte, waren keine anderen Fahrzeuge zu sehen gewesen.

„Lies deinen Brief", schlug ich vor, als die Frau auf Seths Zusicherung hin nur den Kopf schüttelte. Nachdem India den versiegelten Umschlag aufgerissen und das Blatt Papier durchgelesen hatte, duftete sie wie jede andere Streunerin süß und sanft.

Ich hatte Teile des Inhalts anderer Briefe gesehen, genug, um zu wissen, dass Drake jeden Shifter persönlich angesprochen hatte. Er hatte gemeinsame Geschichten erwähnt und war dann noch persönlicher geworden. Die Ängstlichsten wurden an ihre Stärke erinnert. Die besonders Zornigen wurden daran erinnert, dass sie auch ihre ruhigen Seiten hatten.

India wurde offenbar daran erinnert, dass es auch Spaß abseits von Hysterie geben konnte. Denn sie nahm ihre Tasche von Seth in Empfang und machte sich mit einem Witz und einem Lächeln auf den Weg zu einem bestimmten Treffpunkt, den Drake festgelegt hatte, damit sich die Shifter paarweise bei ihrer Evakuierung gegenseitig den Rücken freihalten konnten.

In meinen Händen befanden sich nun keine Umschläge mehr. Die uns zugewiesene Aufgabe war erfüllt.

„Fertig?", fragte Seth einsilbig, als wir zusammen allein vor Indias Haus standen. Der Wind hatte aufgefrischt und wehte den Schnee in die Luft, wo er wie Glühwürmchen funkelte.

Obwohl mir der Wind bitter auf die Wangen schlug, schlüpfte ich aus meinem Mantel, bevor ich antwortete. Alle Unschuldigen waren weggeschickt worden oder wurden von Drake persönlich beschützt. Das bedeutete, dass ich der Verlockung eines Rätsels erliegen konnte.

„Wir sind erst dann fertig“, sagte ich ihm, „sobald du mir den Weg zu Cedrics Leiche gezeigt hast.“

Kapitel 12

Tru

Seth zeigte mir gar nichts. Stattdessen führte er mich wortlos zurück ins Büro und entledigte sich seiner Kleidung, während ich dasselbe tat, wobei wir einander den Rücken zuwandten, um ein wenig Privatsphäre zu wahren. Dann schoben sich Wolf und Füchsin durch die Türklappe und folgten den Fußspuren zu dem Weg, den Lynette und ich vor ein paar Stunden gegangen waren.

In der Dunkelheit hatte ich die Lage des Geländes nicht einschätzen können. Aber jetzt sah ich, dass das Dorf der Streuner auf einem doppelten Ring aus Klippen mit einer einzigen Unterbrechung lag, durch die der Pfad hinunterführte. Nachdem wir durch die erste Hälfte dieser Lücke hinabgestiegen waren, führte mich Seth von dem Wirrwarr aus Fluchtwegen weg und am Fuße der oberen Klippen entlang, wo ein schmaler Pfad auf halbwegs ebenem Boden verlief, bevor unten der nächste Abhang begann.

Dieser Pfad war heute schon einmal überquert worden. Eine einzelne Wolfsspur, die hin und zurückführte, eilte uns durch den Schnee voraus.

Da ich nicht in Tierform sprechen konnte, musste ich annehmen, dass diese Abdrücke von Seth stammten. Er hatte den gefallenen Körper von der Klippe aus gesehen und diesen

Weg genommen, um herauszufinden, ob Cedric noch lebte und Hilfe brauchte. Ohne zu wissen, wann der Schnee gefallen war, war es jedoch unmöglich zu sagen, ob Cedric und sein Mörder denselben Weg genommen hatten oder ob Ersterer tatsächlich von der Klippe gestürzt war.

Während wir liefen, biss die Kälte in den schattigen Wald, während die Sandsteinwand zu unserer Linken jeden Sonnenstrahl abblockte. Eisschollen überzogen den Pfad dort, wo ein Rinnsal über ihn hinweggeflossen war, und ich schaute nach unten, um sicherzugehen, dass ich nicht über den Rand der nur wenig schmaleren Klippe unter uns abrutschte, als plötzlich diese seltsame Wölfin auftauchte.

Sie muss über den Pfad gesprungen und hochgeklettert sein, um sich in einer schattigen Nische über uns niederzulassen. Ihr Standort warf daher trotz der einzelnen Fährte keine Fragen auf. Ihre Fellform hingegen schon.

Sicherlich hätte sich Kami in einen Fuchs verwandelt, nicht in einen Wolf?, dachte ich und schüttelte den Gedanken wieder ab. Jetzt war nicht der richtige Zeitpunkt zum Grübeln. Nicht, wenn diese fremde Wölfin direkt auf mich zusteuerte und unser Größenunterschied einen direkten Kampf nicht gerade ratsam machte.

Gut, dass ich Seth als Verstärkung dabeihatte. Schon jetzt drehte er sich, um seinen Körper zwischen mich und die Angreiferin zu schieben. Auch die Landschaft kam mir zugute, denn der rutschige Weg erforderte mehr Beweglichkeit als rohe Kraft.

Dann stieß die Wölfin ein Bellen aus und die Luft wurde noch kälter, als ein Alphabefehl Seth unerbittlich an Ort und Stelle erstarren ließ.

Das Feld hatte sich auf sie und mich verengt und nun landete sie dort, wo ich einen Augenblick zuvor noch gestanden hatte.

Ich für meinen Teil schob meinen Körper zwischen sie und den erstarrten Seth. Für einen dominanten Wolf wäre es ein Leichtes, einen erstarrten Untergebenen mit einem Hüftstoß über die Klippe zu befördern. Doch ein zweiter Streuner, der an diesem Morgen durch einen heftigen Sturz zu Tode kommen würde, war nicht zu erwarten, nicht, wenn ich das verhindern konnte.

Also huschte ich hin und her, knabberte an den Vorderläufen unserer Gegnerin und zog mich zurück, bevor sie mich erwischen konnte. Bei diesem Tempo würde ich genug Blut vergießen, um unsere Widersacherin kampfunfähig zu machen ... in etwa eineinhalb Jahren.

Sie ließ mich drei kleine Kratzer hinterlassen, dann bellte sie ein zweites Mal. Und als Seth anfing, vorwärts zu gehen, bewies er mit einer ruckartigen Bewegung, dass er das nicht aus eigenem Antrieb tat. Er drängte mich auf die entblößten Reißzähne der Werwölfin zu, wobei ein Abhang auf der einen Seite und eine Klippe auf der anderen Seite verhinderten, dass ich dem Zangenmanöver ausweichen konnte.

Ich zögerte, weil mir keine Lösung einfiel, die Seth nicht in tödliche Gefahr bringen würde. Und unsere Gegnerin nutzte das voll aus. So schnell, dass ich nicht einmal mitbekam, wie sie sich bewegt hatte und ihre Zähne über meiner Halskrause zusammenbiss. Dann war ich schon in der Luft, unfähig, mit meinen Pfoten Halt zu finden.

Ein Fuchs im Maul eines Wolfes hatte kaum eine Chance. Aber meine Widersacherin beendete die Sache nicht so schnell. Stattdessen schleuderte sie mich von einer Seite zur anderen und drehte ihren Kopf hin und her, sodass mein viel kleinerer Körper bei jeder Drehung schneller und schneller herumgeschleudert wurde.

Meine Hüfte knallte mit voller Wucht gegen ihre Schulter und mein Nacken schmerzte vom Schleudertrauma. Noch ein bisschen schneller, noch ein bisschen heftiger, und meine Wirbelsäule würde brechen ...

So wandelte ich mich und hoffte, dass der Augenblick, in dem sich das Fell in Haut verwandelte, mir einen winzigen Vorteil verschaffen würde. Ich konnte nur hoffen, dass die glatte Beschaffenheit meiner menschlichen Haut es mir ermöglichen würde, mich aus den Fängen der Gegnerin zu befreien ...

Nur, dass sich die seltsame Wölfin genauso wandelte wie ich. Wir landeten nackt und keuchend auf dem eisigen Stein, die Kälte brannte sich in den Bluterguss an meiner Hüfte und in meinen Hintern, als ich mich herumdrehte, um mich ihr zu stellen.

Ich hatte angenommen, dass diese Frau *Kami* war. Dass sie irgendwie die Gestalt eines Wolfes angenommen hatte, nachdem ich vor einem Monat die Bindung zu ihr aufgelöst hatte, und dieses andere Gesicht angenommen hatte.

Aber unsere Widersacherin war nicht *Kami*. Ich erkannte sie vom Display von Drakes Handy. Der Big Boss. Seine Mutter.

„Du bist also diejenige, die ihre Krallen in meinem Sohn versenkt hat", stellte sie fest. Dann machte sie sich aus dem Staub und lief den Weg entlang, den Seth und ich gegangen waren, um an diesen Punkt zu gelangen.

SETH WAR FÜR VOLLE fünfzehn Minuten nicht in der Lage, seine Muskeln so weit zu entspannen, dass er laufen konnte. Aber er schüttelte den Kopf, als ich ihn fragte, ob ich vorauslaufen und vor der Gefahr warnen sollte, die Drakes Mutter darstellte.

Nein, sagte sein erstes Kopfschütteln, Lynette war nicht in Gefahr. Nein, sein zweites Kopfschütteln bestätigte, dass dieser Angriff kein Zeichen von Besessenheit war.

Ich nahm Seths Rat an und war froh über eine Ausrede, um die unangenehme Bekanntschaft mit Drakes Elternteil zu vertagen. Ich wechselte wieder in mein Fell, um die kostbare Körperwärme zu bewahren, und wartete darauf, dass mein Begleiter sein gestörtes Gleichgewicht wiedererlangte.

Nach und nach kam er aus dem Alphabefehl wieder heraus. Zuerst schüttelte er den Kopf, dann konnte er im Laufe einer Minute seinen Schwanz zwischen den Hinterbeinen hervorziehen. Schließlich befreite er sich mit einem Schaudern am ganzen Körper von dem Zwang, so als würde er nach einem unbedachten Bad vergiftetes Wasser abschütteln.

Und obwohl Seth nicht mein Freund war, vermerkte ich einen weiteren Punkt gegen Drakes Mutter auf meiner gedanklichen Strichliste. Sie hatte Seth zwar nicht dauerhaft geschädigt, aber sie war auch nicht nett zu ihm gewesen. Sie hätte ihn genauso gut wieder freigeben können, anstatt ihn den Zwang auf die langsame, harte Tour aus seinem Körper zu bekommen.

Je mehr ich darüber nachdachte, desto weniger mochte ich diese Frau.

Dann verdrängte ich sie aus meinen Gedanken, als Seth mich endlich an den Ort brachte, an den ich gebeten hatte, geführt zu werden. Ein Anblick, der mich bedrückte, obwohl mich Cedrics Handkuss gestern Abend so sehr in Rage gebracht hatte.

Seth hatte wahrscheinlich Recht gehabt, als er behauptete, Cedric sei von der Klippe gestürzt. Es sah so aus, als hätte er sich das Rückgrat gebrochen und seine unteren Gliedmaßen wären gelähmt gewesen, als er versucht hatte, sich den Pfad hinauf in Sicherheit zu bringen. Vielleicht hatte Cedric es noch ein Stück des Weges geschafft, bevor er starb, vielleicht aber auch nicht. Es war unmöglich, das zu sagen, denn der Schnee war nach seinem Tod schon so lange gefallen, dass er sich wie ein Leichentuch über seinen Körper gelegt hatte.

Die einzigen freien Stellen befanden sich an seinem Hals und im Gesicht. In der Nähe deutete eine Reihe von Wolfsspuren, die sich in ein Paar nackter menschlicher Fußspuren auflösten, darauf hin, dass Seth sich gewandelt hatte, um die Lebenszeichen zu überprüfen, bevor er in seine Wolfsgestalt zurückgekehrt war, um Drake die Nachricht zu überbringen.

Es gab keinen Grund zur Eile, also schnüffelte ich an der Leiche. Ich erwartete keine geruchlichen Anhaltspunkte, aber etwas Ungewöhnliches ließ mich innehalten und ein zweites Mal schnuppern.

Cedric roch ölig. Und als ich mit meinem Atem über sein Gesicht strich, um den Schnee zu entfernen, und dann mit der Zungenspitze über seine nackte Haut fuhr, rebellierten meine Geschmacksknospen gegen den üblen Geruch.

Ich biss in den Schnee, spuckte ihn aus und biss erneut zu, um sicherzugehen, dass das Öl nicht auf mich übergriff. Dann wandte ich mich von Cedric ab und führte Seth im Trab den Weg zurück, den wir gekommen waren.

Denn das Zeug auf Cedric erinnerte mich an das, was von Erik abgeperlt war, nachdem Lynette und Kira ihn mit dieser Flüssigkeit überschüttet hatten. Es war an der Zeit, Erik genauer zu befragen, egal wie sehr dieses Verhör meinen Schützling verärgern würde.

Kapitel 13

Tru

Das schallende Lachen von Lynette begrüßte uns, als wir das Dorf wieder betraten, aber ich folgte dem Geräusch nicht sofort zu seiner Quelle. Stattdessen machten Seth und ich uns auf den Weg zu Drakes Büro, wobei wir uns erneut mit dem Rücken zueinander wandelten.

Ich hatte erwartet, dass wir uns in der gleichen Stille anziehen würden, in der wir uns auch ausgezogen hatten. Aber zu meiner Überraschung lieferte Seth mir Informationen über die jüngsten Ereignisse, ohne dass ich darum betteln musste. „Die Frau, die uns angegriffen hat – Winter De Luca – ist Drakes Mutter."

„Das hat er mir schon gesagt." Nun, nicht unbedingt ihren Namen. Ich kannte nicht einmal Drakes Nachnamen, da die Visitenkarten, die er mit sich herumtrug, alle unterschiedlich waren. Aber die Tatsache, dass der Boss seine Mutter war ... Wenn Seth davon wusste, wusste er vielleicht auch, warum Drake so traurig geklungen hatte, als er die Beziehung eingestanden hatte.

„Du weißt schon, dass der Beruf des Henkers eine Familiensache ist?", fuhr Seth fort.

Ich musste mich umdrehen, um ihm ins Gesicht zu sehen. Wir hatten uns zwar nicht die Mühe gemacht, die Lampen einzuschalten, aber es fiel genug Licht durch das Fenster, sodass man meine nackte Haut sehen konnte.

Aber das war nicht weiter schlimm. Unter Werwölfen wurde Nacktheit keine besondere Beachtung geschenkt. Kein Wunder, dass Seth sich einfach weiter anzog und sich darauf konzentrierte, während ich meine Unwissenheit zugab. „Nein, das war mir nicht bewusst.“ Und dann, weil es einfach gesagt werden musste. „Und wenn Drake mir nichts davon erzählt hat, solltest du das vermutlich auch nicht tun.“

„Jede Eigenschaft, die übertrieben wird, schadet“, murmelte Seth. „Auch die Ehre. Drake hat es dir mindestens drei Mal gesagt, soweit ich weiß.“

Das bedeutete, dass Drake während der Zeit, in der ich täglich mein Gedächtnis verloren hatte, über diesen Teil seiner Vergangenheit gesprochen hatte. „Nicht in letzter Zeit“, wandte ich ein. „Er weiß, dass ich mich nicht daran erinnere und hat das Thema nicht mehr angesprochen.“

Wir hatten uns weiter angezogen, während wir uns unterhalten hatten, und nun zog Seth seine Schuhe energischer an, als wirklich nötig gewesen wäre. „Drake hat dir in letzter Zeit nichts Persönliches erzählt, weil du ihn um Freiraum gebeten hast. Du hast ihm doch klar zu verstehen gegeben, dass du erst herausfinden musst, wer du bist, bevor du dich auf eine Liebesbeziehung einlässt.“ Sein Zerren an den Schnürsenkeln deutete darauf hin, dass seine Geduld mit mir fast am Ende war. „Soll ich dir nun von seiner Mutter erzählen oder nicht?“

Das wollte ich. Ich wollte es wirklich. Aber jetzt war ich bereits vollständig angezogen und hatte keine Ausrede mehr, um mit einem Shifter zu verweilen, der mich nicht mochte und mir Informationen anbot, nach denen ich ehrlicherweise nicht fragen sollte.

Allerdings waren Geheimnisse meine Schwäche. Und Drake war das Nonplusultra unter den Geheimnissen.

Und vielleicht hatte Seth ja Recht, dass jede Eigenschaft, wenn man sie auf die Spitze treibt, von Nachteil ist. Sogar Ehre.

„Ja", antwortete ich schließlich. „Sag es mir. Bitte."

ICH WUSSTE SEIT MINDESTENS einem Monat, dass Drake der Henker war, ein mächtiger Alpha, der keinem Rudel angehörte und diese beiden Aspekte seiner Persönlichkeit nutzte, um zu verhindern, dass bekannt wurde, dass es Werwölfe gab. Darüber hinaus wusste ich, dass der Big Boss – Winter De Luca – entschied, welche Probleme gelöst werden mussten, und ihren Sohn auf Aufträge schickte, die ihn manchmal seelisch angeschlagen und nach fremdem Blut riechend zu uns zurückkehren ließen.

Was Seth mir jetzt erzählte, war moralisch ebenso fragwürdig. Schon Drakes Vater war der Henker gewesen, und Winter hatte ihr gewöhnliches Rudelerbe ausgeschlagen, als sie ihn zu ihrem Gefährten auserkoren hatte. Sie hatte Drake von Geburt an trainiert und erwartet, dass er in die Fußstapfen seines Vaters treten würde, als dieser vor zehn Jahren bei der Arbeit starb.

Seitdem hatte Winter darauf gedrängt, dass ihr Sohn eine entsprechend blutrünstige Gefährtin finden sollte, um ihre Pflichten zu übernehmen. „Ich glaube nicht, dass ich die Art von Gefährtin bin, die sie im Sinn hatte", stellte ich fest, als Seth und ich die Freifläche zwischen dem Büro und dem

Gebäude, aus dem Lynettes Lachen ertönt war, durchquerten. Unser Ziel war mir nicht bekannt, aber der berauschende Duft von Würstchen, der trotz geschlossener Türen und Fenster nach draußen drang, ließ mich vermuten, dass Drake die Teenager versammelt hatte und ihnen Frühstück machte, wahrscheinlich mit seiner Mutter im Schlepptau.

„Sie wird nicht gerade höflich über ihren Unmut sprechen", stimmte Seth zu. „Aber ich bezweifle, dass sie uns ernsthaft etwas antun wird."

Die heftige Prellung an meiner Hüfte hätte das Gegenteil behauptet, aber der schenkte ich keine Beachtung. Denn Seth war sowohl für Drake als auch für Lynette wichtig, sodass seine Bereitschaft, mit mir zu sprechen, jede Sorge um möglichen Ärger durch Winter überwand.

„Danke." Ich achtete darauf, dass meine Worte von ehrlicher Dankbarkeit geprägt waren. „Nachdem ich dich vor einem Monat so behandelt habe, hätte ich gut verstanden, wenn du ihr geholfen hättest, mich über die Klinge springen zu lassen."

Im Gegenzug schüttelte Seth den Kopf. „Es hat sich herausgestellt, dass du schwer zu hassen bist."

„Bist du bereit, meine Entschuldigung anzunehmen?"

„Das muss ich doch. Lynette behandelt dich wie eine Mutter und ich betrachte sie wie eine Schwester. Also sollte ich dich jetzt wohl Mom nennen."

Das war ein Scherz, verbunden mit der Annahme meiner Entschuldigung. Mir wurde schon ganz warm ums Herz, als Seth die Tür zu einer Küche öffnete, die groß genug war, um ein mittelgroßes Restaurant zu versorgen. Und noch wärmer wurde mir, als mein Schützling mich mit Freude in der Stimme begrüßte. „Du kommst gerade rechtzeitig für Crêpes!"

Lynette saß auf einem Hocker auf der anderen Seite des Tresens neben Drake und Erik, die beide in behaglichem Schweigen nebeneinander am Herd zu arbeiten schienen. Ich brauchte einen Augenblick, um zu erkennen, dass Drake vor allem seine rechte und Erik seine linke Hand benutzte, weil ihre mittleren Arme mit Handschellen zusammengehalten wurden.

Jetzt schritten sie im Gleichschritt auf mich zu, mit einer Leichtigkeit, die von kurzer Übung herrührte. Es war interessant, dass der Teenager so bereitwillig mitmachte, was trotz der vielen Vorwürfe gegen ihn für ihn sprach.

Ich hatte jedoch nur Augen für Drake, der mir etwas, das wie ein aufgerollter Pfannkuchen aussah, an die Lippen hielt. „Probier das mal."

Geschmack war eines der wenigen Dinge, denen ich nicht hatte frönen können, während ich in meinem Jahrhundertschlaf versunken war. Und das Essen hatte sich in der Zeit, die ich außerhalb eines Körpers verbracht hatte, stark verändert. In den letzten Monaten hatte ich mich in Pizza und Tacos verliebt, während ich Energydrinks für eine modische Fehlentwicklung hielt.

Crepes waren jedoch mein absolutes Lieblingsessen. Der weiche Teig, der geschmolzene Schokolade umhüllte, vereinte eine Geschmacksexplosion und Fluffigkeit zu purer Perfektion.

Mein zweiter Bissen war nicht gerade anmutig und etwas flackerte in Drakes Augen auf, als er mir mit seinem Daumen die Schokolade von der Lippe strich. Auf die Rauheit seiner Haut folgte die Süße, als er denselben Daumen in meinen

Mund drückte und mich das verloren gegangene Stückchen Frühstück genießen ließ.

„Gut?", schnarrte er.

Meine Stimme klang atemlos, meine Brust war angespannt und mein ganzer Körper spürte seine Nähe. „Ja", antwortete ich.

Und damit meinte ich nicht den Crêpe.

Meine Welt hatte sich auf Drake verengt. Auf seinen Daumen. Auf das Verlangen, meinen Körper an seinen Körper zu schmiegen, so wie Neko oft um Streicheleinheiten bettelte.

Dann wurde diese berauschende Wärme unterbrochen.

„Wie bezaubernd", bemerkte Winter, wobei ihr Tonfall das genaue Gegenteil aussagte. Ich hatte sie auf den ersten Blick gar nicht bemerkt, denn sie hatte in einer Ecke Platz genommen und war genauso förmlich gekleidet wie Drake, in einem Anzug, der vom selben Schneider hätte stammen können. „Ziehst du dich jetzt aus und vögelst ihn?"

Ein schmerzerfüllter Aufschrei aus Lynettes Richtung erinnerte mich daran, dass wir möglichst locker bleiben und nichts tun sollten, was Lynettes Gefühle verletzen könnte. Kein Wunder, dass Drake die Augenbrauen hochzog und Seth die Gelegenheit nutzte, das Thema zu wechseln.

„Es kommt noch mehr Schnee, sofern ihr alle mit der ungewohnten Kälte klarkommt. Und India hat mir erzählt, dass sie letzte Woche einen Schlitten im Lagerraum gefunden hat."

„Einen Schlitten?!" Lynette war von ihrem Hocker aufgestanden und quer durch den Raum marschiert, mit Neko auf dem Arm, dessen Krawattengeschirr an ihr baumelte, bevor

Winter mit einer weiteren Bemerkung die Stimmung ruinieren konnte. „Funktioniert er? Kann ich ihn sehen?"

In diesem Augenblick war unser Schützling wie ein Kind, das sich über einen möglichen Tag im Schnee freut. Dann warf sie einen Blick auf die Handschellen, mit denen die beiden männlichen Werwölfe aneinandergefesselt waren, und ihr Lächeln verblasste. „Schon gut." Mit hängenden Schultern ging sie zurück zu ihrem Stuhl. „Es wird noch mehr schneien."

„Hey", raunte Drake und streckte die Hand aus, um sie sanft umzudrehen. Dabei fasste er ihr Kinn wie ein großer Bruder an und hob ihr Gesicht wieder an, als sie versuchte, sich zum Boden zu drehen. „Geh und sieh dir den Schlitten an. Ich behandle Erik genauso behutsam, wie wenn du mich hier anstarren würdest."

„Versprochen?"

„Versprochen." Er ließ sie los, streckte einen kleinen Finger aus und wartete geduldig, bis Lynette ihren kleinsten Finger um den seinen gelegt hatte.

Ihre Geste war erst zögerlich, dann wieder nicht. Sie und Drake hatten eine gemeinsame Vergangenheit, die sie ihm bedingungslos vertrauen ließ. Kein Wunder, dass sie mir Neko in die Arme warf und Seth zur Tür hinauszog, wobei sie ihn trotz ihrer Aufregung nicht verbrannte, als nackte Haut auf nackte Haut traf.

In der Küche herrschte einen langen Augenblick lang Stille, bis Lynettes Geplapper in der Ferne verhallte. Dann hielt Drake sein Wort, während ich zum Bösewicht wurde.

„Erzähl mir von deinem Alpha", forderte ich und drängte mich an Eriks Gesicht heran.

Kapitel 14

Tru

„Chief Reed?" Eriks Wolf erhob sich hinter seinen Augen, als ich ihm auf die Pelle rückte, aber ansonsten blieb er ganz und gar menschlich, als er antwortete. „Was möchtest du über sie wissen?"

„Sie?" Ich schüttelte den Kopf und erkannte, dass in den Monaten seit der Beerdigung meines Mannes natürlich ein neuer Rudelführer ernannt worden war. „Über den ehemaligen Alpha", berichtigte ich mich. „Ambrose."

„Den habe ich nie getroffen." Der Atem des Jungen roch so stark nach Crêpe, dass schwer zu sagen war, ob er log oder nicht. Aber seine anschließende Erklärung schien einen Sinn zu ergeben. „Wir sind erst vor sechs Wochen dem Rudel beigetreten. Meine Cousins und Cousinen werden langsam alt genug, um sich zu wandeln, und meine Tante wollte, dass sie einen Clan haben und nicht so tun müssen, als wären sie Menschen. Sie war der Meinung, dass die Unterordnung unter einen Alpha ein kleiner Preis für die guten Seiten des Rudellebens ist."

„Es ist nicht leicht, sich als einsamer Wolf durchzuschlagen", murmelte Drake. Er hatte Lynette nicht angelogen. Er war sanft und einfühlsam. „Hast du deshalb das Nummernschild eines Autos aufgesagt, das sich seit Monaten nicht mehr von der Stelle bewegt hat? Warum hast du das Lenkrad gepackt und mein Auto von der Straße gedrängt, als Lynette gesagt hat, sie sei sich nicht sicher, was sie in der Dunkelheit gesehen hat?"

Eriks Kopf bewegte sich hin und her. „Da ist ein Auto auf uns zugekommen. Ich habe gedacht, da war ein Auto. Ich schwöre ..."

„Wem hast du gestern eine SMS geschrieben?", herrschte ich ihn an und ließ meine Stimme zu einem Knurren abfallen.

Eriks Augenbrauen zogen sich zusammen, als ob er verdutzt gewesen wäre, aber er antwortete ohne zu zögern. „Meinem Onkel. Ich habe ihm mitgeteilt, dass ich abhaue und er sich keine Sorgen machen soll, wenn er eine Zeit lang nichts von mir hört. Er hat gewusst, dass ich nicht gerade scharf darauf war, einem Rudel beizutreten, also war er nicht überrascht."

„Du hast ihm verraten, wie er hierherkommt. Du hast ihm gesagt, wo sich die Leute versteckt halten, von denen einer letzte Nacht ermordet worden ist."

„Nein! Ich würde Lynette nie auf diese Weise gefährden."

Entweder war es nicht meine Stärke, der böse Bulle zu sein, oder Erik hatte die Wahrheit gesagt. Wie sollte ich nun herausfinden, was davon wahr war?

Ich habe nicht einmal gesehen, dass Winter sich bewegt hat. In einem Augenblick war sie noch in der schummrigen Ecke der Küche gewesen. Im nächsten Augenblick zog sie mit ihrem Messer eine Blutspur über Eriks Gesicht, die von seinem Auge bis zu seinem Kinn reichte.

Sie leckte die Klinge ab, bevor sie sprach. „Augen sind köstlich", sagte sie schließlich zu dem Teenager, und die Ruhe in ihrer Stimme machte das Ganze noch unheimlicher. „Augen und Eiersäcke. Beides zerplatzt in deinem Mund wie Weintrauben."

Der Geruch von Ammoniak ließ vermuten, dass der Junge sich in die Hose gepinkelt hatte, und ich wurde richtig sauer. Gut, ja, wir mussten sicherstellen, dass Erik uns keine Informationen vorenthielt. Aber es war gut möglich, dass er einfach nur ein Teenager war, der in das Fadenkreuz von *Kamis* Magie geraten war. Ihn zu schikanieren, würde das Maß des Zumutbaren sprengen.

Winter kannte keine derartigen Gewissensbisse. Ihr Messer war schon wieder in Bewegung. Würde sie dieses Mal tiefer schneiden?

Ich konnte mich nicht darauf verlassen, dass Drake mir helfen würde, denn Winter hatte sich so hingestellt, dass Drake sie nicht erreichen konnte, ohne erst an Erik vorbeizukommen. Aber ich brauchte keine Hilfe, um jemanden zu entwaffnen, der sich überhaupt nicht vor mir geschützt hatte.

Ein Tritt auf die Fußspitze. Ein Griff nach dem Messer, als sie vor Schmerz zusammenzuckte.

Ein Schnipsen mit meinen Fingern und ihre Waffe schlitterte über den Boden. Winter knurrte Schimpfwörter und ihre Krallen brachen durch ihre menschlichen Fingerspitzen. „Das wirst du bereuen", stieß sie zwischen zusammengebissenen, scharfen Zähnen hervor.

„Tatsächlich?", antwortete ich und schob meinen Körper zwischen sie und Erik. So viel zum Thema böser Bulle. Wenn Winter unbedingt einen Kampf wollte, dann bekam sie auch einen.

„Genug."

Drakes Worte kamen wie eine Ohrfeige, die Werwölfe viel stärker traf als Füchse. Eriks Knie sackten unter ihm zusammen, sodass nur noch die Handschellen ihn aufrecht hielten. Winter schluckte schwer und versuchte erfolglos, ihre Stimmbänder zu bewegen.

In der Zwischenzeit nutzte Neko die Gelegenheit, um seine Haare aufzustellen. Obwohl er während des vorangegangenen Streits in meinen Armen geschlafen hatte, ließ die kalte Luft von Drakes Kommando ihn fauchen und versuchen, sich freizukämpfen.

Unser Haustier war daran gewöhnt, dass er sich frei bewegen konnte, sobald die Tür nach draußen geschlossen war. Gestern Morgen hätte ich ihn einfach abgesetzt und ihn einen Vorhang zerreißen oder wertvolle Vasen aus den Regalen stoßen lassen.

Aber heute wusste ich es besser. Ich konnte nicht zulassen, dass unser Kätzchen ein Portal durch die Zeit öffnet, nicht wenn Okaasan mir eingeschärft hatte, dass diese Ausflüge vertraulich bleiben sollten.

Also griff ich nach dem Geschirr. Als dieses zur Seite glitt und über seinen Kopf zu rutschen drohte, packte ich das Fell darunter.

Das klappte zwar, aber dabei schnitt etwas Scharfes in meinen Zeigefinger. Stirnrunzelnd schob ich etwas, das wie ein gefaltetes Blatt Papier aussah, unter der verknoteten Krawatte hervor, um einen Blick darauf zu werfen.

Das hatten weder Lynette noch Erik versteckt, während ich geschlafen hatte. Der Text war auf Japanisch und nicht auf Englisch. Das Zeitungspapier sah frisch aus, aber das Datum, das in einer Ecke zu sehen war, täuschte über diesen Eindruck hinweg.

1907. Diese Zeitung war vor über einem Jahrhundert hergestellt worden und sie war nicht im Geringsten durch das Alter brüchig geworden.

Was eigentlich unmöglich gewesen sein sollte. Ich hatte jedes Mal, wenn ich durch das Portal getreten war, meine Kleidung verloren, war ohne meinen Dolch oder mein Handy durchgekommen. Doch Katzen waren ein Rätsel. Hätte Neko eine Zeitung durch so viele Jahrzehnte befördern können? Und könnte diese Zeitung mir helfen, in der Zeit zurückzureisen, um meine Mutter wiederzusehen?

Wärme und Sehnsucht ließen mich für den Bruchteil einer Sekunde vergessen, dass ich gerade dabei war, einen Teenager vor einem allzu angriffslustigen Big Boss zu schützen.

Dann erinnerte ich mich wieder daran, wo ich war, als Winter endlich die Worte zwischen ihren Lippen hervorpresste, die durch Drakes Zwang wie zugefroren waren. „Du hast Recht. Du hast jetzt lange genug mit deinen Streunern herumgespielt. Du und ich haben wichtige Dinge zu besprechen."

Drakes Tonfall war schroffer als sonst. „Dann sprich."

„Nicht vor dem Welpen, den du gerade verhörst. Sperr ihn wieder in seinen Zwinger und dann komm mit mir."

Anstatt seiner Mutter zu antworten, musterte mich Drake mit einer hochgezogenen Augenbraue. Winter hatte sich in unser Gespräch mit Erik eingemischt und jetzt würdigte sie mich nicht einmal eines Blickes. Das war nicht nur unhöflich, sondern auch ein Zeichen von Dominanz, das sich die meisten Werwölfe nicht gefallen lassen würden.

Aber ich war eine Füchsin, die Zeit für sich brauchte, um über meine eigenen Geheimnisse nachzudenken. Um, so hoffte ich, herauszufinden, wie ich mit einer *Kami* umgehen sollte, die erst vor wenigen Stunden einen Mord begangen hatte.

Ich sehnte mich auch danach, noch ein paar Augenblicke in der Nähe von Okaasan zu verbringen. Um sie neu kennenzulernen. Uns neu kennenzulernen. Um unsere gemeinsame Vergangenheit zu ergründen.

Also zögerte ich nicht. „Geht nur", sagte ich zu ihnen. „Viel Spaß."

Und so wie wir alle darauf gewartet hatten, dass Lynnette außer Hörweite war, blieb ich regungslos in der Mitte der Küche stehen, bis das Knirschen der Stiefel auf dem Schnee in der Ferne verklungen war. Dann schlüpfte ich aus meinen Klamotten – um nicht noch eine Garnitur zu verlieren –, hielt mir die Zeitung vor die Nase und befreite Neko aus seinem Gurtzeug.

„Also gut, Katze. Mach dein Ding", forderte ich ihn auf.

Er ließ seinen pelzigen Hintern auf den Boden plumpsen, leckte sich eine Pfote und begann mit der wichtigsten aller Katzenfreuden: dem Beseitigen von nicht sichtbarem Schmutz.

Kapitel 15

Tru

Wenn es etwas gab, das ich in den nächsten fünfzehn Minuten erfuhr, dann, dass Katzen einfach tun, was sie wollen. Als ich in meine Fuchsgestalt wechselte und mich auf unsichtbare Staubmotten stürzte, war es leicht, Neko dazu zu verleiten, mir zu folgen. Als ich jedoch von der Kücheninsel auf den Boden sprang, schaute mich dieselbe Katze, die sonst ungestraft viel größere Sprünge machte, an, als hätte ich den Verstand verloren.

„Also gut, Neko. Du willst mit harten Bandagen kämpfen? Dann tun wir das."

Nachdem ich wieder zum Menschen geworden war, um zu sprechen, füllten menschliche Hände das Waschbecken mit kaltem Wasser und hielten das Kätzchen fest. Mir drehte sich jedoch der Magen um, als ich auf den Tresen stieg. Die Grenze zwischen Grausamkeit und Vernunft war in diesem Augenblick nicht so deutlich, wie ich mir das gewünscht hätte.

Aber gestern Abend war hier ein Mann gestorben. Meine Mutter verstand *Kami* auf eine Weise, die ich nicht nachvollziehen konnte. Wenn ich jetzt mit ihr spreche, könnte das ein weiteres Leben retten.

Neko zu versenken schien mir ein geringer Preis zu sein, um dieses Ziel zu erreichen.

Außerdem war es ja nicht so, dass der schnurrende Plüschball in meinen Armen wirklich ins Wasser fallen würde. Okaasan hatte bewiesen, dass Neko durchaus in der Lage war, ein Zeitportal zu öffnen, um einem Sturz in einen Teich zu entgehen. Ein volles Waschbecken würde sicher die gleiche Reaktion hervorrufen?

Neko fiel mir mit einem erbärmlichen Quietschen aus den Händen. Er landete mit einem Platschen im gefüllten Waschbecken, das fast, aber nicht ganz, das Öffnen der Tür übertönte.

„Will ich das wirklich wissen?", krächzte Drake und durchquerte den Raum, während ich nach dem Kätzchen fischte, das sich in ein Durcheinander aus durchnässtem Fell und nadelscharfen Krallen verwandelt hatte, während es verzweifelt versuchte, sich im kalten Wasser über Wasser zu halten und mir, seiner Peinigerin, zu entkommen.

„Kannst du ihn da rausholen?"

Ohne weitere Erklärungen zu verlangen, ließ Drake eine riesige Handfläche in das eiskalte Wasser sinken und hob sie langsam von unten an, um eine Plattform zu schaffen, die Neko in die Luft hob, ohne ihn zu erschrecken. Der arme Kerl zitterte und wich zurück, als ich versuchte, ihn in ein trockenes Geschirrtuch zu wickeln.

Ja, Grausamkeit statt Vernunft. Da hatte ich mich wohl geirrt.

Als ich von der Theke heruntersprang, fischte ich die gefaltete Zeitung aus der Feuchtigkeit und ballte meine Faust, um sie darin zu verstecken. Ich hatte vor, es noch einmal zu versuchen.

Zuerst machte ich mich jedoch auf eine Befragung durch Drake gefasst, der das Trocknen der Kätzchen übernommen hatte. Er stellte jedoch keine weitere Frage, also war ich diejenige, die das Wort ergriff. „Das ist ein Teil der Sache, über die ich nicht reden kann."

„Verstanden." Drake rieb Nekos Fell mit dem Handtuch in die falsche Richtung, bis sich das Schnurren eines Kätzchens mit seinem Schnarren vermischte. „Ist der blaue Fleck an deiner Hüfte auch etwas, worüber du nicht reden kannst?"

Drake schien nicht einmal einen Blick auf meinen nackten Körper geworfen zu haben, aber diesen stechenden grauen Augen entging auch gar nichts. Ich kämpfte gegen den Drang an, mich wegzudrehen und die Verletzung zu verstecken. Denn selbst wenn ich über die Ursache mit Drake sprechen konnte, war ich mir nicht sicher, ob es ratsam war, seine Mutter zu verpetzen.

„Wo ist der Big Boss?", fragte ich, während ich versuchte, mich zu entscheiden.

„Sie ist aus eigenem Antrieb gegangen. Bevor ich mich in meinen Vater verwandelt und das Feuer in mir herausgelassen hätte."

Die Flammen, die ich manchmal in seinen Augen sah, waren dabei so gedämpft, dass sie fast unsichtbar waren. Trotzdem biss er die Zähne zusammen, als ob er erwartete, dass ich ihn für seine unangemessene Entrüstung verurteilen würde. Sah Drake sich selbst so, als wäre er bloß eine Art Feuer, das nur darauf wartete, Unachtsame zu verschlingen? Bemühte er sich deshalb so sehr, auch nur den kleinsten Anflug von Wut zu unterdrücken?

Ich hätte versuchen können, ihm das Missverständnis über sein eigenes Temperament auszureden, aber stattdessen bot ich ihm etwas Besseres an, das ihm bewies, dass er niemandem etwas antun würde, der ihm etwas bedeutete, egal wie unausstehlich derjenige auch sein mochte.

„Winter und ich hatten einen kleinen Streit, als ich Cedrics Leiche untersucht habe", gab ich zu. „Aber das ist unwichtig. Wir müssen uns jetzt vor allem damit beschäftigen, *Kami* zu schnappen, und dafür habe ich auch schon eine Idee."

„Meine Mutter hat dir wehgetan." Das Feuer in seinen Augen flammte auf und er spannte seinen Körper an wie eine Bogensehne. Aber das hielt ihn nicht davon ab, Neko zu streicheln, als das Kätzchen mit einer fordernden Pfote nach ihm schlug, und es brachte ihn auch nicht dazu, auf eine Weise zu handeln, die er bereuen würde.

Ich wünschte, Drake könnte sich einmal durch meine Augen sehen. Aber da er das nicht konnte, versuchte ich, das Gespräch in die richtige Richtung zu lenken. „Hast du nicht mitbekommen, dass ich einen Plan habe, wie man mit einem Mörder verfährt?"

Drake schob sich so langsam näher an mich heran, dass ich hätte fliehen können, wenn ich gewollt hätte. Aber das wollte ich nicht, und anscheinend war sogar Neko diesmal mit der Nähe zu mir einverstanden. Das Kätzchen reckte sein Kinn und verlangte ein Kratzen am Kopf, und ich kam ihm entgegen, weil ich froh war, dass die Katze mir verziehen hatte.

Das war jedoch nicht der Grund, warum ich so verharrte.

Ich stand nackt vor dem Mann, der meine Träume zum Bersten füllte. Der Mann, der einen Monat lang geduldig darauf gewartet hatte, dass ich den ersten Schritt machen würde.

Der mir erklärt hatte, Händchenhalten sei alles, was er brauche, wenn ich nur dazu bereit sei. Dessen sorgfältig dosiertes Feuer mich jetzt nach viel mehr verlangen ließ.

Also wich ich nicht zurück, als Drake mit seiner vom Waschbeckenwasser gekühlten Handfläche über die glatte Haut meiner Hüfte strich. „Du möchtest nicht, dass ich etwas dagegen unternehme?", schnarrte er.

Wie konnte er mich bloß so sanft berühren und gleichzeitig so rasend sein?

„Ich möchte, dass du mir zuhörst", antwortete ich und schaffte es kaum, die Worte ohne Stottern herauszubringen. Der Hautkontakt mit Drake fühlte sich an, als würde ich direkt in die Sonne starren. Glühend heiß, blendend hell und möglicherweise mein ganzes Leben verändernd.

„Ich höre." Sein Duft war wie Zitronenkuchen und kaum zu bändigendes Feuer.

Wenn ich nicht reden würde, würde ich Drakes Kopf nach unten ziehen und ihn küssen. Also beschäftigte ich meine Lippen stattdessen mit Worten.

„*Kami* will etwas und sie scheint entschieden zu haben, dass Lynette der beste Weg ist, um es zu bekommen. Lynette ist am Steuer gesessen, als dein Auto von der Straße abgekommen ist. Lynette hat sich in Erik verknallt und Erik ist prompt durchgedreht. Lynette hat sich gestern Abend mit Cedric unterhalten und heute Morgen war Cedric tot."

Drake nickte und murmelte die Bitte nach weiteren Hinweisen. Also fuhr ich mit meinen Gedanken fort, seit mir klargeworden war, dass ich meine Mutter nicht sofort um Hilfe bitten konnte, wenn überhaupt.

„Ich glaube nicht, dass Erik aus freien Stücken mitmacht, und nachdem er dir die Treue geschworen hat, sollte er keinen weiteren Ärger machen. Also lassen wir ihn frei und verbringen die Zeit mit Lynette draußen, weit genug verteilt, um *Kami* aus ihrem Versteck zu locken. Du und Seth behaltet Lynette und Erik die ganze Zeit im Auge und ich gehe ab und zu alleine los, um die Umgebung auszukundschaften. Und sobald *Kami* hier ist, sollte sie einer so offenen Einladung, heilloses Durcheinander anzurichten, nicht widerstehen können."

Die Reibung von Drakes Handfläche an meinem Bluterguss hatte sich von Kälte in Feuer verwandelt. Aber jetzt wandte er sich ab, hob das Bündel mit meinen Kleidern auf und bot es mir an.

„Wir gehen Schlitten fahren", raunte er und wandte sich mit einer Geste ab, die an das erinnerte, was Seth getan hatte, als wir uns in Drakes Büro angezogen hatten, sich aber ganz anders anfühlte. „Lynette wird begeistert sein."

LYNETTE *war* begeistert. Zuerst weinte sie, als wir Cedrics Leiche auf einem Scheiterhaufen verbrannten. Er sei ein Flirt gewesen, erklärte sie mir, und ein Alphawerwolf, der manchmal seine eigene Stärke aus dem Blick verloren hatte. Aber zu einem jungen menschlichen Mädchen war er unumstößlich liebevoll gewesen.

Dann vergaß sie die Toten mit der Unverwüstlichkeit der Jugend. Der Tag war so warm geworden, dass der Schnee in dicken, fetten Flocken fiel, und ihr Lächeln kehrte zurück, als hätte es nie Tränen gegeben. „Kommt schon!", forderte sie, verschränkte die Arme und ergriff Eriks Hände. Das Ganze wurde zu einem ausgelassenen Tanz, der fast, aber nicht ganz außer Kontrolle geriet.

„Deine Hände sind so warm", stellte Erik fest, als sie aufhörten, sich zu drehen.

„Habe ich dir wehgetan?" Lynettes atemlose Freude erlosch.

„Nein. Du hast verhindert, dass meine Finger erfrieren. Das ist beeindruckend. Aber du ziehst besser deine Handschuhe an, bevor wir den Schlitten ausprobieren."

Er war ein beschützender Alpha in Ausbildung. Das konnte ich an seiner Körpersprache erkennen, an der Art und Weise, wie er sich vergewisserte, dass Lynette gut eingepackt war, bevor sie ihre Körper zusammen auf den Schlitten verfrachteten.

Dann war er nur noch ein Kind, dessen Wangen glühten, als Lynettes Arme sich um seine Mitte schlossen. Eine gemurmelte Entschuldigung von ihr. Ein flüchtiger Blick von ihm. Ein leises Hin und Her, bei dem ich so tat, als würde ich es nicht hören.

Das war auf eine so unschuldige Art scharf. Eine Art, mit der Lynette umgehen konnte.

Das Kerzenwachs, mit dem wir die Kufen eingerieben hatten, sorgte dafür, dass sich der Schlitten so schnell bewegte, dass ich ständig damit rechnete, dass die Kids sich verletzen würden.

Das taten sie aber nicht. Sie lachten und flüsterten, als sie schnaufend den Hügel zu uns heraufkamen. Die verstohlenen

Blicke hatten sich in lange, anhaltende Begegnungen der jugendlichen Blicke verwandelt.

Ich rechnete fest damit, dass ihr Paarungsritual noch stundenlang andauern würde. Stattdessen schlich sich Lynette zu mir herüber und überließ es Drake und Erik, gemeinsam den Hügel hinunterzusausen.

„Kann ich mal mit dir reden?", fragte Lynette mit einer so zögerlichen Stimme, wie ich sie schon lange nicht mehr gehört hatte.

„Was gibt's, Kleine?" Ich strich ihr die Haare aus den Augen und steckte sie unter ihren Hut. „Bist du sauer, dass wir Erik heute Abend wieder in die Zelle stecken wollen? Das dient bloß seiner eigenen Sicherheit."

„Nein, das verstehe ich schon." Sie schlurfte mit den Füßen durch den Schnee, weil sie etwas sagen wollte, aber nicht den Mut dazu aufbringen konnte.

„Du weißt schon, dass du mich nicht abschreckst, egal, was auch immer du denkst."

„Versprochen?"

„Versprochen."

Drakes Schwur, Erik gegenüber nicht grausam zu sein, hatte schon vor Stunden Lynettes Freude geweckt, aber sie kannte ihren ersten Beschützer ja schon seit ihrer ersten Gefangenschaft. Ich hatte nicht erwartet, dass sie mein Versprechen jetzt so einfach annehmen würde.

Schließlich war ich erst vor einem Monat in Lynettes Leben getreten, und unsere Verbindung hatte mit dem Schwur begonnen, sie zu beschützen. Als Kitsune hatten diese Worte auch mein Verhalten bestimmt. Verständlicherweise hatte Lynette dieser Magie anfangs allerdings nicht vertraut.

Seitdem dachte ich aber, wir wären Freundinnen geworden. Meine Gefühle für sie bestimmten mein Handeln weit mehr als der Schwur. Es war mir nicht egal, was mit Lynette geschah, aber sie war sich eindeutig unsicher, ob sie ihre Geheimnisse nun mit mir teilen sollte.

„Ich halte zu dir", murmelte ich und versuchte, alles, was ich für sie empfand, in diese einfachen Worte zu fassen, „und zwar auf lange Sicht." Dann hielt ich den Atem an und hoffte, dass ich genug, aber nicht zu viel gesagt hatte.

Und es hat geklappt. Das Gesicht des Mädchens drehte sich zu mir um, offen und vertrauensvoll. Dann zwang sie die Worte heraus, die ihr im Hals stecken geblieben waren.

„Ich würde ihn gerne küssen. So-o sehr. Ist dir eigentlich klar, dass ich noch nie jemanden geküsst habe? Sechzehn zu sein und noch nie geküsst worden zu sein, ist nicht gerade ein Vergnügen."

Was hätte Okaasan wohl gesagt, wenn ich dieses Thema in Lynettes Alter angesprochen hätte? Das wusste ich nicht. Ich konnte mich nicht an unsere gemeinsame Zeit erinnern. Aber ich erinnerte mich an die Regeln, die ich als Kind gelernt hatte.

Eine Lady war bescheiden, vorsichtig mit ihrem Körper, bis sie heiratete. Eine Lady würde keinen Jungen küssen, den sie weniger als vierundzwanzig Stunden zuvor kennengelernt hatte.

Aber wen kümmerte es schon, was sich für eine Lady geziemte? Wir waren in einem völlig anderen Jahrhundert und Lynette konnte sich nicht an den romantischen Experimenten ihrer Altersgenossen beteiligen, weil ihre Hände jeden verbrannten, den sie berührte. Sie hatte so hart daran gearbeitet, dieses Hindernis zu überwinden, und jetzt verdiente sie jedes Quäntchen Freude, das sie aus dem Leben herausholen konnte.

Ich achtete also darauf, dass mein Lächeln offen und ehrlich war, damit Lynette meine Unentschlossenheit nicht bemerken würde. Dann gab ich ihr die Erlaubnis, nach der sie sich offensichtlich so sehr gesehnt hatte. „Dann küss ihn."

„Glaubst du denn, das ist so einfach? Ihr rückt Erik Tag und Nacht nicht von der Pelle, und ich kann meinen ersten Kuss doch nicht vor Publikum austragen." Das ist ja zum Kotzen! Ist das euer Ernst?"

Dann wurde es mir klar. Sie spielte darauf an, dass Erik wieder in seiner Zelle eingesperrt war und sie sich an die Gitterstäbe kuschelte und ihn kaum berühren konnte. Gestern Abend hatten sie angefangen zu flüstern, dann hatte Lynette einen Blick in meine Richtung geworfen und die Worte waren in Schweigen übergegangen.

Ich hätte gedacht, ich wäre auf dem Feldbett gewesen, um Lynette bei Laune zu halten, aber stattdessen war ich anscheinend zu einer unerwünschten Anstandsdame geworden. „Du möchtest, dass ich mich heute Abend rar mache", vermutete ich.

„Würde dir das etwas ausmachen?"

Ich hatte nichts dagegen. Ich wollte doch so sehr, dass Lynette glücklich war. Und noch mehr wollte ich, dass sie sich sicher genug fühlte, um mich nicht neben sich zu brauchen, während sie schlief.

„Kein Problem", versprach ich und begegnete Drakes Blick, als er den Hügel wieder heraufkam, einen Arm locker über Eriks Schultern gelegt. Ich hatte den Eindruck, dass sie über etwas Ähnliches gesprochen hatten, wie das, was zwischen mir und Lynette passiert war. Erik nickte und straffte die Schultern, als wolle er Drake nacheifern.

„Toll! Danke!" Und Lynette rannte von mir weg auf den anderen Teenager zu, schnappte sich den Schlitten und stürzte sich mit dem Bauch darauf, sodass sie ganz alleine den Hügel hinunterschoss. Sie jauchzte vor Freude und Erik rief ihr aufmunternde Worte zu. In der Zwischenzeit kam Seth zwischen den Bäumen hervor, öffnete eine Thermoskanne mit heißem Kakao und reichte die Becher mit dem süßen Getränk herum, wobei er in den Becher, den er Lynette reichte, als sie nach ihrem wilden Flug wieder nach oben stiefelte, extra Marshmallows schüttete.

Für den Rest des Nachmittags rodelten wir, bewarfen einander mit Schneebällen und lachten, und nur ein einziges Mal dachte ich, ich hätte einen fremden Blick auf mir gespürt. Aber *Kami* ließ sich nicht mehr blicken und schließlich endete der Tag mit dem von Lynette so sehr erwarteten Ergebnis.

Wir schlossen die Teenager ein und Drake ließ sich draußen nieder, um eine weitere kalte Nacht Wache zu halten. Als ich Stunden später in Lynettes Hütte erwachte und der Duft von Zitrone durch die Dunkelheit zu mir wehte, lächelte ich verschlafen.

„Drake", murmelte ich. „Komm doch rein."

Kapitel 16

Tru

Drake schlich sich in mein Zimmer, ohne Licht zu machen. Er muss schon oft hier gewesen sein – schließlich war dies nicht nur Lynettes Hütte, sondern auch seine, wenn er im Lager der Streuner übernachtete. Trotzdem nahm er irgendetwas von der Kommode, drehte es herum, legte es ab und fuhr mit einem Finger über den bestickten Läufer darunter.

Die Erinnerung an seinen Daumen zwischen meinen Lippen durchzuckte mich. Ich konnte mir vorstellen, wie sein Zeigefinger über meine Seite und meine Hüfte fuhr, anstatt die Beschaffenheit des Stoffes zu erforschen. Ich konnte mir vorstellen ...

Schnell schüttelte ich den Kopf, um mich zu beruhigen. Obwohl ein katzenartiger Teil von mir sich am liebsten wie Neko ausgestreckt hätte und angenommen hätte, Drake wäre mitten in der Nacht in mein Zimmer geschlichen, um über meine Haut zu streichen, wusste ich, dass das nicht der Fall war. Drake würde die Grenze, die ich gezogen hatte, nicht ohne Erlaubnis überschreiten. Nur ich konnte sie ausradieren.

Aber wenn er nicht nur in mein Zimmer gekommen war, um mich zu verführen ... Ein donnernder Trommelschlag der Angst ließ mich in einem Augenblick hellwach werden.

„Geht es Lynette gut?", fragte ich.

Drake nickte, gab aber keine weiteren Auskünfte. Stattdessen kauerte er sich neben den Stuhl, auf dem ich die Kleidung gefaltet hatte, die Kira mir geschenkt hatte. Dann tauchte er sein Gesicht in den Stapel.

Hat er an meiner Unterwäsche geschnüffelt? Ich war froh über die Dunkelheit, als meine Wangen heiß aufloderten.

Ich kannte diesen Drake nicht, der durch die Dunkelheit schlich und in meine Privatsphäre eindrang. Oder vielleicht bildete ich mir das auch nur ein. Ohne Licht konnte ich nicht sicher sein, dass er an meiner Kleidung geschnüffelt hatte. Ich konnte mir über gar nichts sicher sein.

Trotzdem kribbelte meine Haut so, wie sie es in seiner Gegenwart seit Wochen nicht mehr getan hatte. Ich musste ihn unbedingt im Zaum halten und von meinen persönlichsten Kleidungsstücken fernhalten. „Bitte", brachte ich hervor, „setz dich."

Der Raum war groß und es stand ein zweiter Stuhl bereit, in den er sich hätte setzen können. Aber das tat er nicht. Stattdessen kam er näher, mit lautlosen Schritten, obwohl er vollständig bekleidet war und wahrscheinlich auch Schuhe anhatte. Sein Gewicht auf dem Bett drückte die Matratze ein und brachte mich aus dem Gleichgewicht. Unvorbereitet fiel ich gegen seine Seite.

Und der Duft von Zitronen-Meringue-Kuchen umgab mich. Es kostete mich jeden Tag so viel Kraft, mich davon abzuhalten, mir das zu gönnen, was ich wollte. Und mit wem ich es wollte.

Aber jetzt saßen wir eng beieinander, mein Arm schmiegte sich an Drakes harte Muskeln. Die sanfte Hand der Nacht umfasste mich auf halbem Weg zwischen Schlaf und Wachsein und meine Gründe, Abstand zu halten, sowohl körperlich als auch seelisch, erschienen mir schwach und mühselig.

„Drake." Sein Name glitt über meine Zunge wie die kalte Süße von Zitronenpudding. „Küss mich."

Anstatt zu gehorchen, legte er seine Hände auf meine Schultern und drehte uns beide so, dass wir einander zugewandt waren. „Dein Name?", murmelte er, nur ein Hauch eines Tons.

In den letzten Monaten hatte ich so viele Facetten von Drakes Stimme kennengelernt. Das schmerzhafte Krächzen, wenn er zu schnell zu viel gesagt hatte. Das raue Knurren, wenn er abtrünnige Wölfe zur Strecke brachte. Das tiefe Schnurren, wenn er sanft zu mir, Lynette und Rosa war.

Jetzt war sein Timbre ganz anders, sodass ich es nicht genau zuordnen konnte. Aber die Widersprüchlichkeit war belanglos, nachdem seine Frage wie ein Eimer Eiswasser auf meinem Kopf gelandet war. Er erinnerte mich daran, warum ich nicht einfach im Halbschlaf um einen Kuss betteln konnte, ohne dass das viel mehr bedeutet hätte.

Ich hätte mich aus der Hitze seiner Hände zurückziehen sollen, aber dazu konnte ich mich nicht überwinden. Stattdessen sackte ich in seinem Griff zusammen. „Du hast Recht", gab ich zu. „Ich weiß, dass ich dir nicht einmal erlaubt habe, *Tru* auf irgendwelchen Dokumenten zu verwenden, außer auf meinem Führerschein."

Vor Wochen hatte Drake mir angeboten, mir eine Identität zu beschaffen, so wie er das auch für Streuner tat, die in der modernen Welt ohne Bindungen an ihre Vergangenheit leben mussten. Und ich war schon fast versucht, auf sein Angebot einzugehen, um einen offiziellen Status zu erlangen und einen Job zu bekommen, bei dem ich nicht unter der Hand bezahlt werden musste.

Aber als der Augenblick gekommen war, hatte ich mich nicht so recht auf einen Namen einlassen können, den mein Erzfeind aus dem Hut gezaubert hatte. Ich hatte mich nicht dazu durchringen können, Tru zu sein.

Aber wenn ich mich schon nicht auf einen Namen festlegen konnte, wie sollte ich mich dann auf jemand anderen einlassen? Oder besser gesagt, auf einen Wolf, von dem man sich nicht so leicht scheiden lassen konnte wie von einem Menschen, wenn man sich geirrt hatte.

Würde ich mich zu schnell entscheiden und diese Entscheidung dann wieder rückgängig machen müssen, würde ich Drake für immer brechen. Werwölfe, die ihre Gefährten verloren hatten, waren danach nicht mehr dieselben. Und ich wollte nicht riskieren, Drake auf diese Weise zu verletzen.

Drake zu verletzen ... und damit auch Lynette zu verletzen. Unser Schützling blühte zu einer jungen Frau auf, aber sie konnte sich so schnell wieder in ihre traumatisierte Zerbrechlichkeit zurückziehen. Im Augenblick brauchte sie sowohl mich als auch Drake, und der einzige Weg, um sicherzustellen, dass sie uns beide haben konnte, war, die Dinge so zu belassen, wie sie waren.

„Ich weiß", murmelte ich. „Es ist nicht angemessen, dich nach einem Kuss zu fragen, wenn ich dir nicht alles von mir schenken kann."

Er legte den Kopf schief, als ich gegen die Schwerkraft ankämpfte und mich in die Kissen zurückzog, um mich von ihm zu lösen. Der Raum hatte sich vorher nicht kalt angefühlt, aber jetzt war die Luft zwischen uns pures Eis.

Trotzdem war es richtig, Abstand zu halten. Drake selbst hatte mich daran erinnert, als er mich nach meinem Namen fragte.

Deshalb war ich überrascht, als ich hörte, wie ein Schuh nach dem anderen auf den Boden fiel und Drake seine Füße im Schneidersitz unter sich zog. Dann zog er die zusätzliche Decke vom Fußende des Bettes und legte sie über seine Oberschenkel.

„Wandle dich", schlug er vor, und seine Stimme war nur ein Flüstern.

Die Einladung war so unscheinbar, die Verbundenheit, die er mir anbot, war noch harmloser als das, was Lynette in diesem Augenblick mit ihrem eingesperrten Schwarm erlebte. Außerdem konnte ich wegen der bitteren Kälte, die meinen Körper durchdrang, nicht länger allein in einem leeren, dunklen Schlafzimmer bleiben.

Also rollte ich mich auf Drakes Schoß zusammen, während er mir behutsam über das Fell strich. In dieser Geste lag keine Leidenschaft. Nur Trost und das Versprechen, dass seine Stärke mich umhüllen und vor den Monstern im Keller beschützen würde.

Und das beruhigte mich bis in die Knochen.

Ich wachte nur halb auf, als er meine Fuchsgestalt anhob und unter mir hervorglitt, als er Schritte im Flur hörte. Vor meiner Tür fühlte sich das darauffolgende Gespräch wie ein Teil eines Traums an.

„Was machst du denn hier?", forderte Drake, sein Tonfall war fast so rau wie in seiner Rolle als Henker, wenn er sich mit

Übeltätern auseinandersetzte. „Hast du den Ersten des Monats vergessen?"

Die andere Stimme kam mir seltsam bekannt vor, aber mein halb verschlafenes Gehirn konnte sie nicht zuordnen. Männlich. Tief. Mit einem Hauch von Ironie. „Du hast über mein Fell gestrichen. Also bin ich wie der Geist in der Lampe erschienen."

„*Ich* habe über dein Fell gestrichen? Bist du sicher, dass du mich nicht mit einer aus deinem Harem verwechselst?"

„Es gibt keinen Harem. Du weißt genau, dass das nur eine Phase war."

„Woher soll ich das denn wissen, wenn ich dich doch nie zu Gesicht bekomme?" Wenn ich mich nicht geirrt hätte, dann hätte Drakes Wange jetzt gezuckt. Er war sauer, aber vielleicht auch ein bisschen traurig.

„Du hast mir gesagt, ich soll abhauen und jetzt bist du genervt, weil ich gegangen bin. Und auch, dass ich zurückgekommen bin, wie man sieht. Kannst du es mir denn verdenken, dass ich bei so einem herzlichen Empfang auf Abstand bleibe?"

Drake stieß das verärgerte Schnauben aus, das ich von ihm nur in Gegenwart von Lynette kannte. „Ich freue mich immer, dich zu sehen, aber jetzt ist kein guter Zeitpunkt."

„Kein guter Zeitpunkt? Ihr seid kurz davor, euch zu verpaaren und sie weiß nicht einmal, dass es mich gibt?"

„Es ist kompliziert. Komm." Drakes Stimme wurde leiser, als er den anderen Mann in den Flur zog. „Ich will sie nicht wecken."

Ihre Schritte waren ähnlich gedämpft, als sie das Gespräch außer Hörweite trugen. Mit wem auch immer sich Drake gerade unterhielt, die Lautlosigkeit, mit der sie sich zurückgezogen hatten, bewies, dass der Fremde ebenfalls ein Shifter war. Ein Shifter, der dachte, dass ich von ihm wissen sollte, bevor Drake und ich die Grenze überschreiten würden, die ich im Sand gezogen hatte.

War das der Grund, warum Drake so lange bereit war, auf mich zu warten, während ich noch unschlüssig war? Weil auch er eine vertrackte Vergangenheit hatte, die er nicht bereit war, preiszugeben?

Dieses Gedankenspiel riss mich gerade noch rechtzeitig aus dem Schlaf, um zu sehen, wie Neko von der Oberseite des Kleiderschranks in ein neu geöffnetes Lichtportal sprang.

Kapitel 17

Tru

„**D**ein Timing ist schrecklich, Katze", murmelte ich und wandelte mich so schnell ich konnte in einen Menschen zurück. Nekos Schwanz war bereits außer Sichtweite und die Ränder des Portals begannen, sich nach innen zu verziehen. Wenn ich mit meiner Mutter sprechen wollte, musste ich diese Gelegenheit ergreifen.

Und ich wollte mich unbedingt mit meiner Mutter unterhalten.

Also schnappte ich mir das hundert Jahre alte Zeitungsfragment und trat in den Zylinder aus wirbelndem Licht.

Das letzte Mal, als ich die Gegenwart verlassen hatte und in die Vergangenheit gefallen war, hatte ich nicht gewusst, was passiert war. Diesmal merkte ich das Ziehen in meinem Bauch und den stechenden Schmerz an meiner rechten Schläfe. Dann landeten meine Füße auf den sanft nachgebenden Schilfmatten, als sich meine Sicht auflöste.

Aber der Raum war nicht mehr derselbe. Bei meinem letzten Besuch war er so sauber und hell wie ein Verkaufsraum gewesen. Jetzt roch die Luft muffig. Eine Decke, die in einer Ecke gefaltet war, wirkte ausgefranst.

Ein Anflug von Sorge beschlich mich, aber ich hatte nur Augen für Okaasan. Sie begrüßte mich nicht mit Worten, sondern mit einem offenen Lächeln. Dazu kam ein Kimono und, sobald ich angezogen war, eine zarte Teetasse aus Porzellan.

Der Kimono war bloß ein Kleidungsstück, aber die Teetasse ... Die Erinnerung, die sie auslöste, ließ mich den Hauch von Schäbigkeit vergessen, der den Raum erfüllte.

Ich fuhr mit dem Finger über das gemalte Bild auf der Außenseite der Tasse und erinnerte mich laut. „Du hast doch gesagt, dieser Fuchs sieht aus wie ich."

Damals war ich ein lachendes Kind gewesen, jünger als Lynette und ganz ohne ihre panische Zurückhaltung. Okaasan hatte für uns ein Picknick im Wald arrangiert und wir hatten ein kleines Feuer gemacht, um Wasser zu kochen. Nachdem ich ein paar Schlucke Tee in Fuchsgestalt geschlürft hatte, war ich von der Schulter meiner Mutter auf einen nahe gelegenen Ast gehüpft und dann direkt wieder auf ihr Haar gesprungen.

Als Antwort darauf hatte sie einen wahren Freudenschrei ausgestoßen, bevor sie mich zu Boden gerungen und meine Rippen gekitzelt hatte. Ein einfaches Vergnügen. Eine liebende Familie.

Und eine Erinnerung. Eine Verbundenheit mit meiner Vergangenheit, von der ich nie gedacht hätte, dass ich sie jemals wieder erleben würde. Wärme durchflutete mich, und das nicht nur durch die Tasse, die ich in meinen ehemals kalten Fingern hielt.

Eigentlich wollte ich sie bitten, mir dabei zu helfen, *Kami* zu finden, aber stattdessen fragte ich sie nach etwas ganz Anderem. „Wie lautet mein Name?"

„Hast du den etwa verloren?" Okaasan griff wie schon beim letzten Mal nach meinen Haaren, aber jetzt fuhr sie mit ihrer Hand über meine rechte Schläfe statt über meine linke. „Auch hier gibt es jetzt weiße Strähnen. Du erdest dich dort. Ist es das, was du möchtest?"

Das bedeutete, mit Lynette Klamotten einzukaufen und Sachen auszusuchen, die mir nicht gefielen, nur, weil sie meinen Schützling glücklich machten. Außerdem bedeutete das, Drakes Geheimnis zu lüften, dessen Tiefen ich gerade erst erkannt hatte, dessen Wesen ich aber besser kannte als mein eigenes.

Das wollte ich ja ... aber ich wollte auch das hier. Meine Mutter. Unsere Vergangenheit. Eine gemeinsame Zukunft.

„Was meinst du damit, dass ich mich dort *geerdet habe*?", fragte ich, anstatt mich festzulegen.

Okaasan band meinen Kimono wieder zu, als wäre ich ein kleines Mädchen. „Eine Zeitkitsune hat die Wahl", erklärte sie mir, während sie ihre Hände bewegte. Ihr Knoten war fester als meiner, viel gleichmäßiger. Diese Geste wärmte etwas tief in mir, das bereits so unterkühlt war, dass es schon ganz gefühllos geworden war. „Ich habe dein vergangenes Leben um euer beider willen weggeschickt, was bedeutet, dass du nun wieder hierher zurückkehren kannst. Wir könnten so leben, wie wir das immer getan haben... aber, wenn du dich wieder hier niederlässt, würde dir dein zweites Leben genommen werden."

Hatte der Schmerz an meiner Schläfe, als ich Neko durch das Portal gefolgt war, weiße Haare auf der Seite hinterlassen, die vorher dunkel gewesen war? War das ein sichtbares Zeichen für das, wovor Okaasan warnte? „Ich verliere schon etwas von diesem zweiten Leben, nur, weil ich hier zu Besuch bin", vermutete ich.

Okaasan nickte. „Weil du fast nur noch in deiner eigenen Gegenwart lebst. Jede Verbindung, die du aufbaust, macht es schwieriger, in die Vergangenheit zu reisen."

„Mein Name?" Ich hatte das Thema nicht vergessen, das uns zu dieser Erklärung gebracht hatte.

„Schlau", lobte mich meine Mutter, als ob diese Art des Hin und Her die Art wäre, wie wir miteinander umgingen. Als ob Worte und Rätsel unsere vertraute Art wären, unsere Zuneigung zu zeigen. Kein Wunder, dass sich der kalte Fleck in mir trotz der verzwickten Situation, in der sich Okaasan befand, weiter erwärmte. Kein Wunder, dass ich mich näher an sie heranlehnte, während sie fortfuhr zu sprechen.

„Wenn ich dir den Namen verrate, mit dem du aufgewachsen bist, wird dich das hier und nicht dort erden."

„Aber auch wenn ich hier geerdet bin, kann ich doch immer noch dorthin reisen?" Ich wollte, dass das wahr war, auch wenn ich ahnte, dass es nicht so war.

Natürlich schüttelte Okaasan den Kopf. „Du kannst für immer zu mir zurückkehren, dein zweites Leben abstreifen und bis auf deine Fuchsgestalt ganz Mensch sein. Aber mit nur einem Leben kannst du der Katze nicht in eine andere Zeit folgen."

Und ich konnte mich auch nicht bei den neuen Leuten, die mir so ans Herz gewachsen waren, niederlassen und trotzdem in der Zeit zurückkreisen, um bei meiner Mutter zu sein. Konnte nicht herausfinden, wer ich war, und diese so entscheidende Person aus meiner Vergangenheit in die Arme schließen.

Vielleicht könnte ich Neko folgen und mir noch ein paar Besuche gönnen, aber wer wusste schon, wann zu viele Haare auf der Reise weiß werden würden? Wer wusste, wie bald ich in der einen oder anderen Welt festsitzen und dem Zufall die Entscheidung überlassen würde?

Ich spürte, wie mir das sonnige Picknick mit meiner Mutter zwischen den Fingern zerrann. Spürte, wie die Unentschlossenheit, die ich Drake gegenüber an den Tag legte, sich in eine Entscheidung verwandelte.

Aber ich war noch nicht bereit, diese Entscheidung zu treffen. Noch nicht. Nicht, solange die Leichtigkeit, mit der Okaasan und ich uns verstanden, mir zeigte, wie viel ich zu verlieren hatte, wenn ich meine Mutter für immer zurückließ.

Stattdessen kehrte ich zu dem Thema zurück, das ich von Anfang an hatte ansprechen wollen. „Diese *Kami*, von der ich dir erzählt habe. Sie hat jemanden umgebracht. Ich muss sie finden. Sie unschädlich machen.“

Okaasan nickte, als hätte sie sich bereits Gedanken darüber gemacht. „Das Schwert deines Großvaters ist so umgebaut worden, dass es sich in einem Sonnenschirm versteckt. Das Juwel, das wir aus dem Griff ausgebaut haben, könnte ausreichen, um dich zu deiner *Kami* zu führen, besonders bei Vollmond, wenn die Geistermagie stark ist.“

Ich betrachtete den Raum, in dem wir uns befanden, und die Anzeichen der sich anbahnenden Armut. „Ein Juwel ist Geld wert.“

Okaasan wandte sich ab, um in einer Kiste zu wühlen, anstatt zu antworten, und schnalzte mit der Zunge, um Neko herbeizurufen. Das Kätzchen war nicht gerade begeistert davon, dass ihm ein walnussgroßer Rubin an einem Band um den Hals gebunden wurde, aber nach einem Augenblick schüttelte es die Verärgerung ab. Es stieß die Teekanne um und sah ganz zufrieden aus, während Okaasan und ich versuchten, die verschüttete Flüssigkeit aufzuwischen.

„Wenn du sie gefunden hast, schick die *Kami* her, sofern dir das möglich ist", bat mich Okaasan, während wir eine Katzenlänge voneinander entfernt dastanden und uns gegenseitig ansahen. Die Sehnsucht, die ich in meinem Bauch spürte, spiegelte sich in ihren dunklen Augen wider, aber keiner von uns machte den entscheidenden Schritt, um sich einander zu nähern. „Sie gehört zur Familie. Ich sollte in der Lage sein, sie zu binden."

Mir war nicht entgangen, dass meine Mutter *schicken* statt *bringen* gesagt hatte. Sie glaubte nicht, dass ich wieder zurückkommen würde.

Ich war mir nicht ganz sicher, ob sie sich geirrt hatte.

„Ist jede Stunde, die ich hier verbringe, eine Stunde, die in der Zukunft vergeht?", fragte ich schließlich.

„Das kannst nur du mir sagen. Du bist einen Augenblick später angekommen, nachdem ich die Zeitung in Nekos Geschirr gesteckt hatte."

In meiner eigenen Zeit war die Zeitung schon vor einem halben Tag eingetroffen. Das bedeutete, dass ich so lange bei Okaasan bleiben konnte, wie ich wollte, und trotzdem zurückkehren konnte, um bei der Suche nach *Kami* zu helfen, ohne in der Zwischenzeit vermisst zu werden.

Ich würde nicht ewig hierbleiben. Aber ich war auch nicht bereit, Okaasan für immer zu verlassen. Noch nicht. Nicht, wenn wir so viel gemeinsam erlebt hatten, an das ich mich so wenig erinnerte.

Außerdem hatte ich eine Ausrede, um herumzutrödeln. Dieser Raum, der eigentlich hell und luftig sein sollte, war alles andere als das. „Du hast gesagt, dass mein früheres Ich hier nicht mehr wohnt", stellte ich fest. „Kommt denn jemand zum Putzen oder zum Kochen?"

Meine Mutter plusterte sich auf, so wie Neko das beim Anblick von Kiras Katze getan hatte. „Ich bin noch nicht so alt, dass ich mich nicht mehr selbst versorgen kann."

„Aber dürfte ich dir helfen? Nur ein bisschen?"

Genau wie das Verwirrspiel kam mir auch dieses Hin und Her sehr bekannt vor. Ich verlangte etwas, und Okaasan wählte einen Mittelweg.

Natürlich nickte sie. „Eine Stunde."

Also blieb ich und holte Wasser aus einem Brunnen, um Decken und Mäntel zu waschen, die in nassem Zustand zu schwer waren, als dass Okaasan sie allein hätte handhaben können. Ich öffnete die Fenster, obwohl es hier fast genauso kalt war wie dort, wo ich hergekommen war. Dann sammelte ich Holz, um den kleinen Ofen zum Glühen zu bringen und die Kälte wieder aus der Luft zu vertreiben.

„Du bist eine gute Tochter", stellte Okaasan fest, und irgendwie wusste ich, dass sie diese Worte schon oft gesagt hatte, um mir einen sauren Moment zu versüßen. Hier gab es keine Uhr, aber wir wussten beide, dass meine Stunde längst vorbei war. „Aber", fuhr sie fort, „du darfst nicht zulassen, dass die Sorge um mich der Grund für eine Entscheidung ist, die dich noch lange nach meinem Tod an diese Zeit bindet."

„Du brauchst mich", begann ich. Aber Okaasan brachte mich mit einer knappen Handbewegung zum Schweigen.

„Ja, ich habe einige Dinge des Alltags vernachlässigt, während ich dich vermisst habe. Aber damit ist jetzt Schluss. Es gibt ein Mädchen im Dorf, das alt genug ist, um zu arbeiten. Ich bespreche das morgen mit ihren Eltern, nachdem du in deine Zeit zurückgekehrt bist.“

Mit einem Mal schnürte es mir die Kehle zu. „Das klingt, als hättest du meine Entscheidung für mich bereits getroffen.“

Okaasans Haut war kühl, als sie mir die Haare aus dem Gesicht strich, so wie ich Lynette auf dem Rodelberg die Haare aus dem Gesicht gestrichen hatte. „Dieses Weiß sagt mir, dass du dich fast entschieden hast“, antwortete meine Mutter.

Ich schüttelte meinen Kopf so heftig, dass mir die Haare in die Augen peitschten. Nein. Das war nicht richtig. Es gab zwar Leute im einundzwanzigsten Jahrhundert, die ich in den letzten Monaten lieben gelernt hatte, aber Okaasan war meine Mutter. Hier bei ihr fühlte ich mich mehr wie ich selbst, als in den letzten dreißig Tagen, an die ich mich erinnern konnte.

Doch wo immer ich auch landen würde, Okaasan hatte zumindest in einem Punkt recht. Ich musste zurückkehren, um mich mit *Kami* auseinanderzusetzen. „Ich gehe“, antwortete ich, „aber ich komme zurück ...“

Im selben Augenblick ergriff Okaasan das Wort. „Wenn ich dich nicht wiedersehe ...“

Wir verstummten beide, die Pause erfolgte ebenso zeitgleich wie unsere Worte zuvor. Als wir einander in die Augen sahen, bemerkte ich, dass ihre Augen genauso dunkel waren wie meine, aber eine ganz andere Form hatten. Mir fielen die Altersfalten auf und ich fragte mich, ob meine mit der Zeit das gleiche Muster entwickeln würden.

„Du wirst mich wiedersehen", versprach ich schließlich und umarmte meine Mutter heftig, obwohl sie mich gewarnt hatte, dass enger Körperkontakt einer der zuverlässigsten Mittel ist, mich zu erden.

Einen Augenblick lang schmolz der vogelähnliche Körper meiner Mutter in der Umarmung dahin. Dann zog sie sich zurück und schnalzte mit der Zunge nach Neko.

Und für ihre Verhältnisse war das Kätzchen gehorsam. Er sprang in die Luft, so wie ich ihn schon Heuschrecken fangen gesehen hatte, und als er zu Boden fiel, landeten seine Füße nicht auf dem festen Boden, sondern öffneten ein Zeitportal.

Ich trat jedoch nicht hindurch. Jedenfalls nicht sofort. Stattdessen genoss ich den Anblick von Okaasan, der Mutter, die mich so sehr liebte, dass sie wegen meiner Abwesenheit auf ihre Ordnung verzichtete, die sie für einen ihrer wesentlichen Wesenszüge hielt. Wenn dies das letzte Mal war, dass ich sie sah, wollte ich, dass diese Erinnerung mich durch Jahrzehnte, durch eine Ewigkeit des Verlustes tragen würde.

Dann trat ich in den Lichtkreis, vorbereitet auf den Schmerz an meiner rechten Schläfe, als ich hindurchging, aber nicht vorbereitet auf das, was ich auf der anderen Seite sah, als ich Neko zurück in meine Gegenwart folgte.

Drake stand in meinem Zimmer, die Arme fest verschränkt und die grauen Augen loderten. Die Luft stank nach Bitter Lemon.

Kapitel 18

Tru

Er hat mich nicht gefragt, wo ich gewesen bin. Hat auch keine Erklärung für dieses zweite, unübersehbare Anzeichen verlangt, dass ich ihm ein Geheimnis vorenthielt. Stattdessen stieß er neun Worte aus, die die Bitterkeit seines Geruchs erklärten.

„India hat es nicht bis zu ihrem Unterschlupf geschafft."

„Wir werden sie schon finden." Ich schlüpfte gerade in meine Klamotten und überlegte, ob wir Lynette wecken oder darauf vertrauen sollten, dass Seth sie in dieser versteckten Enklave in Sicherheit halten würde, als Drake seine Hand über meine schloss.

„Nein."

Hitze loderte zwischen uns auf. Drake war in höchster Alarmbereitschaft. Drake war dabei, seinen Alphawerwolf über seine Geduld als Gentleman siegen zu lassen. Er hatte das Feuer, das er normalerweise sorgsam verborgen hielt, in seinem Blick zu einem rasenden Inferno werden lassen.

Ein Kribbeln lief mir über den Rücken, aber der Grund dafür war keine Angst.

India ist verschwunden, erinnerte ich mich. Nun war nicht der passende Zeitpunkt, um darüber nachzudenken, wie mein Körper von der Angst vor dem Alpha zu der prickelnden

Anziehung zu diesem Teil von Drakes Wesen gekommen war. „Warum nicht?", fragte ich.

„India hat Probleme, anderen zu vertrauen", raunte Drake. „Wenn sie nicht in ihrem Unterschlupf aufgetaucht ist, bedeutet das nicht unbedingt, dass sie in Schwierigkeiten steckt. Am wahrscheinlichsten ist, dass sie beschlossen hat, dass es besser ist, alleine loszuziehen."

„Aber wenn das stimmt", stellte ich fest, denn Drakes Stimme klang schroffer als sonst, „dann wird sie sich sofort aus dem Staub machen, sobald Fremde auftauchen. Wem vertraut sie denn überhaupt?"

„Mir." Drake fuhr sich mit der freien Hand durch die Haare, bis die Spitzen zu Berge standen. So hatte er auch ausgesehen, als er zugegeben hatte, dass der Boss seine Mutter war, aber jetzt kam kein solches Eingeständnis mehr, so lange ich auch das Schweigen in die Dunkelheit zwischen uns tröpfeln ließ.

Schließlich knurrte er leise und teilte mir mit, was ich bereits geahnt hatte. „Es gibt Dinge, die ich dir nicht sagen kann."

„Auch bei mir gibt es Dinge, die ich dir nicht sagen kann."

Die Luft zwischen uns wurde aufgeladen, als ob der Kuss, den ich vorhin gefordert hatte, nun leibhaftig in der Dunkelheit ruhte. „Das heißt aber nicht, dass ich dir nicht vertraue", murmelte Drake, und die Süße des Zitronenkuchens überkam mich, auch wenn er noch immer einen Hauch von Alphafell verströmte.

Am liebsten hätte ich mir diesen Kuss aus der Dunkelheit geschnappt. Hätte das Haar in Drakes Nacken fest umklammert und ihn zu mir heruntergezogen.

Aber das war nicht das, was er in diesem Augenblick wollte. Ich hatte oft genug eine Mauer zwischen uns beiden errichtet, um zu wissen, wann die gleichen Ziegel und der gleiche Mörtel von jemand anderem verwendet worden waren.

Drake hatte eine Mauer gebaut ... also war es an mir, eine Tür in diese Absperrung zu schlagen. „Ich vertraue dir auch", versprach ich. „Und ... ich glaube, ich bin zu mehr bereit als nur zu Freundschaft."

War ich das wirklich? Die Worte sprudelten aus mir heraus, bevor ich sie überhaupt zu Ende gedacht hatte.

Drake hat meine Unsicherheit wahrscheinlich gerochen. „Sobald wir unsere Geheimnisse miteinander geteilt haben, können wir uns auch *darüber* unterhalten."

Er deutete auf die Süße, die greifbar, wenn auch nicht sichtbar war, auf die Verbindung, die durch die Dunkelheit flirrte. Eine Verbindung, nach der ich mich sehnte, von der ich mich aber immer noch zurückzog, vor allem jetzt, wo ich wusste, was ich aufgeben würde, wenn ich mich in dieser Zeit niedergelassen hätte.

Kein Wunder, dass Drake einen Schritt rückwärts von mir wegtrat. Dann noch einen und noch einen, bis er nur noch als flüsternde Bewegung in der Dunkelheit zu sehen war.

Ich atmete seinen Geruch noch lange ein, nachdem er weg war.

ICH HATTE NICHT ERWARTET, Drake am nächsten Morgen zu sehen. Ich hatte damit gerechnet, dass ich diejenige sein würde, die Erik aus seinem Käfig befreien würde, obwohl ich ganz vergessen hatte, mich nach dem Verbleib des Schlüssels zu erkundigen.

Aber als ich mich aus dem Bett wälzte, zogen mich Stimmen die Treppe hinunter ins Wohnzimmer. Lynette lachte und ein leises Grummeln verriet, dass auch ein Mann da war. Ich spähte um die Ecke und sah, wie Erik einen Hacky Sack kickte, während Neko dem bunten gestrickten Ball hinterherjagte und Lynette beim Fangen eines Passes versagte. Ihre Blicke trafen sich und ihre Wangen röteten sich in vollkommener Harmonie, was darauf hindeutete, dass es zu einem Kuss gekommen war und dass dieser auch gut verlaufen war.

Drake saß an einer kleinen Frühstücksecke, näher an mir als an den Teenagern, und scrollte auf seinem Handy, was eher ziellos als ernsthaft aussah. Ich hatte ihn wohl noch nie so entspannt gesehen. Und als Antwort darauf löste sich die Spannung, die mich jedes Mal durchströmte, wenn ich an das Gespräch von gestern Abend zurückdachte, wie ein überdehntes Gummiband.

„Du hast India aufgespürt?", vermutete ich, da ich vor den anwesenden Teenagern nichts Persönliches erwähnen wollte.

Ich hatte eigentlich nicht gedacht, dass Lynette mich bemerken würde, wenn sie ein Kätzchen, ein Spiel und einen süßen Typen zum Flirten dabeihatte. Aber sie drehte sich um und mischte sich mit angespannter Stimme in das Gespräch ein. „Stimmt etwas nicht mit India?"

Anstatt zu antworten, hob Drake sein Handy hoch, schob es unter das Platzset und tat so, als könne er es nicht mehr finden. Selbst als klar wurde, was er damit sagen wollte – dass es sich bei der Sache mit India lediglich um ein vergessenes

Handy handelte, das er abliefern musste –, machte er mit weit aufgerissenem Mund und entsetztem Blick weiter, so wie Erwachsene ein kleines Kind unterhalten würden.

Sein Schauspiel war urkomisch ... und auch seltsam. Zumindest bis Lynette mein Erstaunen bemerkte und ihren Arm durch meinen schob.

„Drake verliert manchmal seine Stimme. Das ist keine große Sache."

Keine große Sache ... außer, dass er meinen Blick nicht mit seinen stechenden Augen erwiderte. Abgesehen davon, dass sein kurzes Lächeln zur Begrüßung warm, aber nicht heiß gewesen war.

Vielleicht war unser zweites Gespräch gestern Abend also doch nicht so gut angekommen. Ich biss mir auf die Innenseite der Lippe und überlegte, wie ich die Sache klären könnte, wenn Drake nicht sprechen konnte und wir die Teenager nicht unbeaufsichtigt lassen konnten.

Dann fuhr Lynette mit ihren Fingern durch mein Haar und lenkte mich mit einem Ausruf ab. „Du wirst auf der anderen Seite schon ganz grau! Ich kann dir die Haare ausreißen."

Bevor sie ihr Versprechen einlösen konnte, drückte ich meine Hand auf ihre. „Du willst Lynette rausziehen?" Ich täuschte Entsetzen vor. „Oder Neko?"

Als Antwort stieß sie einen Schrei aus. „Du hast deine grauen Haare nach mir benannt?"

„Wo sollten sie denn sonst herkommen?"

Und jetzt schaute Drake endlich in meine Richtung, obwohl er meinem Blick immer noch nicht ganz begegnete. Seine Lippen verzogen sich, als hätte er meine Lüge gerochen, obwohl eine Frage nicht den Geruch der Unwahrheit hätte auslösen dürfen.

Und plötzlich hatte ich das dringende Verlangen, ihm etwas mitzuteilen. Natürlich nicht jedes Geheimnis. Aber solange Drake mir half, Fragen so geschickt zu umgehen, wie er das Thema India umgangen hatte, sollte ich in der Lage sein, mich ein wenig zu öffnen.

„Neko!", rief ich, und das Kätzchen hüpfte auf mich zu, als wären all die Demütigungen des vergangenen Tages vergessen. Nachdem ich ihn unter dem Kinn gekrault hatte, ließ er zu, dass ich die Schleife um seinen Hals losband.

Mit einem Schimmer von eingefangenem Sonnenlicht fiel mir der Rubin in die Hand.

„Wow! Hübsch!" Lynettes Augen funkelten genauso wie der Juwel.

Erik, der mit Verspätung zu uns stieß, war etwas zurückhaltender. „Ich glaube nicht, dass es auf die Schönheit ankommt."

„Tut es auch nicht", stimmte ich zu. „*Der hier*" – ich hielt den Rubin hoch, damit alle ihn sehen konnten, während ich mit der anderen Hand Nekos Ohren streichelte – „wird uns von der Beute zu Jägern machen."

Kapitel 19

Drake

Fünf Stunden zuvor...

Weit genug von Trus Schlafzimmer entfernt, damit sie es nicht hören konnte, tat ich, was ich eigentlich sofort hätte tun sollen. Ich klopfte Jack kräftig auf den Rücken. „Bruder."

„So förmlich." Er verwandelte die halbe Umarmung in eine Drehung, und schon lagen wir auf dem Boden und kämpften miteinander, wie wir das als Wolfswelpen getan hatten. Wir versuchten nicht, uns gegenseitig zu verletzen, sondern übten nur die Bewegungen, die unser Vater uns eingebläut hatte, als wir gelernt hatten, wie wir unsere Dominanz über jemanden ausüben konnten, der sich einem Bellen nicht beugen wollte.

Dieses Mal gewann ich, wie immer. Mit dreizehn hätte ich Jacks Gesicht über den Teppich gezogen, um es ihm zu zeigen. Mit dreißig drückte ich meinem Zwillingsbruder nur den Hauch eines Kusses auf und reichte ihm die Hand.

„Was hast du in Trus Zimmer gemacht?", fragte ich und füllte für jeden von uns ein Glas Wasser am Waschbecken.

„Ich war neugierig", antwortete Jack, bevor er das Glas in einem Zug leerte. Nachdem ich sein leeres Glas gegen mein volles ausgetauscht hatte, führte ich ihn zur Couch hinüber. „Und ist deine Neugierde befriedigt worden?"

„Ich habe sie nach ihrem Namen gefragt." Jack fuhr mit seinem Zeigefinger über den Rand des Glases und brachte es zum Singen, als er fortfuhr. „Daraufhin hat sie mir irgendeine halbgare Geschichte erzählt, die anscheinend ihre vorherige Aufforderung, sie zu küssen, über den Haufen geworfen hat."

Für den Bruchteil einer Sekunde loderte der Zorn in mir auf, bevor ich ihn wieder unter Kontrolle brachte. Ja, Tru und ich hatten einander nicht nur einmal, sondern mehrere Male geküsst. Wir hatten sogar noch mehr getan, als uns nur zu küssen, wir hatten begonnen, ein Paarungsband zu knüpfen.

Allerdings erinnerte sich Tru nicht an diese Küsse. Sie wusste nicht, dass wir fast verpaart waren. Wir hatten mit dem Tempo begonnen, das sie brauchte, um zu gewährleisten, dass sie sich an jeden Schritt erinnern würde.

Dass ihr erster Kuss, an den sie sich erinnerte, mit meinem Bruder war …

Zum ersten Mal seit fast zwei Jahrzehnten gelang es mir nicht, meine unbändigen Gefühle zu unterdrücken. Stattdessen ertappte ich mich dabei, wie ich knurrte, als die Dunkelheit meine Sicht vernebelte.

Er hat mir genommen, was mir gehört. Undeutlich erkannte ich, dass dieser Gedanke so gar nicht zu mir passte. Das leise Knurren klang viel mehr nach meinem Vater als alles, was mir bisher durch den Kopf gegangen war. Es fühlte sich dunkel und kalt an und nicht wie ein loderndes Lagerfeuer.

Aber ich war zu sehr damit beschäftigt, gegen den Drang anzukämpfen, meinem Bruder ernsthaft eine zu scheuern, um mich selbst zu hinterfragen. Dann drückte Jack meine Schultern so fest, dass ich mit dem Rücken gegen die Sofakissen knallte.

„Ich habe sie nicht geküsst, Bruder. Vielleicht sollte ich öfter vorbeikommen und dich daran erinnern, wer ich bin."

„Stimmt." Ich schüttelte meinen Kopf, um wieder zu Sinnen zu kommen. „Tut mir leid. Ich bin bloß …"

„Ihr seid kurz davor, euch zu verpaaren und sie weiß nicht einmal, dass es mich gibt? Unglaublich, dass ich das nicht sofort gemerkt habe. Ich habe an ihrem Höschen geschnüffelt und dich nicht gerochen."

„Du hast an ihrem Höschen geschnüffelt?" Die Dunkelheit drohte erneut und dieses Mal musste ich mit aller Kraft meinen Oberkörper von dem Bruder wegziehen, dessen sonniges Temperament ich mit allen Mitteln beschützen würde. Er war nie in die Fußstapfen unseres Vaters getreten und hatte jede nur erdenkliche List angewandt, um zu verhindern, dass der Job des Henkers von einer lästigen Pflicht zu einem Vergnügen geworden wäre. Ich wollte seinen Verstand möglichst unversehrt lassen.

Zu diesem Zweck versuchte ich ein zweites Mal, die hässlichen Gedanken in mir zu unterdrücken. Aber das gelang mir nicht. Stattdessen spürte ich, wie mein Bein zitterte und nach Bewegung verlangte. Ich musste Tru jetzt sehen. Ich musste sie riechen und mich davon überzeugen, dass Jack nicht gelogen hatte.

Ich musste ihr zumindest einen Teil der Gründe für mein Verschwinden mitteilen, auch wenn sie wahrscheinlich gar nicht bemerken würde, dass ich weg war.

„Gib mir fünf Minuten. Rühr dich nicht vom Fleck."

Dann lief ich die Treppe hinauf, um sie zu finden, die Frau, die das Geheimnis meines Bruders nicht kennen durfte, bis sie mich als Gefährten eingefordert hatte.

SPÄTER, ALS DAS FEUER in mir durch die fünf Minuten in Trus Anwesenheit etwas besänftigt war, teilte ich Jack mit, was ich von ihm wollte. Wir hatten das schon einmal so durchgezogen – er hatte eine Kehlkopfentzündung vorgetäuscht, während ich einer anderen Spur gefolgt war. Ich hatte ihn in ähnlich brenzligen Situationen zum Schutz von Lynette zurückgelassen und hatte dann feststellen müssen, dass mein Schützling nicht nur wohlauf war, sondern auch so lächelte, wie sie das in meiner Gegenwart nie tat.

Ich wusste, dass es Tru heute genauso gut gehen würde, wenn Jack an meiner Stelle dabliebe. Wir waren keine gewöhnlichen Werwölfe. Wir wandelten uns, indem wir ein Fell benutzten, das in menschlicher Form außerhalb unseres Körpers blieb, und wir besaßen einen Zwilling, dem wir über alle Maßen vertrauen konnten.

Das war eine Stärke ... und eine Schwäche zugleich.

Denn jeder konnte unsere Felle stehlen und uns daran hindern, uns zu wandeln. Allein das Wissen, dass Jack mein Zwilling war, hätte ihn in größte Gefahr gebracht. Also schützte ich ihn, indem ich ihn leugnete – etwas, das sich wie eine Lüge anfühlte, während Tru und ich uns von Tag zu Tag näherkamen.

Es spielte keine Rolle, dass Jack und ich vor Jahren einen Pakt geschlossen hatten, unsere Identität niemandem außer einer Gefährtin zu verraten. Wenn ich ihn heute fragen würde, würde er antworten, dass das reine Wortklauberei sei. Er würde mich drängen, dem Objekt meiner Bewunderung mein wahres Ich zu offenbaren.

Aber ich habe ihn nicht um diese Erlaubnis gebeten. Und warum?

„Ich hätte sie niemals geküsst", teilte mir mein Bruder mit, der mein Schweigen falsch verstanden hatte. Ich musste aus meinem eigenen Kopf herauskommen und India ausfindig machen, aber mein Zwilling war noch nicht bereit, mich gehen zu lassen. Stattdessen hielt er mit dieser sanften Stimme, die der einzige deutlich erkennbare Unterschied zwischen uns war, an seiner vorherigen Aussage fest. „Ich hätte nicht gedacht, dass das gesagt werden musste", fuhr er fort. „Aber du hast es hören müssen, und ich habe es sagen müssen."

„Danke", erwiderte ich und brachte die Worte nur mit Mühe über die Lippen. „Du bist der Einzige, dem ich sie anvertrauen würde."

Jack nickte und ließ das Thema viel leichter auf sich beruhen, als ich es an seiner Stelle getan hätte. Die Sonne schien aus Augen, die genauso wolkengrau waren wie die meinen, aber unendlich viel wärmer.

Jack war temperamentvoll, aber auf eine angenehme Art. Genauso wie unsere Beziehung jetzt wieder im Lot war.

Ich entledigte mich meiner Kleidung und streifte meinen Pelz über die Schultern, so wie ich mich sonst nur in Gegenwart meines Zwillings wandelte. Er hatte sich zur gleichen Zeit ausgezogen und sich darauf vorbereitet, meinen Anzug anzuziehen und zu mir zu werden, nahm sich aber vorher die Zeit, seine eigenen Klamotten in einen Rucksack zu stopfen, den er um meine Wolfsbrust schlang und meine Ohren kraulte, als wäre ich ein Haustier.

„Pass auf dich auf", forderte er.

Das würde ich nicht. Ich stapfte über Schnee und Eis, das immer dünner wurde, je weiter ich mich von der Enklave der Streuner entfernte. Später, als ich über den nicht gefrorenen Asphalt rannte, bis meine Pfoten bluteten, war ich dankbar für den Schmerz, denn er vertrieb die feurige Dunkelheit in meinem Gehirn.

Denn das Feuer bestätigte mir, dass ich ein Idiot war, Jack mit dem Objekt meiner Begierde allein zu lassen. Das Feuer verkündete mir, dass India der Beweis dafür war, warum ich ihm in der Nähe einer schönen Frau nicht trauen konnte.

Denn egal, wie sehr ich lieber Jack an meiner Stelle auf diesen Streifzug geschickt hätte, India war die einzige Streunerin, die sowohl mich als auch meinen Bruder *getroffen* hatte. Nun, *getroffen* war wohl nicht ganz das richtige Wort. Sie hatte Jack in verschiedenen Schlafzimmern angetroffen und ihm eine Bratpfanne über den Schädel gezogen, als er zugegeben hatte, dass er nur deshalb zu ihr kam, weil sie eine scharfe Braut war. Es wäre wahrscheinlich noch schlimmer, wenn er heute Abend vor ihrer Tür auftauchen würde.

Nein, ich war der Einzige, der diesen Auftrag erledigen konnte. Ich war auch der Einzige, der wusste, wo India untertauchen würde.

Das Wohnhaus, in dem ich sie ursprünglich aufgefunden hatte, war immer halb leer, weil der Geruch von Hundescheiße aus dem Zwinger nebenan über den Zaun zog. Der Gestank vertrieb die meisten Mieter in kürzester Zeit, was sich für einen Werwolf, der unter dem Radar bleiben wollte, als doppelt praktisch erwies.

India hätte hier unbemerkt ein Zimmer ergattern können. Und jeder Werwolf, der vorbeikam, würde ihren Geruch nicht wahrnehmen.

Ich kam gerade an, als die Morgendämmerung begann, den Gestank von Fäkalien zu verströmen. Ich schob mich hinter ein tristes Gebüsch, und tote Zweige stachen in meine nackte Haut, als ich meinen Pelz um ein Bein wickelte und Jacks Hose darüber zog. Die tadellose Passform meiner eigenen Hose hätte das unförmige Ding nahtlos versteckt, aber Jacks Kleidung war weniger nachsichtig. Zu spät erinnerte ich mich daran, dass mein Bruder seinen Pelz stattdessen gerne um seinen Oberkörper schlang.

Er hatte es einmal geschafft, ein Dutzend Frauen in einem Dutzend Tagen zu verführen, ohne unser Familiengeheimnis zu verraten. Für die One-Night-Stands, denen er vor Jahren gefrönt hatte, war diese Fähigkeit unerlässlich gewesen.

Wieder versuchte das Feuer, sich in meinem Kopf auszubreiten. Die Dunkelheit versuchte mir einzureden, dass ein Playboy die Frau, die ich liebte, nicht so beschützen würde, wie ich mir das vorstellte.

Ich schenkte den heimtückischen Zweifeln keine Beachtung und drückte an der Haustür einen Klingelknopf nach dem anderen, ohne mich bei irgendjemandem zu entschuldigen, obwohl ich die Nachbarn viel zu früh geweckt hatte. Als India sich meldete – „Ja?" – forderte ich sie auf: „Lass mich rein."

Das Schloss schnappte zu und ich lief die Treppe hinauf, um die Nummer zu finden, die laut des Summers zu ihr gehören sollte. Ich brauchte nicht lange zu suchen. India wartete vor ihrer Wohnung auf mich, ihre Haare hatten einen anderen unnatürlichen Farbton als gestern. Ich wollte etwas dazu sagen, aber stattdessen kamen andere Worte aus meinem Mund. Die Worte von jemand anderem.

„Geh rein.“

India gehorchte, weil sie musste, aber ihre Augen verrieten, dass sie mich am liebsten in Stücke reißen wollte, sobald der Alphabefehl verklungen war. Ich nahm ihr das nicht übel. So sollte man einen verängstigten Streuner nicht behandeln.

Aber die Dunkelheit hatte mich jetzt fest im Griff. Die Dunkelheit, die, wie ich jetzt erkannte, nichts mit einer unerfüllten Bindung zu tun hatte. Sie hatte auch nichts mit dem Feuer zu tun, mit dem ich immer so sorgfältig umgegangen war.

Nein, die Dunkelheit war etwas ganz Anderes. Es war der Geist, der von Erik und Cedric Besitz ergriffen hatte. Der Geist, den ich in meinem eigenen Kopf als männlich und nicht als weiblich empfand.

Kami war nicht die Übeltäterin. Und ich war nun zum Werkzeug für die mörderischen Triebe des wahren Bösewichts geworden.

Der, der mich in der Hand hatte, drängte meinen Willen beiseite und zwang meine Finger, die Tür hinter uns zu schließen und zu verriegeln. *„Sitz“*, befahl er India, obwohl es in ihrer Küche keine Möbel gab und der Boden schmutzig und klebrig war. Als sie sich wie befohlen hingesetzt hatte, fügte er hinzu: *„Bleib.“*

Als hätte er gemerkt, dass ich in dem Körper, den er jetzt befehligte, noch immer wach war, knurrte der Geist etwas Schroffes und meine Sicht auf die Welt verschwamm.

Kapitel 20

Tru

Ich hatte nicht erwartet, dass der Rubin viel bewirken würde, zumindest noch nicht. Als ich nach meiner Rückkehr aus der Vergangenheit aus dem Fenster schaute, war der Mond nicht mehr als ein Fingernagel am sternenübersäten Himmel gewesen.

Aber als ich das Juwel in die Hand nahm und an Kami dachte, bewegte sich der Edelstein einen Bruchteil eines Zentimeters über meine Finger. „Hast du das gesehen?“, fragte Lynette.

„Ich habe es gesehen und gefühlt“, bestätigte ich.

„Dann lass uns aufbrechen!“

Zu ihrer großen Verdrossenheit zogen wir nicht sofort los. Stattdessen forderte ich uns alle auf, uns zu beruhigen, bis Seth von der Patrouille zurückkam. Aus Horrorfilmen, die ich an eine quietschende Lynette gekuschelt angeschaut hatte, hatte ich bereits gelernt, niemals allein auf die Jagd nach dem Unheimlichen zu gehen. Schon gar nicht, wenn ich für einen ungestümen Schützling verantwortlich war, auf den man immer mindestens ein Auge haben musste, um ihn aus der Schusslinie zu halten.

Ich war froh über diese Entscheidung, als wir am Nachmittag in Lexington ankamen. Ich saß am Steuer, da

142

Drake seltsamerweise nicht besorgt darüber zu sein schien, dass meine unerfahrenen Hände das ramponierte Auto über mehrere Interstates lenken würden. Er hatte die ganze Fahrt über ein unheimliches Schweigen bewahrt und saß zwischen Seth und Erik auf dem Rücksitz, während Neko sich auf seinen Knien zusammengerollt hatte. Als ich ihm einen Saft angeboten hatte, um seine Kehle zu beruhigen, hatte er bloß den Kopf geschüttelt.

Nun erwartete ich allerdings Unterstützung. Seitdem klar war, dass die Stadt, die die meisten von uns seit einem Monat ihr Zuhause nannten, unser Ziel war, hatte ich erfolglos versucht, Lynette davon zu überzeugen, sich nicht an der Jagd zu beteiligen. Da Rosas Haus gleich um die Ecke lag, war es nun aber an der Zeit, die sprichwörtlichen großen Geschütze aufzufahren.

„Auf keinen Fall." Lynette verschränkte ihre Arme neben mir auf dem Beifahrersitz. „Kami hat Erik verletzt. Sie hat Cedric umgebracht. Und das allein diese Woche. Ich begleite dich, um sie zur Strecke zu bringen."

„Wir bringen niemanden zur Strecke", konterte ich. Ich hatte gehofft, dass es sich heute Nachmittag nur um eine Erkundungsmission handeln würde, um herauszufinden, wo sich Kami versteckt hielt und was sie vorhatte, wenn wir Glück hatten. „Wir sehen uns nur um", verkündete ich Lynette zum zehnten Mal. „Das heißt, wir müssen uns klein machen, damit wir nicht auffallen. Du bleibst hier mit Neko, Seth und Rosa. Sobald wir zurück sind, erklären Drake, Erik und ich dir alles genau."

Lynettes sofortige Zurückweisung kam auf dem Fuße. „Du nimmst Erik doch nur mit, weil du ihm in meiner Nähe nicht traust!" Sie deutete mit der Hand auf den Jungen ihrer Träume, den ich so weit wie möglich von ihr entfernt auf den Rücksitz gesetzt hatte.

Anstatt der Geste zu folgen, warf ich einen Blick in den Rückspiegel. Der Drake, den ich im letzten Monat kennengelernt hatte, wäre bereit gewesen, meinen Blick zu erwidern und die stumme Frage zu beantworten: Würde Seth in der Lage sein, sowohl Lynette als auch Rosa vor Erik zu beschützen, falls der Teenager wieder durchdreht?

Aber ich sah nur Drakes dunklen Scheitel, während er auf seinem Handy herumtippte. Seth war derjenige, der meinen Blick erwiderte und dann nickend sein Kinn auf und ab bewegte.

Seltsam, aber im Augenblick war das nicht das Thema. Im Vertrauen auf Seths Zustimmung nahm ich das Unvermeidliche hin und griff zu dem Trick, von dem ich wusste, dass er Lynette überzeugen würde.

„Du hast Recht. Ich sollte Erik mit dir bei Rosa zu Hause lassen. Ihr beide habt euch etwas Zeit für euch allein verdient. Und nach unserer Erkundungstour können Drake und ich dann ja auf unser erstes richtiges Date gehen. Einverstanden?"

Der Gesichtsausdruck meines Schützlings war während der vorgeschlagenen gemeinsamen Zeit mit dem Objekt ihrer Zuneigung mürrisch geblieben. Aber sie war höchst interessiert daran, dass ich und Drake unsere Beziehung auf die nächste Stufe heben. Deshalb war ich auch nicht überrascht, als ihr Gesicht kindliche und glückliche Züge annahm, nachdem ich meinen Vorschlag unterbreitet hatte.

„Also gut", stimmte sie schließlich zu. „Und viel Spaß bei eurem Date!"

NACHDEM ALLE ANDEREN aus dem Auto ausgestiegen waren, rutschte Drake ohne ein Wort zu mir auf den Fahrersitz. Er roch stärker nach Fell als sonst, als ob die Jagd nach seiner wölfischen Seite gerufen hätte. Vielleicht erklärte das auch sein offensichtliches mangelndes Interesse an Gesprächen.

Nun, neben seinen augenscheinlich heftigen Halsschmerzen.

Es ergab jedoch Sinn, dass er fuhr, denn ich hatte ja mit dem Rubin zusammen auf dem Weg nach Lexington unser Ziel eingegrenzt. Das heftige Ruckeln, das uns über eine so lange Strecke geführt hatte, war mit einer Hand leicht auszumachen gewesen, aber jetzt zuckte der Edelstein beinahe unwillkürlich herum. Um die Feinheiten zu ergründen, hielt ich ihn in meiner rechten Hand und rief bei jeder Kreuzung die Richtungsänderungen aus.

Ich hatte nicht erwartet, dass wir Kami so leicht finden würden. Ich hatte angenommen, dass wir ihren Aufenthaltsort eingrenzen und dann heute Abend zurückkommen würden, um die Straßen zu erkunden, während sie eigentlich schlafen sollte.

Aber schon in der ersten halben Stunde konnte ich einen Blick auf sie erhaschen. Die Art, wie sie sich bewegte, war sofort zu erkennen. Sie war fast so anmutig wie eine Shifterin und doch auf eine unmerkliche Weise anders, die ich nicht genau benennen konnte.

Nun, einen Unterschied konnte ich deutlich erkennen. Kamis Schritte waren langsamer und erschöpfter, als ich sie in Erinnerung hatte. Ihr langes, blondes Haar war nicht frisiert und ihre Kleidung wirkte schmuddelig und zusammengewürfelt. Sie schob einen Einkaufswagen, und wirkte obdachlos, unterkühlt und mittellos.

„Da!" Ich deutete auf Kamis Rücken, während sie den Einkaufswagen über ein kaputtes Stück Bürgersteig schob, was mehr Mühe erforderte, als ich erwartet hatte. Sie befand sich auf der anderen Straßenseite, unsere Fenster waren hochgekurbelt und der Verkehrslärm hätte meine Stimme übertönen müssen, aber Kami drehte sich, als ob sie mich gehört hätte. Dann ließ sie den Wagen zurück und sauste in eine Einbahnstraße, in der zu viel Gegenverkehr herrschte, als dass wir die Beschilderung hätten übersehen können.

„Wir treffen uns an der nächsten Querstraße!" Ich packte den Türgriff und spuckte eine halbe Erklärung aus, in der Erwartung, dass Drake meine Gedanken lesen würde, wie er das immer zu können schien.

Aber die Tür hatte sich automatisch verriegelt, als sich das Auto in Bewegung gesetzt hatte. Aufgrund der klobigen Bauweise dieses alten Wagens konnte ich den Verriegelungsmechanismus nicht einfach aufheben, indem ich am Griff rüttelte. Nein, Drake musste den Entriegelungsknopf auf seiner Seite drücken.

Daran hätte er sich eigentlich erinnern müssen. Wir hatten darüber gescherzt, als er mir drei Wochen zuvor das Fahren mit demselben Fahrzeug beigebracht hatte. Er hatte mir nahegelegt, mir bei meiner bevorstehenden Führerscheinprüfung etwas einfallen zu lassen, damit der Fahrlehrer nicht bemerkt, dass die Tür den Beifahrer nicht jederzeit aussteigen ließ.

„Vielleicht lässt du mich das Fahrzeug vorher austauschen", hatte er geflüstert. *„Du kannst dir etwas Sichereres für dich und Lynette aussuchen, in dem ihr beide lernen könnt."*

„Lynette braucht starke weibliche Vorbilder", hatte ich gekontert. *„Wir würden nie zulassen, dass ein Typ ihr ein Auto kauft, also kann ich auch nicht zulassen, dass du mir eins kaufst."*

Wie immer hatte Drake meine Grenze geachtet. Und auch die Fahrprüfung hatte ich bestanden, indem ich das Aufschließen der Beifahrertür mit einem Winken an die wartende Lynette überspielt hatte.

Jetzt aber drückte Drake nicht den richtigen Knopf, obwohl ich ihn daran erinnerte: „Drake! Das Schloss!"

Er legte den Kopf schief, als ob er meine Aufregung bemerkt, aber keine Erklärung dafür hatte. Mit einer Hand deutete er auf die weglaufende Kami. Inzwischen deutete ein langgezogenes Hupen darauf hin, dass der Verkehr hinter uns ungeduldig wurde, weil wir viel zu lange mitten auf der Straße anhielten.

Am Ende musste ich über seinen Körper krabbeln, um den richtigen Knopf an der Tür zu drücken, und dabei fühlte sich sein Geruch irgendwie falsch an.

Doch das war in diesem Augenblick nicht das Problem. Das Problem war Kamis ziemlich großer Vorsprung.

Kapitel 21

Tru

Der Einkaufswagen schien unter anderem eine fleckige Decke und zerknautschte Fastfood-Verpackungen zu enthalten. Kaum hatte ich das wahrgenommen, verfolgte ich Kamis Schritte in der Einbahnstraße.

Doch sie war verschwunden. Das dachte ich zumindest, bis ich den gleichen schmuddeligen braunen Mantel hoch über mir aufblitzen sah. Nein, Kami war nicht verschwunden. Stattdessen eilte sie eine altmodische metallene Feuertreppe an der Seite des Gebäudes hinauf und war dabei so flink wie eine Füchsin.

War Kami in der Lage, sich in die Gestalt einer Füchsin zu verwandeln? Nicht einmal das wusste ich über einen Geist, der einst genauso ausgesehen hatte wie ich.

Jedenfalls war sie irre schnell. Es war nicht gerade die schlauste Idee, ihr auf Schritt und Tritt zu folgen.

Stattdessen achtete ich auf andere Wege. Die Fenster entlang der Feuertreppe waren alle verschlossen und nach der Nachbarschaft zu urteilen, wahrscheinlich auch verriegelt. Kamis einziger Ausweg wäre also das Dach.

Und zum Glück tauchte Drake jetzt zu Fuß am anderen Ende der Einbahnstraße auf. Er hatte geparkt und kam mir entgegen, wie ich ihn gebeten hatte, um Kami den Rückweg zum Boden abzuschneiden.

Da ich mich darauf verließ, dass er diesen Ausgang bewachen würde, steuerte ich ein Restaurant fünf Häuser weiter an, das mit einer Dachterrasse warb. Nach einer kurzen Erklärung an den Empfangschef – „Ich würde gerne mal nachsehen, ob es auf dem Dach zu windig ist, bevor die anderen Gäste eintreffen" – stürmte ich die Treppe hinauf und versperrte den anderen offensichtlichen Fluchtweg.

Denn die Lücke zwischen ihrem Gebäude und dem in der anderen Richtung war zu groß, um sicher darüber zu springen. Aber von hier aus konnte jeder, der über die Beweglichkeit eines Shifters verfügte und keine Höhenangst hatte, fast so leicht von Dach zu Dach gelangen, wie er die Straße hinunterlaufen konnte.

Es stellte sich heraus, dass es auf dem Dach ziemlich windig war. Die kalte Luft peitschte mir die Haare ins Gesicht, aber das war nicht die Ursache für mein inneres Frösteln, als ich das Geschehen in der Richtung betrachtete, aus der ich gekommen war.

Ich war nur ein paar Minuten drinnen gewesen, was nicht genug Zeit für eine Katastrophe gewesen sein sollte. Aber Drake hatte meinen stummen Hinweis nicht befolgt, am Fuße der Feuertreppe auf dem Boden zu bleiben. Stattdessen war er Kami auf das Dach gefolgt.

Er hatte sie so lange gejagt, bis sie über die erste Kluft in eine unerwartete Richtung gesprungen war, um ihm zu entkommen. Der Wind brauste zwischen ihnen hindurch und sie unterhielten sich über die fünf Meter breite Lücke hinweg, allerdings zu weit entfernt, als dass ich ihre Worte hätte verstehen können, aber nah genug, um ihre Körpersprache deutlich zu erkennen.

Kami hatte große Angst. Ich konnte ihr dringendes Bedürfnis zu fliehen in meinem eigenen Körper spüren, wusste, dass ihre Beine und Schultern vor Anstrengung schmerzten. Aber das nächste Gebäude in dieser Richtung war noch weiter von dem entfernt, auf dem sie sich gerade befand, der Abstand betrug etwa sieben Meter und der Platz, um zu landen, war sogar noch etwas höher gelegen.

Als Füchsin hätte ich diesen Sprung schaffen können. Auf zwei Beinen hätte ich das allerdings nicht einmal versucht.

Aber Kami entfernte sich immer weiter von Drake. Ich hielt den Atem an und atmete erst wieder aus, als ich sah, dass sie nicht auf die sieben Meter breite Lücke zusteuerte. Stattdessen schien sie sich auf die nähere Seite des Gebäudes zuzubewegen, die zu einer großen Straße parallel zu der Einbahnstraße führte, von der aus wir alle losgestartet waren.

Drake lief auf seiner Seite der Lücke entlang, um mit ihr Schritt zu halten. Ganz schlechte Idee! Ich hätte ihm ja etwas zurufen können, aber das hätte die Sache nur noch schlimmer gemacht. Stattdessen hüpfte ich zum nächstgelegenen Gebäude und dann zum nächsten.

Ich war noch drei Gebäude entfernt, als Kami sprang.

„SIE IST WEG", HAUCHTE ich und blickte ins Leere. Der Wind war abgeflaut, aber das Kribbeln in meinem Bauch hatte sich noch verstärkt. Denn Drakes Geruch, jetzt wo ich ihn eingeholt hatte, war pure Bitterkeit, keine Spur von zitroniger

Süße, während er auf den belebten Bürgersteig und die Straße hinunterstarrte.

Es gab keine Markisen, die Kamis Abstieg hätten aufhalten können. Es gab nur eine gerade Mauer mit winzigen Fensterbänken. Und ich hatte gesehen, wie Kami in diese Leere gestürzt war.

Sie war aber nicht auf dem Boden unter uns aufgeschlagen. Sie hatte irgendwie überlebt und Drake schien mir entweder nicht sagen zu können oder zu wollen, was passiert war. Er schüttelte nur den Kopf und fasste sich an die Kehle, als ich nach Einzelheiten fragte. Dabei hatte ich vorhin doch genau gesehen, wie sich seine Lippen bewegt hatten, als er sich auf dem Dach mit Kami unterhalten hatte.

Der Rubin – die andere naheliegende Methode, um Kami aufzuspüren – war immer noch im Auto. Ohne den Rubin blieb mir nur die Möglichkeit, mich an der Fassade des Gebäudes entlangzuhangeln, vorbei an zentimeterbreiten Zierleisten und sieben Zentimeter tiefen Fensterbänken. Ich hätte Kamis Anwesenheit vielleicht erschnüffeln können, wenn sie sich in ein offenes Fenster geschwungen und dann die Scheibe zugeknallt hätte, um ihren Rückzug zu verbergen. Vielleicht hätte ich ihrer Duftspur durch das Gebäude folgen und herausfinden können, wo sie sich versteckt hatte ... hätte ich nicht auf die riesige Gefahr an meiner Seite achten müssen.

Denn Drake war nicht er selbst, nicht mehr, seit ich an diesem Morgen aufgewacht war. All diese kleinen Ungereimtheiten fügten sich zu einer Antwort zusammen: Diesem Mann neben mir konnte man nicht trauen. Aber Lynette würde ihm vertrauen, wenn er allein zurückkehrte, falls ich beim Herunterklettern vom Gebäude den Halt verlieren sollte.

Um Lynettes willen konnte ich Kami nicht folgen und dieses Risiko eingehen. Nicht jetzt. Stattdessen holte ich das Handy heraus, das Kira mir gegeben hatte und das Lynette heute Morgen mit einigen wichtigen Kontakten programmiert hatte. Nachdem ich eine kurze Nachricht getippt hatte, steckte ich das Gerät zurück in meine Tasche und steuerte auf die Feuerleiter zu, die Drake hochgekommen war.

Mir sträubten sich die Nackenhaare, als der räuberische Alpha sich lautlos hinter mir bewegte. Ich konnte ihn spüren, so wie die Sonne mein Gesicht wärmte, als ich auf sie zuging. Nur dass seine Gegenwart eher Eis als Wärme ausstrahlte.

Es wäre ein Leichtes für ihn gewesen, die Hand auszustrecken, also ich mich der Kante näherte, um mir den kleinsten Schubs zu verpassen. Ich erschauderte jedes Mal, wenn ich das Zittern der Feuerleiter spürte und er einen Schritt nach mir in die Tiefe kletterte.

Wir sprangen zeitgleich zu Boden und er landete trotz seiner muskulösen Statur genauso sanft wie ich. „In welcher Richtung steht das Auto?", fragte ich und versuchte, meine Stimme ruhig zu halten.

Das scheint mir wohl nicht ganz gelungen zu sein, da Drake mich seltsam ansah. Aber er führte mich zurück zu meinem Auto, schloss es auf und deutete auf den Rubin, der im Fußraum lag, wo ich ihn fallen gelassen hatte, bevor ich herausgesprungen war.

„Wir kümmern uns später um Kami", antwortete ich auf seine stumme Frage. „Jetzt fährst du erst mal zu Rosa."

Die Stille im Auto glich einem zu hellen Scheinwerferlicht, das durch die Dämmerung schnitt. Blendend und zugleich erhellend. Nichts im Vergleich zu dem beruhigenden Gefühl, das Drake und ich manchmal hatten, wenn wir allein waren. Das hier fühlte sich an, als würde ich mit einem Fremden fahren, der nicht unbedingt mein Bestes im Sinn hatte.

Drake parkte vor Rosas Haus und steuerte auf die Haustür zu, so wie wir das auch sonst immer taten. „Unsere Schuhe sind schmutzig", wandte ich ein und deutete stattdessen an die Seite. „Lass uns doch höflich sein und sie auf der hinteren Veranda ausziehen."

Das war eine weitere Prüfung, nicht, dass ich eine gebraucht hätte. Die Krallen des Unbehagens, die sich in meine Haut bohrten, bestätigten mir, dass ich damit richtiglag.

Trotzdem wartete ich und hoffte, dass ich mich irrte. Der Drake, den ich gekannt hatte, hätte mich aufgezogen und mich daran erinnert, dass Rosa schon vor Wochen von uns verlangt hatte, dass wir jeden Anschein von Höflichkeit über Bord werfen sollten. *„Wenn ihr unter diesem Dach schlaft"*, hatte sie uns klargemacht, *„ist das euer Zuhause. Höflichkeit ist etwas für Fremde. Ihr gehört jetzt zur Familie."*

Anstatt darauf hinzuweisen, nickte Drake aber nur. Er folgte meinen Schritten zu Seth, der an der Hintertür wartete.

„Könntest du bitte das Wischwasser ausschütten?", bat mich Seth, als ob er den Eimer nicht extra angefüllt hätte, als ich ihm eine SMS geschickt hatte und er seitdem in Bereitschaft stand. „Ich möchte mir nicht die Stiefel anziehen."

„Kein Problem", antwortete ich. Dann schnappte ich mir den Eimer und goss das Wasser direkt über Drakes Kopf.

Kapitel 22

Tru

Drake und ich standen einander Auge in Auge gegenüber, allein in der Nacht. Er war klitschnass. Ich war völlig angespannt, zögerte aber nicht, sondern griff zielgerichtet nach der Waffe an meiner Hüfte.

Ich hatte keine Verstärkung, denn Seth hatte sich zurückgezogen, wie ich es ihm in der SMS zuvor aufgetragen hatte. Er hatte Erik mit Handschellen an das Geländer gefesselt und Lynette und Rosa im Obergeschoss eingeschlossen. Der zweite Stock war ein gut zu verteidigender Ort mit nur einem offensichtlichen Eingang, es sei denn, der Angreifer war so gelenkig wie ein Fuchs.

Mir lief ein Schauer über den Rücken, als ich an Kamis Flucht aus dem fünfstöckigen Gebäude dachte. Wenn sie einen Weg an einer steilen Ziegelsteinwand entlang nach unten finden würde, wäre es ein Kinderspiel, die Außenseite von Rosas Haus zu erklimmen.

Ich musste jedoch darauf vertrauen, dass Seth wusste, dass Fenster eine Gefahr darstellen. Denn unter der Klinge meines Messers lauerte eine viel größere Gefahr.

Nein, ich hatte nicht damit gerechnet, dass Wasser allein das Problem lösen würde, das Drake in ein anderes Wesen verwandelt hatte. Stattdessen hatte ich meine Klinge gezogen und schob seinen viel größeren Körper Schritt für Schritt nach hinten, weg vom Haus.

Wie oft hatten wir das nun schon durchgemacht? Meine Waffe an seiner Kehle, seine Hände kapitulierend erhoben? Trotz seiner Größe und Masse hatte Drake mir immer erlaubt, die Oberhand zu behalten. Die Betonung liegt auf erlaubt.

Dieser Kerl war jedoch nicht der Drake, dem ich vertraute. Wenn ihm ein oder zwei Kratzer nichts ausmachten – und Drake hatte sich noch nie vor Kratzern gescheut – konnte er mich leicht entwaffnen. Er könnte seine riesigen Hände um meine Kehle legen, mir das Messer entreißen, während ich immer schwächer wurde, und es dann benutzen, um Lynette zu bedrohen.

Ich musste also unbedingt Abstand zwischen uns und das Haus bringen, also stieß ich die Klinge immer wieder gegen seine Haut und der falsche Drake bewegte sich weiter rückwärts, bis seine Wirbelsäule gegen den hohen Holzzaun an der äußersten Ecke des Hofs stieß. Ich wünschte, ich hätte mir die Zeit genommen, Seth zu ermahnen, Lynette und Rosa von den Fenstern fernzuhalten, nicht nur für den unwahrscheinlichen Fall, dass Kami uns hierher gefolgt sein könnte, sondern auch, weil unser Schützling diesen Showdown zwischen mir und dem vermeintlichen Drake nicht verstehen würde.

Ich verdrängte dieses Bedauern und widmete mich dem Mann, der hier vor mir stand. „Du bist nicht Drake."

Diese grauen Augen, die mir so vertraut und gleichzeitig so fremd waren, schienen zu funkeln. Nein, das war er nicht. Dieser Kerl hatte keine Ähnlichkeit mit Drake.

Als er dann das Wort ergriff, wurde mein Verdacht bestätigt.

„Er hat mir schon gesagt, dass du dahinterkommen könntest."

Die Stimme dieses falschen Drake war voll und tief. So wie der Mann, den er hier nachahmte, hätte klingen können, wenn er nicht jedes Wort mit diesem heiseren Krächzen ausgestoßen hätte.

Die Sanftheit des falschen Drake hätte mich beruhigen sollen. Stattdessen ließ sie mich die Zähne zusammenbeißen. Daher zog ich auch meine Klinge nicht zurück, als ich mit dem Verhör fortfuhr. „Wer hat dir gesagt, dass ich dahinterkommen würde?"

„Drake, natürlich." Der falsche Drake hatte ein Grübchen auf der linken Wange, das er wie eine Waffe benutzte, und wartete einen ganzen Augenblick, bevor er mit den Schultern zuckte. „Er hat ein Video für dich aufgenommen", fuhr der falsche Drake fort. „Es befindet sich auf meinem Handy – naja, eigentlich auf seinem Handy – in meiner Jackentasche. Vorausgesetzt, das Wasser hat es nicht völlig ruiniert."

„Praktische Ausrede. Wie wäre es, wenn du das Handy herausholst und es mir gibst?"

„Wenn ich meine Hand senke, schlitzt du mir dann auch noch den Rest der Kehle auf?"

Es stimmte, ich hatte ihm die Haut aufgeritzt. Und obwohl es nicht Drake war, stach mir der Anblick der dünnen dunklen Linie, aus der Blut austrat, in den Magen.

Meine Worte waren deshalb vielleicht noch schärfer. „Ich habe mich beim Rasieren schon schlimmer geschnitten."

„Beim Rasieren, wo denn?" Die Stimme des falschen Drake glich einem Schnurren.

„Handy", forderte ich und hielt ihm meine linke Hand hin. Und er gehorchte mir. Er griff in seine vordere Jackentasche, die sich mit Wasser vollgesaugt zu haben schien. Es überraschte mich nicht, dass sich das Handy nicht einschaltete.

„Ich kann dir seine Nummer geben – meine Nummer", fuhr der falsche Drake fort, als klar war, dass sein ursprünglicher Beweis nicht zum Tragen kommen würde. „Ruf ihn an. Er wird abnehmen. Er kümmert sich gerade um India, aber dein Anruf ist wichtiger."

„Und was hast du vor, während meine Aufmerksamkeit auf das Display gerichtet ist? Ich bin mir sicher, du hast vor, höflich und unauffällig dazustehen."

„Wie wäre es, wenn ich dir verrate, warum meine Stimme nicht so klingt wie die meines Bruders?"

Wenn er meine Aufmerksamkeit von der Angst ablenken wollte, die mich durchströmte, hätte er sich kein besseres Thema ausdenken können. „Ihr seid keine Brüder", konterte ich. „Ihr seht euch zu ähnlich."

Der falsche Drake zuckte mit den Schultern. „Brüder. Zwillinge. Das ist doch dasselbe."

Aber es war nicht dasselbe. Kami schien mein Zwilling zu sein, bis klar wurde, dass sie es nicht war. Drakes Bruder hätte ich vielleicht vertrauen können. Aber seinem vermeintlichen Zwilling? Nicht unbedingt.

Dennoch schien der falsche Drake mich nicht angreifen zu wollen, obwohl er das hätte tun können. Und wenn er die Wahrheit sagte ...

Aus Neugier trat ich einen Schritt zurück und zog meinen Dolch zurück. „Erzähl mir von der heiseren Stimme."

„Zuerst verrate ich dir meinen Namen. Ich bin Jack."

Er hielt mir seine Hand hin, als ob er erwartet hätte, dass ich sie schütteln würde. Aber das war ein uralter Trick. Eine ahnungslose Gegnerin dazu verleiten, ihre Abwehrhaltung aufzugeben und sie dann von den Füßen reißen.

Anstatt darauf hereinzufallen, ließ ich Jacks defektes Handy in meine Tasche gleiten und holte stattdessen mein eigenes heraus. Während ich mit dem Gerät hantierte, entfernte ich mich weiter von dem Mann, dessen Grübchen mich nicht dazu veranlassen konnte, das Kribbeln der Gefahr zu ignorieren, das meinen ganzen Körper durchflutete, sobald ich ihn ansah.

Der Schauer der Angst verflog ein wenig, als ich weit genug weg war, damit er mich nicht mehr angreifen konnte. Ohne den Wind, der auf dem Dach durch meine Kleidung geblasen hatte, war es hier sogar überraschend warm. Der Laubhaufen hinter meinen Waden verströmte die Restwärme des Tages.

„Möchtest du die Nummer", murmelte Jack, „oder die Geschichte?"

Er war näher dran, als er hätte sein sollen. Ich hatte ihn für einen Sekundenbruchteil aus den Augen gelassen, um mein Handy zu entsperren, und jetzt war er wieder in Reichweite. Nur war mein Dolch dieses Mal nicht mehr so leicht zu erreichen. Ich hatte ihn zwischen Arm und Seite geklemmt, damit ich mit beiden Händen das Handy bedienen konnte.

„Geh zurück", forderte ich.

Zu meiner Überraschung gehorchte er mir. Oder, na ja, er ging auf Abstand zu mir, wenn auch nicht ganz so, wie ich mir das vorgestellt hatte.

Er streckte beide Arme von seinem Körper weg und ließ sich rückwärts in den Laubhaufen fallen, als wäre er ein Kind. Genau dieses Verhalten hatte Lynette letzte Woche an den Tag gelegt, und darum gab es diesen Laubhaufen auch.

Ein Schwall toter Pflanzenteile flog zwischen uns in die Luft, während Jacks tiefe Stimme aus dem Strudel auftauchte. „Eins, vier, neun ...“

Zahlen. Und wieder tat er das, worum ich ihn gebeten hatte.

Beim Verlassen des Laubhaufens würde ein gewaltiges Rascheln zu hören sein. Also fühlte ich mich sicher genug, um die von Jack genannten Zahlen einzugeben und zu warten, während das Handy erst klingelte und dann auf die Mailbox ging.

„Hm.“ Jack klang perplex. „Ich war mir sicher, dass er rangehen würde. Er wird dich aber sicher nicht lange warten lassen.“

Ich stocherte mit einem Zeh in dem Haufen herum, traf aber auf keine Haut. Nein, dieses seltsame Raubtier hatte sich diesmal nicht näher herangeschlichen, während ich beschäftigt war. „Hast du vor, noch länger da drin zu bleiben?“

„Scheint sicherer zu sein.“

„Für dich oder für mich?“

Anstatt zu antworten, wechselte er das Thema. „Setz dich hin und ich erzähle dir eine Geschichte.“

Und so erfuhr ich, nicht von Drake, sondern von seinem Bruder, woher die heisere Stimme kam.

Kapitel 23

Tru

„E s war einmal", polterte Jack, „ein blutrünstiger Serienmörder, der einen Erben und einen Ersatzmann zeugte. Ja, ich bin der Ersatzmann. Drake ist der Erbe. Sind deine Augen geschlossen?"

Jacks Frage schien harmlos zu sein. Die Laubdecke wirkte wie ein Alarm, der gewährleisten würde, dass ich ihn hören würde, falls er sich nähern würde. Trotzdem ...

„Nein", gab ich zu, als die Stille sich noch weiter ausdehnte.

„Wir haben eine lange Nacht vor uns, wenn wir später wieder rausgehen, um Kami zu jagen", stellte Jack fest. Bevor ich die offensichtliche Frage stellen konnte, was mit Kami in dem Gebäude passiert war, fuhr er fort. „Dabei haben wir schon einen langen Tag hinter uns. Mach deine Augen zu. Und hör dir die Geschichte an."

Und ich spürte, wie meine Augenlider ihm gehorchten, obwohl ich das eigentlich gar nicht wollte. In der völligen Dunkelheit konnte ich fast sehen, wie sich die Ereignisse, von denen Jack mir erzählte, abgespielt hatten.

Zwillingsbrüder, der eine nur ein paar Minuten älter als der andere und besser in der Lage, mit der harten Wirklichkeit des Lebens in der Familie des Henkers umzugehen. Der andere war sanfter – „rückgratlos", wie Jack sich selbst beschrieb.

Ich konnte zwar nur den erdigen Moschusgeruch von gefallenen Blättern riechen, der mit dieser Aussage verbunden war, aber ich schnaubte. „Das ist eine Lüge." Jack mochte nicht die gleichen furchteinflößenden Fähigkeiten haben wie sein Zwilling, aber er war alles andere als rückgratlos.

„Wer erzählt diese Geschichte? Du oder ich?"

Diese Stichelei fühlte sich an wie eine Umarmung von Okaasan. Wie Lynettes Lächeln, als ich die Kleider gekauft hatte, die sie für mich ausgesucht hatte. Es machte mir auch klar ...

„Das warst du letzte Nacht in meinem Schlafzimmer, nicht wahr?"

„Das erste Mal schon. Das zweite Mal war es Drake, nachdem ich ihm erzählt habe, dass du um einen Kuss gebettelt hast."

Ein Stromschlag durchfuhr mich. Das war also der Grund, warum Drake – nein, Jack – sich meinen Annäherungsversuchen entzogen hatte. Und deshalb hatte der echte Drake vor Energie gesprüht, als wir nach meinem Besuch in der Vergangenheit miteinander gesprochen hatten.

„Du bist das Geheimnis, von dem er mir nichts erzählen wollte." Ich vervollständigte das Bild, während ich sprach, und verband das, was ich heute von Jack gesehen hatte, mit dem Gespräch, das ich im Flur belauscht hatte, als ich noch halb geschlafen hatte. „Drake hat dir geholfen, deiner schrecklichen Familie zu entkommen. Und nun hält er dich zu deiner eigenen Sicherheit geheim."

„So kann man meine Geschichte auch kaputt machen." Er schien aber nicht sauer auf mich zu sein. Eher belustigt. Ich begann zu verstehen, dass Jack die meiste Zeit seines Lebens damit verbrachte, sich zu vergnügen.

Ich hingegen verbrachte einen Gutteil meines Lebens damit, Ungereimtheiten aufzuspüren. „Lynette hat mir erzählt, dass du manchmal deine Stimme verlierst, was bedeutet, dass sie dich schon mehrmals getroffen hat, ohne irgendwas zu ahnen. Oder weiß sie davon? Spielt sie bei diesem Plan mit?"

Auf ein Rascheln von Blättern, das wahrscheinlich ein Kopfschütteln war, folgte eine einzige Silbe. „Nö."

„Warum lässt du dann jetzt vor mir die Maske fallen?"

„Aus Angst um mein Leben."

„Noch eine Lüge. Gestern Abend hast du gesagt, Drake sei fast verpaart." Das letzte Wort blieb mir im Hals stecken, wie ein Bonbon, an dem ich zu heftig gelutscht und mich dann versehentlich daran verschluckt hatte.

„Das war unser Versprechen." Zum ersten Mal klang Jacks melodischere Stimme fast genauso wie die seines Bruders. „Wir würden niemandem davon erzählen, außer einer Gefährtin. Und das bist du. Seine Gefährtin. Meine -" er räusperte sich – „meine Schwester."

Tränen sammelten sich hinter meinen geschlossenen Augenlidern und ich wischte sie weg. Genau das wollte ich so sehr. In diesem Augenblick wünschte ich mir nichts sehnlicher, als dass Jack mein Bruder wäre. Noch mehr wünschte ich mir, dass Drake hier wäre und seinen Arm um meine Schultern legen würde, während ich etwas über seine familiären Verbindungen erfuhr.

Plötzlich raschelten die Blätter lauter, aber es war nicht so, als ob Jack sich auf mich zubewegte. Stattdessen fühlte es sich an, als ob ein Mann an die Grenze seiner Bereitschaft stieß, Gefühle vor der künftigen Gefährtin seines Bruders zu offenbaren. „Möchtest du immer noch etwas über die heisere Stimme hören? Das ist aber alles andere als eine schöne Gute-Nacht-Geschichte."

„Und ich bin kein Kind, das man zu Bett bringt", erinnerte ich ihn. „Erzähl mir die Geschichte und halte mich lange genug wach, um Kami im Schlaf zu erwischen."

Also kehrte Jack zu der ursprünglich versprochenen Geschichte zurück, der Geschichte, in der es darum ging, dass er von Geburt an von dem vorangegangenen Henker ausgebildet wurde. Über einen Ersatzmann, der Blut und Gedärm nicht ausstehen konnte, und einen Erben, der es auf sich nahm, doppelt so gut in den Aufgaben zu sein, die sein Vater stellte, um die elterliche Aufmerksamkeit von seinem Zwilling abzulenken.

„Für jeden Henker in Ausbildung gibt es immer eine letzte Prüfung", murmelte Jack und seine Stimme wurde leiser. Es war schon einige Minuten her, dass das letzte Auto auf der Straße vorbeigefahren war. Die Häuser um uns herum waren alle still geworden. Bald würde es spät genug sein, um wieder auf die Jagd nach Kami zu gehen.

Für den Augenblick saugte ich diese prägende Geschichte aus Drakes Vergangenheit auf.

„Unser Vater hat Drake auf die Probe gestellt, als er es am wenigsten erwartet hat. Unsere Party zu unserem sechzehnten Geburtstag war vollkommen perfekt, bis zu dem Augenblick der Prüfung. Wir waren nur zu viert und haben lieber alberne Spiele gespielt, als wie sonst miteinander zu trainieren und zu kämpfen. Es war dunkel wie jetzt, aber im Sommer mit

Glühwürmchen und einem Lagerfeuer. Drake hatte die Augen verbunden – hast du schon mal „Blindekuh" gespielt?"

Ich wusste, dass diese Geschichte ein düsteres Ende hatte, aber ich begann abzudriften und nahm an, dass Jack schon Recht damit hatte, dass er mehr Ruhe brauchte, bevor er wieder auf die Jagd ging. Also brummte ich nur verneinend und Jack erzählte mir den Rest.

Bei dem Spiel ging es darum, dass eine Person, der mit einem Taschentuch die Augen verbunden waren, andere jagte, die sich außerhalb seiner Reichweite aufhielten. Ihr Vater war mit einem Seil hinter dem blinden Drake aufgetaucht – mit einer Garotte, wie ich sie in seinem Safe gefunden hatte. Daraufhin hatte der vorherige Henker angefangen, seinen eigenen Sohn zu erwürgen, und ihre Mutter hatte Jack überwältigt, als er versucht hatte, seinem Bruder zur Flucht zu verhelfen.

Trotz der Augenbinde hatte Drake es irgendwie geschafft, sich zu befreien. Er hatte überlebt. Hatte die Prüfung bestanden. Aber seine Stimmbänder waren dabei beschädigt worden.

„Zu langsam." Jacks Stimme war so leise, dass ich sie kaum noch hören konnte. „Unser Vater hat gesagt, Drake sei zu langsam gewesen, um zu einem Arzt gebracht zu werden. Also hat er keine Behandlung erhalten und hat ein Krächzen davongetragen, das Übeltätern eine Heidenangst einjagt. Wahrscheinlich ist es dem lieben alten Dad genau darum gegangen."

Ich erschauderte und die schreckliche Kälte der Erziehung der Brüder riss mich fast aus dem Halbschlaf, in den ich gesunken war. Die Tatsache, dass Drake das Seil aufbewahrt hatte, dass ich es berührt hatte ... Ich wollte nichts weiter, als zum Dorf der Streuner zurückzukehren, den Safe zu öffnen und die Beweise für die Grausamkeiten des ehemaligen Henkers zu Asche zu verbrennen.

Aber Jacks Stimme war wieder sanft und er wiegte mich mühelos in den Schlaf. „An diesem Tag hat Drake beschlossen, mich zu retten. Er hatte schon angefangen, Streuner zu verstecken, also hatte er keine Probleme, einen weiteren Tod vorzutäuschen und mir ein neues Leben zu ermöglichen. Ich wollte ihn aber nicht in diesem Höllenloch zurücklassen. Er musste mich dazu zwingen zu gehen, musste mich mit einem Alphabefehl überrumpeln, der gerade so meine Muskeln überwunden hat, aber am Ende doch funktioniert hat."

In der Nacht gab es nichts außer mir und dieser Geschichte. Der Schmerz, den ich sowohl für Drake als auch für seinen Bruder empfand. Gleichzeitig war ich dankbar, dass ich hinter den Vorhang blicken durfte, der das wahre Wesen dieses wunderbaren Mannes verbarg.

„Ich hätte mich nicht so gut gewehrt wie Drake", murmelte Jack, dessen Stimme so sanft klang, als würde eine brüderliche Hand über das Fuchsfell streichen. „Ich habe diese Lektionen nie gelernt. Und Dad, Dad hätte mich bestimmt umgebracht. Wenn der Ersatzmann nicht würdig ist, hat es keinen Sinn, ihn in seiner Nähe zu behalten."

So ist Drake zum Henker geworden und beschützt seine Streuner, so wie er seinen Bruder beschützt hatte. Es war eine schreckliche Geschichte und eine wunderbare Geschichte zugleich. Drakes Persönlichkeit auf den Punkt gebracht: Er hatte gelernt, hart zu sein, um die zu schützen, die von Geburt an sanft waren.

Leute wie mich, die noch nicht bereit waren, sich für einen Gefährten zu entscheiden. Drake hatte mich also beschützt, indem er die Sache nicht auf die Spitze getrieben hatte. Hatte mich beschützt, indem er seinem Bruder die Verantwortung überlassen hatte, während er nach India gesehen hatte. Hatte mich beschützt, indem er …

Ich merkte erst, dass ich eingeschlafen war, als mir die Sonne in die Augen schien und sich Blätter über meine Beine und meinen Oberkörper legten, um mich zu wärmen. Drakes Handy lag in meiner Hand und roch ganz schwach nach Zitrone. Als ich es zu meinen Augen hob, fand ich ein angehaltenes Video, das darauf wartete, abgespielt zu werden.

„Du kannst Jack vertrauen", rief Drake, während er in der Küche auf und abging, wo gestern noch die Kinder mit einem Hacky Sack gespielt hatten, als ich die Treppe heruntergekommen war. In dem Video war es allerdings Nacht. Nicht die Nacht, die ich gerade verschlafen hatte, wie ich annahm, sondern die davor.

Jetzt, da ich wusste, warum Drakes Stimme so rau war, konnte ich mich nicht entscheiden, ob ich diesen Hinweis auf seine Vergangenheit hassen oder lieben sollte, als er fortfuhr. *„Ich bin wieder da, bevor du es merkst."*

Jack hatte also nicht gelogen. Die Wärme der Blätter sank tiefer in meinen Bauch. Sie wurde zu der Wärme einer Partnerschaft, einer Familie, eines Gefährten.

Mein zukünftiger Bruder hatte es jedoch geschafft, uns beide in den Schlaf zu wiegen, was bedeutete, dass wir die beste Gelegenheit verpasst hatten, Kami zu erwischen. Vielleicht hielt sie sich ja immer noch dort versteckt, wo sie sich nachts herumgetrieben hatte.

„Wach auf", rief ich, aber Jack antwortete nicht. Ich hörte ihn nicht einmal atmen, und da wurde mir klar, dass ich überlistet worden war.

Ich sprang auf und trat gegen den Laubhaufen. Nichts, nichts, nichts! Ich rannte um das Haus herum, entriegelte die Tür meines Autos und riss sie auf.

Ich war gestern Abend so sehr damit beschäftigt gewesen, die vermeintliche Besessenheit durch einen Geist zu entschärfen, dass ich den Rubin einfach unter der Fußmatte versteckt und das Auto abgeschlossen hatte. Die Tür war immer noch verschlossen, als ich sie heute Morgen öffnete, aber der Rubin war nicht mehr da.

Jack und auch unsere Möglichkeit, Kami zu finden, waren verschwunden.

Kapitel 24

Tru

Das Handy, das Jack für mich hinterlassen hatte, klingelte, als ich mich durch die Hintertür in Rosas Haus schlich, leise genug, um, wie ich hoffte, nicht alle zu wecken. „Du bist also keine Schlange", murmelte ich, als ich den Videoanruf annahm und erwartete, das Gesicht des Mannes zu sehen, der wie Drake aussah, sich aber so anders verhalten hatte. Eines Mannes, der vielleicht eine vernünftige Erklärung dafür hat, dass er den Rubin gestohlen und mich daran gehindert hat, der jüngsten Welle an Übergriffen Einhalt zu gebieten.

Nur war der Anrufer nicht Jack. Stattdessen hob Drakes Mutter eine sorgfältig geformte Augenbraue, als sie antwortete. „Eine Schlange? Sind wir jetzt an dem Punkt, an dem wir kindische Beleidigungen austauschen? Ich fürchte, ich habe in diesem Augenblick keine Zeit, mich mit dir zu beschäftigen. Hol Drake ans Telefon."

„Er hat zu tun." Zumindest nahm ich das an, es sei denn, Jack hatte auch in diesem Punkt gelogen. Ich schaffte es nicht ganz, ein Zusammenzucken zu verhindern.

Aber Winter bemerkte nichts davon, oder vielleicht war es ihr auch egal. Stattdessen spuckte die Frau, von der sich Drake abgewendet hatte, indem er sie seinen Boss nannte, einfach Anweisungen aus, in der Annahme, dass man ihr gehorchen würde. „Ich schicke zwei Videos rüber. Die Schuldigen müssen öffentlich bestraft werden und was auch immer die Ursache für diese Häufung an Blödheit ist, muss ein Ende haben. Und was dich betrifft – hör auf, Drake von seinen Pflichten abzulenken.“

Die Geschichte, die Jack mir erzählt hatte, verlieh meiner Stimme einen Ausdruck, den ich eigentlich gar nicht beabsichtigt hatte. „Oder was? Siehst du dann wieder zu, wie er erwürgt wird? Oder hilfst du diesmal vielleicht sogar?“

Ich merkte erst, dass ich meine Stimme erhoben hatte, als das Stimmengewirr von Leuten aus dem zweiten Stock zu hören war. Ich hatte das Haus also doch aufgeweckt, und das ohne guten Grund.

Denn Winter hatte sich nicht einmal die Mühe gemacht, zu antworten. Stattdessen hatte sie den Videochat geschlossen und mir ohne weitere Erklärungen zwei Links geschickt.

Normalerweise mischte ich mich nicht in Drakes Arbeit ein, aber er war gerade anderweitig beschäftigt und derjenige, dem er die Verantwortung für sein Handy und seine Rolle übertragen hatte, hatte sich ohne Erklärung aus dem Staub gemacht. Das bedeutete, dass es an mir lag, mich darum zu kümmern.

Also öffnete ich das erste Video und war enttäuscht, aber nicht überrascht, als ich eine vertraute Gestalt erkannte.

Erik im Zirkus vor drei Nächten. Er muss gefilmt worden sein, bevor wir ihn erwischt haben, denn der Teenager stand nackt am Rande einer Menge von Leuten. Zuerst stand er nackt da ... und dann schlüpfte er in seinen Pelz.

Schon aus der Ferne konnte ich erkennen, dass Erik seine Handlungen nicht unter Kontrolle hatte. Seine Augen waren glasig, seine Bewegungen ruckartig. Auch wenn ich mich zuvor gefragt hatte, ob er uns belogen hatte, fragte ich mich das jetzt nicht mehr. Es handelte sich eindeutig um Besessenheit, eindeutig um Kamis Schuld.

Das bedeutete, dass das Video uns helfen könnte, den Täter zu finden. Ich sah mich um und entdeckte, dass das Video noch in der Nacht, in der es aufgenommen worden war, in die sozialen Medien hochgeladen worden war. Aber das Video war erst heute Morgen aufgefallen, als es von jemandem namens WolfsCurse erneut gepostet worden war.

Der Post hatte bereits Tausende von Views und Shares bekommen. In den Kommentaren gab es viele unterschiedliche Meinungen, aber jemand, der sich sehr sachkundig anhörte, hat viel Zeit damit verbracht, aufzuzeigen, warum es sich nicht um einen Deepfake handeln konnte. Das hatte zur Folge, dass mehr als die Hälfte der Betrachter zu glauben schien, die Bilder seien echt.

Ich zitterte, und das nicht vor Kälte. Genau das sollte der Job des Henkers verhindern. Die Aufdeckung von Werwölfen und die darauffolgende Hysterie unter der menschlichen Bevölkerung.

So sehr ich die Frau auch verabscheute, Winter hatte Recht. Es musste etwas gegen diesen Ausrutscher unternommen werden.

Ich war so sehr in mein Handy vertieft, dass ich gar nicht bemerkt hatte, wie sich der Vorraum mit Leuten füllte. Ich drückte wieder auf Play und suchte diesmal im Video selbst nach Hinweisen, als Lynettes durchdringender Schrei wie ein Feueralarm losging.

„WAS AUCH IMMER HIER los ist, es muss nicht geschrien werden." Rosas feste Stimme hatte ausgereicht, um Lynette vor Wochen aus der Hysterie zu reißen, als dem Mädchen die Kontrolle entglitten war und sie mich versehentlich verbrannt hatte, während sie eine Salatschüssel am Esstisch herumgereicht hatte. Das brachte den Teenager jetzt zumindest zum Schweigen, wenn es auch nicht ausreichte, um ihren Schmerz zu lindern.

Denn Erik hatte sich bereits zu Seth umgedreht und bot ihm seine Handgelenke an. „Der Henker hat mich gewarnt, dass das passieren könnte. Hast du die Handschellen noch?"

„Ihr werdet ihn nicht *bestrafen*!" Lynette flog durch den Raum und schob sich zwischen die beiden Werwölfe, als wären sie so harmlos wie das Kätzchen, das sich zwischen ihren Füßen verhakt hatte. „Er hat das nicht *mit Absicht* gemacht. Das ist doch nicht *seine Schuld*."

„Du weißt selbst, dass Schuld nichts damit zu tun hat", beschwichtigte ich sie und versuchte erfolglos, Lynette aus dem Gedränge herauszuziehen. Denn während ich auf das Offensichtliche hinwies, kramte Seth schon Handschellen aus seiner Tasche. „Wir werden versuchen, Erik nicht zu verletzen, aber wir müssen uns darum kümmern. Du hast lange genug mit Drake zusammengelebt, um zu wissen, wie der Hase läuft."

Ich wollte einen Arm um die Schultern des Mädchens legen, aber sie schob mich weg. „Fass mich nicht an! Wo ist Drake?"

„Er ... ist rausgegangen."

Erik war derjenige, der die Luft schnupperte und die Stirn runzelte. „Du lügst." Die Handgelenke, die er zum Zeichen der Unterwerfung hochgehoben hatte, sanken zu seinen Seiten herab und nun stand er Schulter an Schulter mit Lynette da, sein Körper bildete einen Schutzwall zwischen ihr und der Welt.

Nicht, dass sie Schutz gebraucht hätte. Lynette wandte sich Seth zu und stieß dem größeren Mann einen verärgerten Zeigfinger in die Brust. „Ich habe dir doch gesagt, dass das gestern Abend im Hinterhof kein Vorspiel war! Ich habe dir doch gesagt, dass etwas nicht stimmt."

„Ich habe das Wort Vorspiel nicht benutzt." Seths Blick traf meinen, dann sank sein Blick zu Boden, als wäre ich ein dominanterer Wolf ... oder vielleicht die Gefährtin eines dominanteren Wolfs? Was auch immer der Grund war, er schien von der ganzen Situation eingeschüchtert zu sein und machte keine weiteren Anstalten, die Handschellen anzulegen, die an seinen Fingerspitzen baumelten.

Und das war wahrscheinlich auch gut so. Denn Lynettes Wut kochte über, als sie ihre Aufmerksamkeit wieder auf mich richtete. „Du hast Drake verjagt!"

„Vielleicht ist es ja auch ganz gut, dass er nicht hier ist." Erik sprach zu Lynette, als ob der Rest von uns gar nicht da wäre und ihre Blase der Teenieliebe wie ein Schutzschild umgeben hätte. „Wir können uns doch wenigstens die Sache mit dem Video überlegen, bevor er zurückkommt."

„Auf gar keinen Fall. Wir gehen sofort." Lynette ergriff Eriks größere Hand und zerrte ihn von den anderen weg. Dann kramte sie in ihrer Tasche nach dem Schlüsselbund für das Auto, das wir zusammen nutzten.

Die Suche nach den Schlüsseln verlangsamte sie gerade so weit, dass ich mich mit schnellen Füßen zwischen sie und die Tür schieben konnte. Dann tat ich mein Bestes, um die

Situation mit Worten zu entschärfen. „Lynette, bitte vertrau uns, dass wir auf dich und Erik aufpassen. Du weißt, dass wir beide immer für dich da sein werden, egal, was zwischen Drake und mir passiert. Du weißt, dass ...“

„Das musst du doch bloß wegen deines *Eides* sagen.“ Lynettes Füße hielten inne, aber ihre Worte wurden nur noch schneller und heftiger. „Also, was hältst du davon? Das Versprechen, das du mir gegeben hast, ich ändere einfach die Regeln. Du wirst nicht mehr für mich 'da sein'.“ Ihre mit Fingern in die Luft gesetzten Anführungszeichen waren bösartig. „Du wirst einfach nie wieder in meiner Nähe sein. Die einzige Möglichkeit, mich zu beschützen, ist, mir nie wieder nahe zu kommen!“

Und dieses Mal, als sie meinem regungslosen Körper auswich und mit Erik an ihrer Seite aus der Tür stürmte, war ich nicht in der Lage, sie aufzuhalten. Denn der Zwang in meinem Bauch, der eine echte Beziehung zu diesem Mädchen eingeleitet hatte, hinderte mich jetzt daran, ihr zu folgen, als sie aus meinem Leben verschwand.

Kapitel 25

Tru

Am liebsten hätte ich meinen Füßen befohlen, meinem Schützling, der mir so ans Herz gewachsen war, hinterherzueilen, aber sie hatte ihre Schwüre bewundernswert gut verdreht. Intuitiv musste sie erkannt haben, was ich bereits gewusst hatte – Schwüre für Kitsunes waren nie einseitig. Lynette hatte mein Versprechen letzten Monat angenommen, sich daran festgebissen und es mit viel mehr Kraft versorgt, als es ursprünglich besessen hatte. Und jetzt hatte sie ihre Meinung geändert und diesen mächtigen Schwur auf den Kopf gestellt.

Deshalb konnte ich mich noch so sehr in Lynettes Richtung bewegen, am Ende machte ich stattdessen schlurfende Schritte in die entgegengesetzte Richtung.

Zum Glück war ich nicht die Einzige im Vorraum. Rosa war eine Frau über sechzig, die sich immer noch von einer Gehirnerschütterung erholte, deshalb war ich auch nicht überrascht, dass sie nicht versuchte, die Teenager am Weggehen zu hindern. Aber Seth hatte keine Entschuldigung dafür, dass er sein Handy zückte, als wäre er von der ganzen Angelegenheit gelangweilt.

„Was machst du da?", forderte ich, als das dumpfe Dröhnen des Motors meines Autos draußen zum Leben erwachte und immer leiser wurde, während es die Straße hinunterrollte. Die ganze Zeit über versuchte ich, mich auf das Geräusch zuzubewegen und stieß dabei jedes Mal gegen eine unsichtbare Barriere.

Seth neigte sein Display zu mir, während er antwortete. „Ich checke die App zur Standortbestimmung, die Erik auf Lynettes Handy installiert hat." Tatsächlich bog ein leuchtender Punkt auf der Karte erst nach rechts und dann wieder nach rechts ab, als wolle er einen Verfolger abhängen.

Die pochende Unruhe in meinem Bauch legte sich langsam. Lynette liebte ihr Handy, hatte es mit unechten Edelsteinen verziert und mit so vielen Apps gefüllt, dass ich davon ausging, dass das Gerät in naher Zukunft in der Lage sein würde, uns allen ein Abendessen zu kochen. Wo immer sie hinging, musste auch das Handy mit.

Und Erik, so wie es aussah, war bereit, Lynette sowohl verdeckt als auch offen zu beschützen. Sie war nicht so schutzlos, wie ich anfangs befürchtet hatte.

Das bedeutete natürlich nicht, dass ich sie alleine losziehen lassen wollte. „Gute Idee", erwiderte ich und überlegte mir eine Lösung, während ich sprach. „Wir stolpern in ein paar Stunden zufällig über die beiden und versuchen, Lynette zur Vernunft zu bringen, sobald sie sich beruhigt hat. Rosa, könntest du uns deinen Van leihen?"

„Natürlich." Sie warf mir die Schlüssel zu, die ich, als meine Füße sich immer noch sträubten, an Seth weiterreichte, zusammen mit einer zögerlichen Frage: „Kommst du allein mit Lynette klar?"

Ich hasste das. Ich hasste es so sehr, dass mein Schwur mich von dem Mädchen trennte, das mir so viel bedeutete. Aber ich hatte in den letzten Tagen Vertrauen zu Seth gefasst und erkannt, wie sehr sich Drake auf seine Unterstützung verließ. Als Seth also nickte, ließ ich ihn gewähren. Ich sah nur zu, wie er zur Tür hinausging, um sich um meinen Schützling zu kümmern.

Damit war ich allein und konnte nichts zur Lösung des Problems beitragen. Nun ja, nicht ganz allein. Bevor ich richtig Luft holen konnte, war Rosa schon um den Tresen herum und zog mich in eine Umarmung, die leicht nach Lavendel roch. Die Umarmung besänftigte einen Teil meiner Angst um Lynette, machte mir aber auch bewusst, wie angespannt ich geworden war.

„Teenager machen sowas nun mal", versprach Rosa, als sie mich wieder losließ. „Sie sagen Dinge, die sie nicht so meinen, reißen einem das Herz aus der Brust und sind am nächsten Tag für immer die besten Freunde. Sie fühlt sich in ihrer eigenen Haut sicherer, sonst hätte sie dich nicht von sich gestoßen. Und das bedeutet, dass du einen wirklich tollen Job machst."

„Ich hoffe, du hast Recht." Und ich konnte in diesem Augenblick ohnehin nichts Anderes für Lynette tun. Also war es an der Zeit, andere Brände zu löschen.

Brände wie den von Drakes Mutter. Winter würde sich nicht damit abfinden, auf Dauer ignoriert zu werden, also musste ich zurück nach Gate City fahren und versuchen, denjenigen zu finden, der das Video ursprünglich gedreht hatte. Wenn derjenige, der es veröffentlicht hat, seine Aussage zurücknehmen würde, könnten wir vielleicht zumindest Eriks Hals aus der Schlinge ziehen.

„Hast du vielleicht noch einen Van, den ich mir ausleihen kann?"

Meine Frage sollte eigentlich ein Scherz sein, aber Rosas dunkle Augen funkelten. „Da du schon fragst: Drake hat dir einen nagelneuen Kombi gekauft."

„Er ... was?"

„Dieser Mann ist eine wirklich gute Partie. Wenn du ihn nicht bald festnagelst, muss ich vielleicht anfangen, ihn meinen Großnichten vorzuführen."

„Rosa." Da musste selbst ich lächeln. „Was soll das heißen, er hat mir einen Kombi gekauft?"

„Ach, das? Er hat ihn vor drei Wochen liefern lassen, hat es sich dann aber doch anders überlegt und mich gebeten, ihn für dich aufzubewahren. Seitdem ist er bei meinem Neffen geparkt."

Vor drei Wochen hatten Drake und ich über die Fahrprüfung gesprochen. Damals hatte ich seine Bitte abgelehnt, ein zuverlässigeres Fahrzeug für mich und Lynette zu kaufen.

Er hatte das Auto schon längst besorgt, es aber aufgeschoben, bis ich bereit war. Trotz allem lächelte ich, als Rosa den entsprechenden Neffen anrief und vereinbarte, dass er das Auto bei ihr zu Hause abliefern würde. Ich lächelte, während ich das zweite Video startete.

Am Ende lächelte ich jedoch nicht mehr.

DIE HAARE VON INDIA hatten eine andere Farbe, aber das war nicht der größte Unterschied zwischen der Streunerin, bei deren Evakuierung ich geholfen hatte, und der Frau, die nackt in einer Wohnung stand, in der sich nicht einmal ein einziges Möbelstück zu befinden schien. Nein, der größte Unterschied war ihre Stimme, die höher klang, als ich sie in Erinnerung hatte. Außerdem huschten ihre Augen immer wieder von rechts nach links, von rechts nach links, als ob sie einen Ausweg suchte.

Auch ihr Verhalten war ganz anders als das der Streunerin, die ich kennengelernt hatte.

„Das ist keine Computeranimation", verkündete sie vor der Kamera. *„Bald werde ich einen weiteren Beitrag mit Zeit und Ort veröffentlichen, damit ihr euch die Show persönlich ansehen könnt. Und ich meine nicht diese Show hier ..."*

Sie deutete mit einer Hand auf ihre nackten Brüste. Dann wandelte sie sich so langsam, dass ich das Knirschen ihrer Knochen fast spüren konnte.

Ihr Gesicht verzog sich, als ob sie gegen ihre eigene Verwandlung angekämpft hätte, auch wenn das den Schmerz noch zehnmal schlimmer gemacht hätte. Doch Zentimeter für Zentimeter wurde sie von ihrem Fell eingehüllt. Zentimeter für Zentimeter verwandelte sich ihr menschlicher Körper in den einer Wölfin.

Ich schluckte die Übelkeit hinunter und zwang mich, bis zum bitteren Ende des Videos zuzusehen. Dieses Video war nicht weitergeleitet worden, sondern direkt von WolfsCurse hochgeladen worden. Und es hatte bereits mehr Likes und Kommentare als das von Erik.

Kein Wunder, dass Winter so hartnäckig darauf hingewiesen hatte, dass das Problem sofort behoben werden müsse. Wer auch immer WolfsCurse war, er schien einen Rachefeldzug gegen Werwölfe zu führen.

Ich holte mein Handy heraus und übertrug die Nummer, die Jack mir gestern gegeben hatte. Drake war vielleicht zu sehr mit der Jagd auf denjenigen beschäftigt, der India entführt hatte, um mir zu antworten, aber seinem eigenen Zwilling würde er sicher antworten.

Das tat er auch. Ich atmete zum gefühlt ersten Mal seit über einer Minute ein, als seine raue Stimme aus dem Lautsprecher an mein Ohr drang.

„Jack?"

„Nein, ich bin's." Die Erleichterung, Drakes Stimme zu hören, war so groß, dass ich mich nicht sofort auf eine Erklärung einließ. Ich klammerte mich einfach an das Handy, als ob es seine Hand gewesen wäre. Ich atmete ein und wünschte mir, ich könnte seinen typischen Zitronen-Meringue-Kuchen riechen.

„Sieh an, sieh an, sieh an." Drakes Stimme war immer noch rau, aber sie klang nicht mehr wie der Mann, den ich liebte. Das war schadenfrohe Häme. Boshaftes Vergnügen. „Kleine Füchsin. Perfektes Timing. Hast du mein Video gesehen?"

„Dein Video? Wer ist da?"

„Du erkennst mich nicht? Deinen eigenen Mann?" Dann lachte er das lange, schallende Lachen, das ich zuletzt an der Grabstätte gehört hatte. Ich hatte gedacht, es sei eine Erinnerung, aber das war es nicht, wie ich jetzt feststellte. Dieses Geräusch war die Freude eines bösen Geistes, der aus dem toten Körper von Ambrose Reed entwichen war und dann einen Shifter nach dem anderen mit einem einzigen Ziel in Besitz genommen hatte.

„Ambrose." Sein Name schmeckte wie Blut zwischen meinen Zähnen. „Du hast das alles nur getan, um mich zu kriegen, nicht wahr?"

„Die kleine Füchsin hat es endlich herausgefunden. Und jetzt kommst du freiwillig zu mir zurück."

„Warum sollte ich das tun?"

„Weil dieser Körper, den ich gerade besitze, alle möglichen lustigen Geheimnisse kennt. Er weiß, wo sich jeder Streuner versteckt. Wäre es nicht unterhaltsam, jeden von ihnen in einem Video zu sehen, in dem sie ihr eigenes Todesurteil unterschreiben? Wäre es nicht spaßig, Drakes Hände ihre undankbaren Hälse brechen zu lassen?"

Drake war vor allem deshalb zum Henker geworden, um seine Streuner zu schützen. Ich konnte nicht zulassen, dass Ambrose seinen Körper dazu zwang, eben diese Unschuldigen zu ermorden.

Meine Stimme klang fast so rau wie die von Drake, als ich verlangte: „Wo bist du?"

„Wie wäre es, wenn du die Gefährtenbindung, die du so beharrlich ignorierst, nutzt, um das herauszufinden? Aber ich empfehle dir, das möglichst rasch zu tun. Ich langweile mich leicht und einige der Streuner sind ganz in der Nähe ..."

Kapitel 26

Drake

Als ich aufwachte, hörte ich meinen Namen auf ihren Lippen. „Drake, wenn du mich hören kannst, ich komme."

Für den Bruchteil einer Sekunde durchströmte mich Freude. Dann schlugen die Erinnerungen an den Körper, den ich mit dem Bösen teilte, auf mich ein wie die Fäuste meines Vaters.

Ich konnte doch nicht zulassen, dass Tru in die Falle ging, die Ambrose ihr gestellt hatte. „Nicht ..."

Ich brachte nur ein einziges Wort heraus, bevor meine Hände das Gespräch beendeten. Bevor Ambrose mich wieder in unseren gemeinsamen Körper zurückstopfte. Die Wellen seiner Heiterkeit vibrierten in uns beiden. Als er sprach, rasselte mein Röcheln gegen unsere gemeinsamen Ohren.

„Wieder wach? Gut! Mir ist nämlich langweilig. *India, komm her.*"

Sein Befehl traf die nackte Frau, von der ich bis zu diesem Augenblick nicht einmal gewusst hatte, dass sie überhaupt dagewesen war. Sie stank nach Entsetzen, aber zu meiner Freude nach nichts Schlimmerem. Noch nicht.

Leider besaß India keinen Alphaknochen in ihrem Körper. Sie konnte sich nicht gegen den Zwang wehren, der sie dazu trieb, sich auf den Schrecken zuzubewegen, der sowohl ich als auch Ambrose war. Sie konnte sich lediglich langsam bewegen, darauf hoffend, dass sein Interesse versiegen würde.

Darüber machte ich mir allerdings keine großen Illusionen. Das bedeutete, dass jemand die Sache beenden musste.

Und dieser Jemand war ich.

Ich kämpfte um die Kontrolle über unsere gemeinsamen Stimmbänder, aber die weigerten sich, mir zu gehorchen. Bei meinem zweiten Versuch schlug ich so fest auf die Innenseite unseres Körpers, dass sich blaue Flecken bildeten.

Ambrose – durch meine Lippen hindurch – lachte bloß. „Für einen so harten Kerl sind deine Erinnerungen aber bemerkenswert löchrig. Du hast diese Frau versteckt, weil ihr Alpha ihr nicht erlauben wollte zu singen? Ist das überhaupt eine Strafe? *India, zeig uns deine Stimme.*"

Sie öffnete ihre Lippen und schrie den Trotz in Form einer Melodie heraus. „R, E, S, P, E, K, T!"

Unsere Handfläche erwischte sie an ihrem Mund, aus dem all diese schönen Töne hervorkamen. Sie wurde zu Boden geschleudert und lag auf der Seite auf dem dreckigen Linoleum, während sie weiter ihre Texte über die weibliche Selbstbestimmung sang.

Denn sie musste singen. Der Zwang war nicht verschwunden. Und anscheinend hatte India beschlossen, den winzigen Rest an freiem Willen, der ihr noch geblieben war, dazu zu nutzen, einem Mörder eins auszuwischen.

Dann vermochte sie nicht einmal das mehr. *„Genug."*

India schwieg sofort, als wir uns auf ebenso lautlosen Shifterfüßen an sie heranpirschten. Ich konnte Ambroses

Absichten spüren, bevor er mit einem Fuß ausholte und diesmal auf Indias Kehle zielte.

Eine Verletzung der Kehle konnte eine Stimme für immer verändern. India dort zu verwunden, wäre schlimmer als der Tod.

„Ganz schön clever." Unser Fuß hielt inne, als ich sprach. Wir waren beide überrascht von meiner Fähigkeit, einen Körper zu beeinflussen, den Ambrose mir mit Gewalt entrissen hatte. Ich rechnete fest damit, dass er die Kontrolle zurückerobern würde, aber stattdessen krümmte er sich unter meinem Lob wie eine Katze.

„Fahre doch fort", verlangte er, wobei meine Lippen ein zweiseitiges Gespräch führten.

Indias Augen weiteten sich, aber ich konnte nicht zulassen, dass Ambrose sich auf sie besann. Stattdessen fuhr ich fort, das Ego meines Besetzers zu streicheln.

„Du willst Tru, aber du hast sie nicht gleich bei der ersten Gelegenheit gepackt. Das ist wirklich schlau. Sie hätte sich losgerissen, wenn du zu früh gehandelt hättest. Stattdessen holst du sie ein wie einen Fisch an der Leine. Erik war bloß eine Masche, um Trus Aufmerksamkeit auf dich zu ziehen und sie in Angst und Schrecken zu versetzen. Das kann ich ja noch gut nachvollziehen. Aber warum hast du dir ausgerechnet ihn ausgesucht und nicht jemanden, der für dein eigentliches Ziel wichtiger ist? Warum nimmst du nicht Lynette?"

„Ein Menschenmädchen ist mir nicht ähnlich genug, um von ihm Besitz zu ergreifen. Eine Werwolfschlampe auch nicht, obwohl ich Mittel und Wege habe, sie mir gefügig zu machen."

Ambrose knackte mit den Fingerknöcheln, während er sprach, und diese Geste ließ India zusammenzucken. Ihr Alpha hatte ihren Vater dazu gezwungen, sie zu schlagen. Der Mistkerl hatte geknurrt: „Bring das Mädchen zur Vernunft. *Wenn sie noch einmal den Mund aufmacht ...*"

Als ich den Alpha kennengelernt habe, hätte ich ihm am liebsten die Kehle durchgeschnitten, aber ein Henker muss sich da zurückhalten, es sei denn, er befindet sich in einer Notlage. Ein Henker in Ausbildung erst recht.

Und dann war da auch noch das Feuer, das ich geerbt hatte. Das Feuer und mein Versprechen, niemals zum Vergnügen zu töten.

Also hatte ich India vor den Augen aller von ihrem Alpha gestohlen, anstatt einen außerplanmäßigen Mord zu begehen. Ich hatte sie entführt und ein Dorf gegründet, in dem sie sicher sein konnte, ohne allein zu sein.

Ich habe mich für so schlau gehalten, bis ich dafür verantwortlich war, dass India das Herz gebrochen wurde, nachdem ich sie meinem Bruder vorgestellt habe. Und danach habe ich auch noch ihren Geist gebrochen, als ich ihr ein Leben angeboten habe, in dem sie zwar Musik machen, sie aber nicht mit anderen teilen konnte. Sobald sowohl ihr Alpha als auch ihr Vater eines natürlichen Todes gestorben waren, habe ich sie nicht dazu gedrängt, sich wieder in die Welt der Shifter zu begeben.

Und jetzt war mein Fuß so nah an Indias ungeschützter Haut, dass er etwas noch Zarteres zu zerbrechen drohte. Denn sie hatte sich zwar von den frühen Schicksalsschlägen erholt, aber sie würde sich nicht wieder fangen, wenn sie mit einer so seelenlosen Stimme wie der meinen geschlagen würde.

„Du meinst, ein menschliches Mädchen ist deiner nicht würdig", antwortete ich Ambrose, während ich den Winkel einschätzte. Die Fenster in dieser Wohnung ließen kaum Licht herein, und das nicht nur, weil sie seit Jahrzehnten nicht mehr geputzt worden waren. Sie waren zwar nicht groß genug, dass die Schultern eines Mannes hindurchpassten, aber India sollte es schaffen, hinauszuklettern. Die Frage war nur, ob sie einen Sturz aus dem zweiten Stock überleben würde.

Sie hatte eine größere Chance, wenn sie sprang, als wenn sie hierblieb. Schließlich waren die Büsche, hinter denen ich mich angezogen hatte, auf der Rückseite zwar stachelig, aber oben belaubt. Die Landung würde nicht angenehm sein, aber sie würde einen Vorsprung haben. Vielleicht sogar genug, um zu verhindern, dass ein Alphabefehl sie an Ort und Stelle einfrieren würde, während mein Körper versuchte, sie einzuholen?

Das könnte tatsächlich klappen. Vorausgesetzt, Ambrose hat nicht gelogen, als er behauptet hat, er könne nicht einfach aus meinem Körper in den von India springen.

Der Plan war noch nicht ganz ausgereift, und er war auch noch nicht bereit, in die Tat umgesetzt zu werden. Denn Ambrose beobachtete India immer noch mit dem scharfsinnigen Interesse eines Raubtiers. „Und Cedric?", fuhr ich fort und versuchte, die Aufmerksamkeit des bösen Geistes von ihr abzulenken. „Warum ist er über eine Klippe gestürzt?"

„Der Mistkerl hat vor Erregung gestunken. Er wollte Tru. Und Tru gehört *mir*."

Ambroses Aggression brachte mein sympathisches Nervensystem auf eine Weise in Wallung, die ich ihm eigentlich abtrainiert hatte. Feuer durchfuhr mich. Und währenddessen ließ Ambroses Aufmerksamkeit für India nach.

So würde ich sie befreien, wurde mir klar. Indem ich die Neigung meines eigenen Körpers zu Feuer nutzte, würde ich Ambrose einfach die Flammen anfachen lassen, bis sie außer Kontrolle gerieten.

Und sobald das Feuer wütete, würde India vergessen sein.

Aber ich musste vorsichtig sein. Ich musste dafür sorgen, dass Ambrose seinen Zorn nicht an der Frau ausließ, die uns zu Füßen lag.

Das bedeutete, dass es an der Zeit für noch mehr Ablenkung war. „Tru gehört dir aber doch gar nicht, oder?", fragte ich leise. „Du hast doch nicht einmal einen Körper. Du bist tot."

„Nicht mehr." Unsere Faust schlug gegen die Wand und hinterließ ein Loch im Putz. „Ich habe diesen Körper."

„Hast du ihn denn wirklich?" Während ich sprach, versuchte ich, sowohl unsere Augen als auch unsere Lippen zu bewegen. Und das klappte. Während ich Indias Blick begegnete, sah ich von ihr zum Fenster und wandte dann entschlossen meinen Blick wieder ab. „Wenn du wirklich diesen Körper hättest, wärst du nicht darauf aus, Tru zu umgarnen? Wie lange kannst du in meiner Haut bleiben? Eine Woche? Einen Tag? Oder noch kürzer?"

Er knurrte. *Wir* knurrten. Und das übertönte fast das Klicken des Fensters.

„Du bist nicht einfach nur tot", stieß ich hervor, wurde lauter und hoffte, India würde den Lärm nutzen, um den Fensterflügel hochzuschieben. „Du bist verwest. Ich habe doch deine Knochen gesehen. Na ja, zumindest die meisten davon.

Und was hat es überhaupt mit dem fehlenden Schädel auf sich?"

Wir zuckten mit den Schultern. „Was kümmert es mich, dass eine Schlampe einen Teil von mir haben wollte? Sie hat mich geweckt. Damit hat sie meinen Wunsch erfüllt."

„Du bist also dankbar?"

Unsere Stimme war wie ein Sägeblatt. „Raubtiere sind nicht dankbar."

„Raubtiere riskieren nicht, sich ins Nichts zu verflüchtigen."

Unser Herzschlag beschleunigte sich weiter. Diesmal war es nicht Zorn, sondern Angst, die, wie ich herausgefunden hatte, noch besser dazu geeignet war, das innere Feuer zu entfachen.

Ambrose hatte Angst, sich in der Leere zu verlieren. Also nutzte ich das aus, um an seiner Unsicherheit zu rütteln. „Mit dem Schädel hast du Glück gehabt. Das wirst du nicht noch einmal erleben."

„Ich brauche überhaupt kein Glück. Tru ist der Schlüssel." Das Feuer wurde leider gedämpft, als die Angst in Vorfreude überging. „Sie hat mir bereits ein Leben geschenkt und damit ein ganzes Jahrhundert beschert. Das Ehegelübde der Schlampe ist allerdings mit ihr gestorben, hast du das gewusst? Aber sie hat sich mit deinem Körper verpaart, was wirkungsvoller sein wird als eine menschliche Ehe. Sie wird freiwillig hierherkommen. Sie wird sich mir hingeben, weil sie glaubt, dass sie dich retten kann. Und dann wird dieser Körper ganz mir gehören."

Jetzt war ich derjenige, der unser gemeinsames Herz doppelt so schnell schlagen ließ. Derjenige, der das Feuer für sich sprechen ließ. „Tru würde niemals sehenden Auges in eine Falle laufen."

„Aber sie ist schon näher dran als noch vor fünf Minuten. Spürst du das denn nicht?"

Ich war so sehr damit beschäftigt gewesen, dass Ambrose India bedroht hatte, dass ich gar nicht auf das Band geachtet hatte, das ich mit aller Kraft versucht hatte, zu verdrängen. Das Band, das mich mit Tru verband.

Jetzt konnte ich nicht mehr anders. Ich ließ mich von Ambrose ablenken, so wie er sich von mir ablenken hatte lassen.

Ich musste hinsehen, und als ich tief in mich hineinblickte, sah ich, dass er nicht log. Meine Bindung zu Tru wurde von Minute zu Minute stärker. Was gestern noch wunderbar gewesen wäre ... Jetzt kam sie mit jeder Sekunde, die verging, dem Bösen näher, das mit ihrem Tod einen neuen Körper stehlen wollte.

Es spielte keine Rolle, dass der neue Körper meiner war. Wichtig war nur, dass Tru nicht diejenige sein durfte, die fiel, um Ambroses Hunger zu stillen.

Das Feuer versuchte, mich zu packen, aber ich war noch nicht verloren. Ich war nicht so verloren, dass ich nicht in der kalten Erinnerung an den Zweck des Feuers arbeiten konnte.

Also spuckte ich Worte aus, die an India gerichtet waren. *„Geh und sing!"*, befahl ich.

In dem Augenblick, in dem ich das gesagt hatte, erkannte Ambrose, was hier vor sich ging. Unser gemeinsamer Körper drehte sich trotz meiner Versuche, ihn ruhig zu halten. Wir streckten uns aus, um India zu ergreifen ... einen Augenblick zu spät.

Denn sie war bereits durch den Spalt gerutscht, der zu klein war, als dass wir ihr hätten folgen können. Sie fiel und ihre Stimme wurde so laut, dass sie Ambroses grimmige Befehle nicht mehr hören konnte. Ihr Gesang machte einen kleinen Satz, als sie auf dem Busch aufschlug, aber er hörte nicht auf.

Gemeinsam sahen wir zu, wie India nackt und allein durch ein menschliches Viertel rannte, ohne dass Ambrose sie aufhalten konnte und ohne dass ich ihr helfen konnte. Dann, endlich, begriff er genug, um mich hinter seinen Augen in seinen Bauch zu stoßen, wo ich nur noch das glühende Band sehen konnte, das mich mit der Frau verband, die ich vom ersten Augenblick an geliebt hatte.

Mit der Frau, die nicht hierherkommen konnte. Die ich nicht in die Falle tappen lassen konnte, die Ambrose ihr gestellt hatte.

Denn er hatte Recht. Tru würde alles für die tun, die ihr wichtig waren, und dieses Band sorgte dafür, dass sie sich um mich sorgte.

Ich hatte es ohne ihre Erlaubnis geknüpft. Aber ich würde nicht zulassen, dass es ihr jetzt schadete.

Diesmal ließ ich zu, dass das Feuer mich ergriff. Diesmal nutzte ich die ererbten Flammen auf die einzige Weise, die mir möglich war, um die Frau zu retten, die mir wichtig war.

Ich nahm das lodernde Feuer in beide Hände und schlang es um die wichtigste Verbindung meines Lebens. Und ich hielt es dort fest, trotz des Brennens, das mich durchflutete, trotz des Schmerzes in meinem Bauch, der verhieß, dass der Verlust qualvoll sein würde.

Ich hielt das Feuer an Ort und Stelle, während die Verbindung viel zu langsam zu Asche verkohlte. Und ich konnte nur hoffen, dass unsere Verbindung gänzlich verbrannt war, bevor Tru in Ambroses Falle tappte.

Kapitel 27

Tru

Ich nahm die riesige Wasserpistole entgegen, die Rosa mir reichte, und rief Kira an, damit sie die Videoüberwachung einigermaßen im Griff behielt. Dann fuhr ich los und nutzte meinen Instinkt und einen nicht näher greifbaren Orientierungssinn, um mich zu meinem Gefährten zu führen.

„Rosa glaubt, dass die Lösung darin besteht, Ambrose mit Wasser aus Drakes Körper zu vertreiben", erklärte ich Neko laut, obwohl er – abgesehen von seiner Fähigkeit, Portale durch die Zeit zu öffnen – eigentlich nur ein gewöhnliches Kätzchen war. Trotzdem war es besser, das Kommende mit seinem pelzigen Köpfchen zu besprechen, als mich von meinen aufgewühlten Gedanken verunsichern zu lassen.

„Aber Ambrose wird sich nicht einfach in Luft auflösen", fuhr ich fort, während Neko seine Wange an der Beifahrertür rieb und dann seine Besitzansprüche in die Rückenlehne des Sitzes einritzte. „Er wird einfach von jemand anderem Besitz ergreifen. Und dann müssen wir das neue Opfer erstmal ermitteln, bevor wir irgendetwas dagegen unternehmen können."

Neko gluckste, was ich als Zustimmung auffasste, während ich nach links auf einen anderen Highway abbog, der mich gefühlt Drake näher brachte als der, dem ich zuvor gefolgt war. Die größere Nähe besänftigte etwas Aufgewühltes in mir.

Ich bemerkte erst, dass meine Stimme unruhig geworden war, als Neko seine Erkundigungen unterbrach, um sich unter meinen Ellbogen zu schmiegen. Er schnurrte so, wie er immer schnurrte, wenn Lynette eine besonders schlimme Nacht durchmachte und in den Schlaf gewiegt werden musste. Das Kätzchen wollte helfen, und das würde es auch. Nur jetzt noch nicht.

„Du musst dich bereithalten, ein Portal zu öffnen", erklärte ich Neko und nahm eine Hand vom Lenkrad, um ihn zwischen seinen samtigen Ohren zu streicheln, bevor ich ihn zurück auf den Beifahrersitz schubste. „Wenn wir es schaffen, Ambrose in die Vergangenheit zu bringen, sollte Okaasan mir helfen können, ihn unschädlich zu machen."

Zumindest hoffte ich, dass sie das konnte. Das Wissen meiner Mutter über Geister hatte mich direkt zu Kami geführt, und die Tatsache, dass sich meine nicht mehr bestehende Doppelgängerin nicht als die Schurkin entpuppt hatte, lag an mir, nicht an meiner Mutter. Okaasan hatte mich vor Vermutungen gewarnt, und doch hatte ich vorschnell die völlig falschen Schlüsse gezogen.

Wieder wollte mich der Schmerz in meinem Bauch aus der Bahn werfen. Doch ich konzentrierte mich wieder auf das Wichtigste – meinen bösartigen Ehemann.

„Ambrose muss einen Brief geschrieben haben, um unsere arrangierte Ehe zu veranlassen", überlegte ich laut. „Meine Mutter hat ihn bestimmt aufbewahrt. Vielleicht können wir diese Verbindung nutzen, um ihn lange genug einzusperren, um ihn aus der Sphäre der Menschen zu vertreiben?"

Ich klammerte mich an einen Strohhalm, aber ich hatte nur Strohhalme.

Also fuhr ich dorthin und unterhielt mich mit einem Kätzchen, das meines Monologs irgendwann so überdrüssig geworden war, dass es auf der Hälfte der Fahrt einschlief.

Und der Schmerz in meinem Bauch wurde immer größer, je weiter ich mich Drake näherte.

AMBROSE SCHENKTE MEINEN Anrufen keine Beachtung, aber als ich vor einem Haus, das zu einem Coffeeshop umfunktioniert worden war, anhielt, hatte sich die Gefährtenbindung zu einem festen Band zusammengezogen. Er war da drin. Das wusste ich.

Die Tatsache, dass mein Mann einen öffentlichen Ort gewählt hatte, nachdem er die Videos von Eriks und Indias Wandlungen gegen uns verwendet hatte, verhieß nichts Gutes, aber ich schob meine Befürchtungen beiseite. Ich steckte Neko unter meine Lederjacke, lächelte der Barista zu und begab mich dann tiefer in das verwinkelte Gebäude, das sich immer noch mehr wie ein Zuhause anfühlte als ein Geschäft.

Die untere Etage war gut besucht von Menschen, die einen Milchkaffee tranken und Zeitungen schmökerten. Aber als ich den zweiten Stock erreichte, war weder im ersten noch im zweiten Raum, durch den ich ging, jemand zu sehen.

Ambrose wartete im dritten Raum auf mich.

Er sah so aus, wie Drake immer ausgesehen hatte: groß, breit und so gutaussehend, dass sich der Schmerz in meinem Bauch verstärkte. Was ich mich nicht getraut hatte, laut auszusprechen, nicht einmal gegenüber einem Kätzchen, war die Art und Weise, wie ich Ambrose mit mir in die Vergangenheit ziehen wollte.

„Setz dich doch", rief der Mann, der wie Drake aussah, es aber nicht war, und zog den leeren Stuhl auf der anderen Seite des kleinen, runden Tisches heraus. Im einundzwanzigsten Jahrhundert hat das nichts zu bedeuten. Aber wir beide waren in einer früheren Epoche aufgewachsen. Wir wussten beide, dass Ambrose mich zutiefst respektlos behandelt hatte, indem er nicht aufgestanden war, sobald ich den Raum betreten hatte.

Also würde ich das gleiche Spiel spielen. „Ich stehe lieber", antwortete ich und ließ Neko zu Boden gleiten.

Die plötzliche Bewegung des Kätzchens löste eine ebenso plötzliche Reaktion meines Gegners aus. Jetzt war eine Handfeuerwaffe auf mich gerichtet, klein und furchteinflößend, deren Lauf zielsicher auf meinen linken Fuß deutete.

„Ich bringe dich schon nicht um", säuselte Ambrose. Dasselbe Schnurren von Drake hatte meine Sinne gekitzelt. Bei Ambrose fühlte es sich an wie Finger, die in meinen persönlichen Freiraum eindrangen und Spuren des Grauens über meine Haut zogen.

Einen langen Augenblick lang beobachteten wir beide, wie Neko den Raum erkundete, so wie er mein neues Auto erkundet hatte. Er verhielt vorsichtig, nahm meine Stimmung auf und hielt sich von Drake fern, obwohl er normalerweise aufgesprungen wäre, um Streicheleinheiten zu verlangen.

Wer wusste also schon, wie lange es dauern würde, bis er sich entschließen würde, ein Portal zu öffnen?

Bis es soweit war, musste ich Ambrose bei Laune halten. Ich wollte zwar keinen weiteren Schritt auf diesen Mann zugehen, der mich schon einmal umgebracht hatte. Gleichzeitig sehnte sich mein Körper nach dem tröstlichen Kontakt mit Drakes Körper. Die Verbindung zwischen uns war jetzt so stark, dass ich nicht wusste, wie ich sie vorher hatte übersehen können. Die gemeinsame Erfahrung mit der Gefährtenbindung als Wegweiser muss sie genährt haben, denn ich verwarf sämtliche Schranken, die mich zuvor zurückgehalten hatten.

Aber mein Timing war schrecklich. Ich konnte doch Drake jetzt nicht als Gefährten wählen, weil ...

„Komm doch näher."

Ambrose unterstrich jedes Wort mit einem Schlag seiner Waffe auf den Tisch. Der Lauf war nun auf Neko gerichtet und ich dachte nicht weiter darüber nach. Ich trat einfach näher an den Tisch heran, bis ich in der Schusslinie stand und auf das Gesicht blickte, das mir ans Herz gewachsen war und das nun von bösartigem Hass verzerrt war.

„Dein Blut und die Vollendung deiner Gefährtenbindung werden mich in diesem Körper festhalten", verkündete Ambrose. „Und dann kann ich meine Vorrechte als Ehemann genießen, während mein Vorgänger mir dabei zusehen kann."

Bis zu diesem Zeitpunkt hatte ich gedacht, Drake sei gar nicht da. Da fiel mir ein Funken hinter seinen Augen auf, als Ambrose mich bedrohte, wie ein tobender Wolf im Körper eines zweibeinigen Shifters.

Drake musste zuhören, ohne etwas tun zu können. Und das war eine einzige Qual, die ich unterbinden musste.

Just in diesem Augenblick beschloss Neko, ein Portal in die Vergangenheit zu öffnen.

Kapitel 28

Tru

Zum ersten Mal sah ich das wirbelnde Licht, das sich in Ambroses Augen spiegelte. „Was ist das?", fragte er, sein Tonfall war noch rauer als sonst.

Anstatt zu antworten, öffnete ich meinen Mund, um zu tun, was ich tun musste – meine Bindung zu Drake zu brechen, um eine neue Bindung zu Ambrose einzugehen und diese Bindung zu nutzen, um meinen bösen Mann mit mir durch das Portal zu ziehen.

Aber das gelang mir nicht. Der Schmerz in meinem Bauch verstärkte sich, als sich warme Erinnerungen in meinem Kopf abspielten wie ein Film auf der großen Kinoleinwand.

Drake in einer ausgefransten Schürze an Rosas Herd, den Pfannenwender griffbereit, während er für die ganze Familie kochte. Zwar hatte er sich um alle gleichermaßen gekümmert, aber er hatte nur Augen für mich gehabt.

Dann wir beide, als wir eine Maus in Rosas Wohnzimmer gejagt haben, er als Treiber und ich als Jägerin. Ich hatte genau gewusst, wo er sein würde, ohne dass ich Worte gebraucht hätte, und er schien meine Bewegungen genauso leicht verstanden zu haben. Die Maus hatte keine Chance, und schon bald hatte ich sie zur Hintertür hinausgetragen und neben dem Laubhaufen fallen lassen.

Als nächstes die Erinnerung, wie Drake mich geküsst hatte. Aber die war verschwommen, da sie aus einer Zeit stammte, in der ich jeden Morgen die Vergangenheit vergessen hatte. Die Empfindungen hatten allerdings bis in die Gegenwart angehalten. Die Kraft seiner Hand, die meinen Hinterkopf umfasst hatte. Der Duft von Zitronenkuchen, der mich umgeben hatte. Seine Lippen auf meinen, gleichzeitig sanft und hart ...

Vergnügen, pures Vergnügen, durchströmte uns beide. Drake war mein Gefährte in jeder Hinsicht.

Aber er konnte nicht mein Gefährte bleiben. Nicht, wenn ich die Sache jetzt beenden wollte.

„Ich habe gefragt, was das ist!" Ambrose rammte mir die Waffe in den Hals, als ob eine Kugel schmerzhafter sein könnte als das, was gleich passieren würde. Mein Magen krampfte sich vorsorglich zusammen und ich stemmte mich hart gegen das kalte Metall, um die Worte herauszupressen, bevor ich es mir nochmal anders überlegen konnte.

„Das ist Teil zwei. Teil eins lautet folgendermaßen: Drake, ich löse die Gefährtenbindung zwischen uns."

Für den Bruchteil einer Sekunde war unsere Verbindung nicht nur ein tatsächliches Band, sondern eine deutlich sichtbare, gleißende Kordel aus Licht. Eine Offenbarung all dessen, was uns miteinander verband.

Eine Gefährtenbindung war nicht mit einer Ehe zu vergleichen, das wurde mir viel zu spät klar. Eine Ehescheidung war nicht wie der Verlust einer Gliedmaße.

Ich fühlte mich dabei, als hätte ich mein gesamtes Selbst verloren.

Das wurde mir klar, als das Band so leicht riss, als wäre es schon kurz davor gewesen, zu bersten. Als der unerträgliche Schmerz von meinem Bauch auf meine Arme, meine Beine und alles dazwischen ausstrahlte. Ich hätte schwören können, dass mir sogar die Haare auf dem Kopf weh taten.

„Was tust du da?" Die Pistole drückte so fest auf meine Kehle, dass sie mir den Atem geraubt hätte, wenn ich nicht ohnehin bereits aufgehört hätte zu atmen. „Du Schlampe ..."

Es war fast unmöglich, Worte zu finden. Fast, aber nicht ganz. Denn ich musste um Drakes willen weitermachen. Auch wenn er nicht mehr mein Gefährte war, war er mir nicht weniger wichtig.

Ich brauchte Drake, um zu überleben und aufzublühen. Das bedeutete, Ambrose aus dem Körper zu reißen, den er gerade bewohnte, und ihn dann ein für alle Mal zu beseitigen.

Ich hätte nicht gedacht, dass ich die Worte finden würde, vor allem nicht, als die Waffe von Augenblick zu Augenblick heftiger gegen mich gedrückt wurde. Als der überwältigende Schmerz in mir immer stärker wurde, anstatt zu verstummen.

Aber schließlich ergriff ich doch das Wort. „Und ich wähle dich zu meinem Gefährten, Ambrose Reed", stieß ich hervor und achtete nicht auf die körperliche Bedrohung, die seine Waffe darstellte. Er hatte nicht vor, mich umzubringen. Nicht, wenn ich, wie ich vermutete, sein Schlüssel war, um hier in der materiellen Welt zu verbleiben.

Diesmal war das Seil, das sich aufbaute, eher wie eine Schlinge. Sie schnürte mir die Kehle zu und würgte mich noch mehr als die Pistole. Der Schmerz, der mich durchfuhr, war schlimmer als der Verlust der Verbindung zu Drake. Ich konnte nicht sprechen, konnte nicht atmen, als Ambrose mit Drakes Lippen lächelte.

„Schon besser", säuselte er. Dann ließ er die Waffe zwischen uns auf den Tisch sinken. Seine freie Hand strich über meine Wange. „Aber wir haben immer noch das Problem, diesen Körper dauerhaft zu meinem zu machen. Ich frage mich, ob es noch besser klappen würde, dich zu vögeln als das mit dem Blut? Sollen wir beides ausprobieren und es herausfinden?"

Die Widerlichkeit seiner Berührung war noch schlimmer als die Widerlichkeit seiner Sprache. Sie ließ meinen Mund kribbeln, als hätte ich in eine unreife Birne gebissen. Ich wich zurück und er ließ mich drei lange Schritte zurücktreten.

Warum auch nicht, wo wir jetzt doch so eng miteinander verbunden waren, wie ich das noch nie mit einem anderen Menschen erlebt hatte? Das hier war keine halbfertige Bindung wie die, die ich mit dem Mann geteilt hatte, von dem ich viel zu spät begriffen hatte, dass er mich erst so richtig vervollständigte. Ambrose hatte meine Verpaarung ebenso angenommen, wie ich die von Drake nicht zugelassen hatte. Der böse Geist und ich waren jetzt eine Einheit, wir zwei gegen die Welt.

Und das war schrecklich. Jede von Drakes Handlungen hatte mir gezeigt, wie sehr er sich um mich, um Lynette, um seine Streuner und um Rosa sorgte. Bei Ambrose wusste ich genau, worum er sich sorgte: bloß um sich selbst. Seine Vergnügungen. Das Streben nach überwältigender Macht, egal was es ihn kosten mochte.

Die Dunkelheit in ihm – die Dunkelheit in mir – war erdrückend. Ich konnte nicht durch die Tränen hindurchsehen, die aufstiegen und dann über meine Wangen kullerten. Sie kitzelten, und dieser Widerspruch durchbrach den Schmerz, der mich verzehrte, fast, aber nicht ganz.

Aber ich konnte mich nicht in diesen Schmerz fallen lassen. Ich musste mich zusammenreißen.

Das Paarungsband zwischen mir und Ambrose war immer noch kaum zu sehen, wenn ich zur Seite schaute und es aus dem Augenwinkel heraussuchte. Dann griff ich nach oben und hielt es mit beiden Händen fest.

„Versuch ja nicht, es zu zerreißen." Ambroses scharfe Stimme bohrte sich in meine Haut. „Ich habe bereits genügend Gründe, dich zu bestrafen. Gib mir nicht noch einen."

„Ich habe nicht die Absicht, diese Verbindung zu lösen", antwortete ich ihm aufrichtig. Dann machte ich einen weiteren Schritt rückwärts und fiel durch das Portal in die Vergangenheit.

ICH LANDETE AUF DEM Rücken auf der rauen Matte im Haus meiner Mutter. Das Seil, das ich in den Händen hielt, war mittlerweile unsichtbar geworden, aber ich spürte, wie es sich um meine Kehle schloss und meinen Magen zusammenschnürte. Ich konnte nur hoffen, dass ich nicht mehr mitgebracht hatte, als Okaasan bewältigen konnte.

„Der böse Geist ist hier!", warnte ich, noch bevor ich auf die Beine kam und meine Mutter erblickte. „Er ist an mich gebunden. Schnell!"

Dann war Okaasan an meiner Seite, ein Räucherstäbchen in einer Hand. Sie wirbelte die glühende Spitze um mein Gesicht, an meiner Vorderseite hinunter und dann wieder an meinem Hintern hinauf und hinterließ eine herumwirbelnde Rauchfahne.

Wir warteten beide und hielten den Atem an, um die Rauchmuster nicht zu beeinflussen. Ihre Lippen waren schmaler als beim letzten Mal, als ich sie gesehen hatte. Ihr Haar war jetzt schneeweiß. Waren Jahre vergangen?

Neko unterbrach den Augenblick. Er sprang vom niedrigen Tisch und als er auf meine Brust traf, kamen winzige Krallen zum Vorschein, die sich in meine nackte Haut bohrten. Sie verursachten einen so heftigen Schmerz, dass ich für den Bruchteil einer Sekunde sogar vergaß, wie schlimm es war, wenn man eine echte Freundschaft durch etwas so Furchtbares ersetzte, das mich mit dem Gefühl von geschmolzenem Teer überzog.

Dann löste Okaasan Neko von mir und wandte sich ab. Ihre Schritte waren langsamer, als ich es in Erinnerung hatte, und sie humpelte, als würde ihre Hüfte schmerzen. Nachdem sie den Weihrauch in einen Halter gesteckt hatte, drehte sie sich mit dem Kimono in der freien Hand zu mir um.

Ich zwang mich, einzuatmen, um sie an das zu erinnern, was hier und jetzt so wichtig war. „Okaasan! Der Geist!" Hatte das Alter die geistigen Fähigkeiten meiner Mutter getrübt?

Was auch immer der Grund für Okaasans Zögern war, wir mussten einen Weg finden, Ambrose in den Käfig zu sperren. Zu diesem Zweck zwang ich meine trägen Muskeln, mich umzudrehen, während ich versuchte, mich daran zu erinnern, wo meine Mutter ihre Briefe aufbewahrte.

„Ambrose muss einen Brief geschickt haben, um unsere Hochzeit zu vorzubereiten. Wo ist der?"

Da. Ich schritt auf den Stapel Papiere zu, als sich mir Okaasan in den Weg stellte. Sie war kleiner, als ich sie in Erinnerung hatte, als wäre sie seit meinem letzten Besuch geschrumpft. Ihre Hand zitterte, als sie meine rechte Schläfe berührte, die, die gerade weiß wurde.

„Es sind nur noch zwei dunkle Haare übrig", verkündete sie und meinte damit, dass ich vielleicht für immer hier festsitzen würde. Dass ich vielleicht nicht mehr genug von meinem zweiten Leben übrighatte, um ein letztes Mal durch ein Zeitportal zu gehen und zu den Leuten zurückzukehren, die mir so sehr ans Herz gewachsen waren.

Zu Lynette. Rosa. *Drake*.

Der Schmerz im Bauch und in der Kehle übertraf wieder einmal Nekos Kratzer. Ich konnte rein gar nichts gegen meine derzeitige Bindung tun, aber ich ballte eine Faust in meinen Magen, sodass der äußere Schmerz den inneren Schmerz irgendwie erträglicher machte.

„Das macht doch gar nichts", log ich. „Ich habe das Böse hierhergebracht, weg von ihnen. Wir müssen es eindämmen. Okaasan! Bitte!"

Meine Lippen waren taub, die Worte kamen zu langsam heraus. Was würde Ambrose tun, wenn wir nicht sofort mit ihm fertig würden? Würde er in den Körper meiner Mutter eindringen? Hatte er das vielleicht schon längst getan?

Nein, ich hätte gewusst, wenn das Böse sich in Okaasan eingenistet hätte. Das hätte meine Gefährtenbindung mir verraten, die mich zurückzuziehen schien, anstatt mich vorwärts zu treiben. Zurück in Richtung des offenen Portals im Boden. Der Zug war so stark, dass er mich fast aus dem

Gleichgewicht brachte und mich mit dem Rücken auf den Boden knallen ließ.

Ich zwang mich, mich aufzurichten und beobachtete, wie Okaasan langsam und sanft den Kopf schüttelte. „Außer dem Kätzchen hast du gar nichts mitgebracht", sagte sie mir und sprach damit aus, was ich bis zu diesem Augenblick nicht hatte glauben wollen. „Jeder böse Geist ist zurückgeblieben."

Kapitel 29

Tru

Ich versuchte, wieder durch das Portal zu gelangen. Aber es fühlte sich an, als würde ich auf Eis treten, das bei jedem Schritt knirschte und sich weigerte, zu brechen.

Neko hatte dieses Problem nicht. Er sprang so leicht wie eh und je in das Leuchten. Die Gefährtenbindung um meinen Hals wurde kälter, als ich dort lag, und versuchte, mich in Ambroses Gegenwart hinabzuziehen.

Allerdings verletzte ich mir dabei bloß meine Wange. Egal, was ich versuchte, egal, was die Gefährtenbindung mir auch androhte, ich konnte nicht hindurchgehen.

Seltsamerweise schloss sich das Portal dieses Mal nicht hinter Neko. Stattdessen blieb es offenstehen, vielleicht durch meine tiefe Verbindung zu Ambrose. Und ich verharrte am Portal, während die kalte Macht mich zu dem Bösen zurückzog, mit dem ich mich verpaart hatte, mit dem Bösen, das vielleicht sogar jetzt seinen Zorn an ahnungslosen Streunern ausließ, ohne dass ihn jemand daran hindern konnte.

„Du kannst durchgehen", verkündete Okaasan schließlich und meldete sich damit zum ersten Mal zu Wort, seit ich erfahren hatte, dass Ambrose in der Drakes Gegenwart zurückgelassen worden war. „Pass auf." Sie versuchte, einen Schritt auf mich und das Portal zuzugehen, wich aber zurück,

204

als sie auf eine offenbar feste, wenn auch unsichtbare Grenze stieß. „Ich komme nicht näher ran, was auch auf dich zutreffen würde, wenn du die Fähigkeit verloren hättest, durch die Zeit zu gehen. Du hast noch zwei dunkle Haare übrig. Du kannst zurück, wenn du möchtest."

Doch trotz der Zusicherung meiner Mutter weigerte sich das Portal, mich durchzulassen. Und ich konnte es nicht ertragen, mich von ihm zu lösen. Ich konnte doch nicht einfach hinnehmen, dass ich versagt und Drake im Stich gelassen hatte, damit er von Ambroses Bösartigkeit gequält werden konnte. Drake hatte mich als seine Lebensgefährtin gewählt, und ich hatte ihn verraten.

Die Wasserpistole, die auf dem Rücksitz meines brandneuen Autos lag, verfolgte mich. Warum hatte ich Drake nicht zuerst gerettet? Warum hatte ich seine Bedürfnisse nicht über die von allen anderen gestellt? Er hätte nicht gezögert, wenn ich diejenige gewesen wäre, die in Gefahr gewesen wäre. Er hätte mich niemals so verraten, wie ich ihn verraten hatte.

Lange Zeit ließ mich Okaasan mit den Schrecken in meinem Kopf allein. Das leise Klappern von Geschirr brachte Wärme in die Eiseskälte. Das Summen ihrer Stimme, als sie leise vor sich hinsang, besänftigte die Hitze in mir gerade so weit, dass ich meine Augen wieder öffnen konnte.

„Steh auf", befahl meine Mutter schließlich und stand eine Körperlänge vom Portal entfernt da. „Verschiebe diese Paravents, um das alles hier zu verbergen. Gleich ist meine Bedienstete da."

Ich konnte mich nicht dazu durchringen, irgendetwas zu sagen, aber ich konnte meiner Mutter helfen. Also zwang ich mich, mich aufzurichten, und meine Muskeln bewegten sich wie rostige Scharniere, als ich die Stellwände genau dort anbrachte, wo Okaasan mir das angezeigt hatte. Als dann immer noch Licht durch die Wand drang, schleppte ich einen ganzen Futon vor das Portal, um es endgültig zu versperren.

Gerade noch rechtzeitig. „Wir sind da!" Die fröhliche Frauenstimme ging einer jungen Frau voraus, die nicht viel älter als Lynette war und mit einem Kleinkind auf der Hüfte durch die Eingangstür trat. Als ich das letzte Mal hier war, hatte mir Okaasan erzählt, dass es im Dorf ein Mädchen gab, das ihr bei der Hausarbeit helfen sollte. Aber das hier war eine Mutter, wenn auch eine junge, die die Augenbrauen hochzog, als sie mich erblickte. „Du hast Besuch!"

Irgendwie schaffte es Okaasan, meine Anwesenheit zu erklären, ohne meinen Namen zu erwähnen. Und schließlich gelang es Okaasan, mich aus dem Haus und in den Garten zu drängen, wo keine weiteren Erklärungen nötig waren.

Es war Sommer hier. Okaasans Kürbisse waren so lang wie mein Unterarm und hingen säuberlich an Spalieren. Ihre Bohnen waren noch höher aufgeschossen und bereit, geerntet zu werden.

Gemeinsam pflückten wir das Gemüse und Okaasan stellte mir Fragen, die ich nicht beantworten konnte. Ich schüttelte den Kopf, weil ich nicht ganz bei der Sache war, aber auch nicht gleichzeitig ganz woanders sein konnte.

„Du möchtest gar nicht zurück", bemerkte meine Mutter schließlich, nachdem ihre Bedienstete eine dampfende Schüssel auf den Tisch gestellt hatte und uns allein ließ, um sie zu verzehren. Meine Mutter aß ihre Portion genüsslich, aber ich schaffte es nicht, die Stäbchen richtig in der Hand zu halten. Ich schien die grundlegendsten Fähigkeiten vergessen zu haben.

Zum Beispiel das Schmecken. Schlucken. Das Ein- und Ausatmen.

„Ich kann nicht durch das Portal", begann ich, als die Stille länger wurde, und meine Stimme klang dabei so rau wie die von Drake. Dieser Gedanke schnürte mir die Kehle so sehr zu, dass ich kein weiteres Wort herausbekam, was auch gut so war, denn Okaasan war mit dem, was ich bereits gesagt hatte, alles andere als einverstanden.

„Nein. Du *möchtest* nicht. Und warum nicht?"

Ich konnte nicht essen, aber schließlich schaffte ich es, eine Erklärung hervorzubringen. Ich erzählte Okaasan von dem Gefährten, den ich aus Angst nicht annehmen hatte können, bis es dafür zu spät geworden war. Ebenso von dem schrecklichen Kerl, an den ich mich stattdessen gebunden hatte. Ich sprach über die Frau, Rosa, die mich aus reiner Freundlichkeit aufgenommen hatte, die aber so viele Verwandte hatte, dass sie mich gar nicht brauchte. Und den Bruder Jack, den ich gefunden und sofort wieder verloren hatte.

Und Lynette. Die Jugendliche war zu meiner Familie geworden und hatte meinen Schwur dazu missbraucht, mich von ihr wegzustoßen.

„Ich habe nichts, wohin ich zurückkehren könnte", schloss ich, während meine Kehle so wund war, wie ich mir vorstellte, dass Drakes nach längerem Sprechen war. Ich würde diese heisere Stimme nie wieder hören, nie wieder einem Alphawerwolf eine Saftpackung reichen und dann sein schwaches Lächeln als Dank in Empfang nehmen.

Der Schmerz versuchte erneut, mich in die Tiefe zu ziehen, aber Okaasans Hand, die über meine strich, war auch kein Anker.

„Hmm", meinte sie anstelle einer Antwort. Und dann: „Schlaf jetzt. Der morgige Tag bricht früh genug an."

Der Morgen war grau und es regnete in Strömen, die sich wie Tränen anfühlten, als Okaasan mich losschickte, um Enteneier einzusammeln. Das Portal leuchtete weiterhin auf dem Boden der Hütte, aber es widerstand meinen Bemühungen, es zu durchbrechen. Schließlich zwang ich mich, Abstand zu halten, anstatt mich weiter so zu quälen.

Und so verging die Zeit. Ein Tag. Und noch einer.

Ich erfuhr, dass Okaasans Helferin dreimal pro Woche aus dem Dorf kam, um zu putzen und Unmengen an Essen zuzubereiten, die bis zu ihrem nächsten Besuch reichten. Sie war das Mädchen, das meine Mutter in dem Winter eingestellt hatte, in dem ich den Rubin bekommen hatte, war aber mittlerweile älter und hatte eine Tochter, die Okaasan unterhielt, während ihre Mutter arbeitete.

„Was glaubst du, unter welchem Becher ist die Bohne?", fragte meine Mutter das Kind gerade. Und das kleine Mädchen deutete mit untrüglicher Sicherheit auf den mittleren Becher, der richtigen Becher, wie wir alle feststellten, als Okaasans knorrige Hand das Versteck aufhob.

Ich erinnerte mich daran, wie ich genau dieses Spiel mit Okaasan in einem ähnlichen Alter gespielt hatte, wobei die Vergangenheit die Gegenwart überlagerte, als Okaasan ihre Bewegungen verlangsamte, um dem Kind zum Erfolg zu verhelfen. Ich erinnerte mich daran, dass meine Mutter mich genauso gelobt hatte, wie sie dieses Mädchen lobte und uns beide als erstklassige Knoblerinnen bezeichnet hatte. Und dann erinnerte ich mich daran, wie mich dieses Lob dazu veranlasst hatte, immer neue Rätsel zu lösen.

Und nun versuchten die Rätsel, sich an mir festzubeißen. Warum war das Portal offen, aber ließ mich nicht hindurch? Warum kehrten Erinnerungen zurück, die ich für immer verloren geglaubt hatte? Warum nannte mich meine Mutter nie beim Namen?

Ich konnte mich jedoch nicht dazu durchringen, die Puzzleteile aufzusammeln und sie zusammenzusetzen. Die Welt war zu grau, mein Körper unendlich müde.

Auch die Gefährtenbindung um meinen Hals zeigte keine Aktivität. Das Paarungsband, inzwischen unsichtbar, war aber stets vorhanden. Und jetzt versuchte es zunehmend, mir die Luft abzuschnüren.

Kapitel 30

Tru

Eine Woche nach meiner Rückkehr rüttelte mich Okaasan im Morgengrauen wach. „Bürste dir die Haare und zieh dir das hier an."

Es handelte sich um einen Kimono, der viel zu schick war, um ihn beim Kochen oder bei der Gartenarbeit zu tragen. Der Anblick dieses Kleidungsstücks hätte mich fast überwältigt. Ich gehorchte und folgte meiner Mutter um das Haus herum und den Weg entlang, auf dem ihre Bedienstete immer ankam. Wir liefen, bis wir zu einem viel größeren Haus am Rande eines Dorfes kamen, an das ich mich fast erinnern konnte.

„Sei ruhig und verhalten", forderte Okaasan, bevor sie die Haustür aufschob und den traditionellen Gruß ausrief: „Entschuldigung bitte!"

Wir wurden bereits erwartet. Eine Frau, die in etwa so alt war wie ich, zog uns in einen Raum, der viel schicker aussah als die einfache Bleibe meiner Mutter. Wir tranken gemeinsam Tee und aufgrund des Nebels in meinem Kopf war mir lange Zeit nicht klar, weswegen wir überhaupt gekommen waren. Ich begriff nicht, dass Okaasan und unsere Gastgeberin über mich gesprochen hatten, bis ein junger Mann, dessen Elan mich an Neko erinnerte, vor dem Fenster auftauchte und mit seinen dunklen Augen hinter einem Baumstamm hervorlugte, kurz bevor seine Mutter in seine Richtung blickte.

„Hat sie mit ihrem ersten Mann denn keine Kinder bekommen?", fuhr unsere Gastgeberin fort und wandte sich vom Fenster ab, um mich so zu betrachten, wie Okaasan ihre Entenherde betrachtet, wenn sie das am wenigsten robuste Exemplar für den Kochtopf aussucht.

„Kurze Ehe, sehr tragisch", antwortete Okaasan.

Der Mann war ungefähr so alt wie ich, wirkte aber viel jünger, als er sich umsah, um herauszufinden, ob die Luft rein war. Seine Augen weiteten sich merklich, als hätte er Angst, dass die Frau – seine Mutter, wie ich aufgrund der Familienähnlichkeit vermutete – ihn beim Lauschen erwischen könnte.

Beinahe hätte ich darüber gelächelt.

„Und wie kommst du darauf, dass sie meines Sohnes würdig ist?", fuhr unsere Gastgeberin fort.

Würdig für ihren Sohn?

„Ihr Englisch ist äußerst fließend. Meinst du nicht, dass das dem Familienbetrieb helfen würde?"

Da wurde mir klar, worum es hier ging. Mein bester Kimono, Okaasans Warnung, bevor wir eingetreten waren, dass ich zurückhaltend und folgsam sein solle.

Ich wurde in diesem Haus als zukünftige Ehefrau vorgeführt. Als ob ich für immer in dieser Zeit bleiben würde. Als ob Drake wirklich für mich verloren wäre und dieses Kind im Körper eines Mannes meine Zukunft wäre und nicht ein Bruchstück der vergessenen Vergangenheit.

„Wir müssen gehen." Meine Hüfte stieß gegen den Tisch, als ich mich zu schnell erhob und dabei Teetassen und

Teekanne zum Klirren brachte. Die Lippen unserer Gastgeberin schürzten sich. Das war kein angemessenes Verhalten einer Schwiegertochter.

Aber mir war das völlig einerlei. „Okaasan", fuhr ich fort. „Jetzt."

Ich hatte erwartet, dass sie mich zur Rede stellen würde, aber das tat sie nicht. Sie entschuldigte sich nicht einmal bei unserer Gastgeberin, als sie mir aus dem Haus und den Weg zurück folgte, den wir genommen hatten, um dorthin zu gelangen. Ich war schnell genug unterwegs, um ihren älteren Körper anzustrengen, aber selbst dieses Wissen verlangsamte meine Schritte nicht.

Wir schafften es bis zu Okaasans Hütte zurück, bevor ich vor Wut explodierte. „Was sollte das denn? Ich bin erst eine Woche zu Hause und du hast schon die Nase voll von mir, dass du mich mit einem Kind verheiraten willst?"

„Er ist genau in deinem Alter", stellte meine Mutter richtig. „Wenn du die Jahre nicht mitzählst, die du woanders verbracht hast. Und ist das hier denn wirklich dein Zuhause?"

Ich stieß einen ungläubigen Laut aus, und sie fuhr fort, als ob das ein triftiger Einwand wäre. „Du hast seit drei Tagen nicht mehr versucht, durch das Portal zu gehen. Möchtest du dich denn tatsächlich in dieser Zeit erden? Dann musst du den Tatsachen ins Auge sehen. Frauen sind hier Ehefrauen. Ehefrauen und Mütter. Genau dafür entscheidest du dich, wenn du hierbleibst."

Mir war gar nicht bewusst, wie sehr ich mich an das einundzwanzigste Jahrhundert gewöhnt hatte, bis mich die Wahrheit ihrer Worte traf. Sie hatte Recht damit, wie unzufrieden ich sein würde, wenn ich mich in diese Welt einfügen würde, aber in einem anderen Punkt lag sie völlig falsch.

„Ich *entscheide* mich für gar nichts." Ich riss den Futon von dem Portal weg, das noch genauso lebendig und leuchtend war wie bei meiner Ankunft hier. Und genau wie damals war seine Oberfläche undurchdringlich, als ich in die Mitte trat und auf und ab sprang wie ein Kind, das einen Wutanfall bekam ... oder wie eine Frau, die ihrer Mutter zeigen wollte, dass das Eis unter ihren Füßen nicht brechen wollte. „Ich bin hier, weil ich nirgendwo anders sein kann", beendete ich und deute auf das Offensichtliche hin.

„Ist das wirklich so? Sollen wir das vielleicht mal auf die Probe stellen?"

Das Funkeln in Okaasans Augen gefiel mir ganz und gar nicht, aber ich konnte sie nicht aufhalten, als sie Worte ausspuckte, die ich nicht hören wollte.

„Ich bin nicht deine Mutter."

„Natürlich bist du meine Mutter." Widerwillig trat ich näher an sie heran. Ich schnupperte an der Luft und roch keine Lüge in ihrem Atem.

Es lag auch keine Lüge in der Luft, als sie fortfuhr. „Ja, ich habe dich aufgezogen. Aber ich habe dich nicht geboren. Deine Mutter hat dich in die Welt gesetzt, bevor sie durch die Zeit gegangen ist, mit Haaren wie deinen – eine ununterbrochene weiße Strähne auf der linken Seite und zwei schwarze Haare inmitten des Weiß an der rechten Schläfe."

Ich zitterte, die Vergangenheit schrieb sich neu, als ich noch näher an Okaasan herantrat. Die Kälte, die meinen Bauch nie zu verlassen schien, kühlte weiter ab, obwohl ich versuchte, mich durch ihre Nähe zu wärmen. „Du hast mich also adoptiert, als ich ein Baby war. Das macht keinen Unterschied. Familie hat mit Liebe zu tun, nicht mit Blut.“

„Hör dir doch mal selbst zu“, forderte Okaasan. Bevor ich antworten konnte, legte sie mir beide Hände auf die Schultern. „Weißt du eigentlich, warum du dein erstes Leben verloren hast?“

„Weil mein Mann das pure Böse ist.“ Das war eine einfache Frage. Ich konnte meine Verbindung zu Ambrose sogar jetzt noch spüren. In mir. Als Teil von mir.

Und das erstickte mich.

„Weil ich dich in den Tod geschickt habe“, stellte Okaasan klar. Einer ihrer Finger berührte die Haut an meinem Hals und die Berührung war trotz der heißen, feuchten Luft eisig. Sie fühlte sich an wie die Grausamkeit meiner Gefährtenbindung.

Ich schüttelte heftig den Kopf und weigerte mich, ihre Worte hinzunehmen, auch wenn ihr Atem weiterhin nach der lang aufgeschobenen Wahrheit zwischen uns roch. „Du hattest doch keine Ahnung, was passieren würde ...“

Okaasan sprach zu mir, bevor ich mein Leugnen zu Ende bringen konnte. „Als du mit einem weißen Fleck an der Schläfe aufgetaucht bist, habe ich gewusst, dass du gestorben warst. Aber ich habe dich trotzdem in die Vergangenheit geschickt, um zu heiraten. Ich habe dich direkt zu dem geschickt, was dich gebrochen hat.“

Ihre Faust schlug etwas härter gegen meine Brust, als eigentlich nötig gewesen wäre. Aber das war nicht der Grund, warum ich zusammenzuckte. Ich zuckte zurück, weil Okaasan der Fels war, an den ich mich geklammert hatte. Das Versprechen bedingungsloser Liebe, das mich jeden Morgen aufwachen hatte lassen, selbst nachdem ich alles andere verloren hatte, was mir wichtig war.

„Du hast gedacht, du würdest mich beschützen“, begann ich und versuchte, mich für sie zu entschuldigen. Um ehrlich zu sein, wollte ich sie davon abhalten zu sprechen.

Denn das Funkeln in ihren Augen wurde von Minute zu Minute heftiger. Und der Schmerz in meinem Bauch war jetzt so stark, dass ich dachte, ich würde ohnmächtig werden.

Ich konnte doch nicht auch noch Okaasan verlieren.

„Ich habe dir beigebracht, wie man Rätsel löst“, widersprach die Frau, die nicht meine Mutter war, und sprach dabei jedes Wort deutlich aus. „Schau doch mal zurück, was passiert ist. Und dann frag dich, ob ich nicht an dem weißen Fleck erkannt habe, dass dein Mann dich töten wollte. Frag dich: Habe ich dich nicht in den Tod geschickt?“

Das hatte sie. Die Fähigkeit, die ich von Okaasan gelernt hatte, beantwortete ihre Frage, bevor ich mein Grübeln einstellen konnte. Okaasan hatte mich zu Ambrose geschickt, weil sie genau gewusst hatte, was passieren würde.

Das bedeutete, dass sie, Blutsverwandtschaft hin oder her, nicht meine Mutter war. Denn wie hätte eine Mutter ihre Tochter wegschicken können, um gefoltert zu werden? Wie hätte die Quelle der sicheren, bedingungslosen Liebe mir Ambrose in den Weg stellen können?

Da zerbrach etwas in mir. Die zerbrechliche Schale der Normalität, die ich über den Schmerz gestülpt hatte, zerbarst. „Okaasan, nein.“

Meine Stimme klang wie die eines Kindes. Und wie ein Kind liefen mir die Tränen über das Gesicht, als die Frau, die nicht meine Mutter war, sich weigerte, den Ehrentitel anzunehmen. „Nenn mich nicht so. Ich bin ein Nichts für dich."

Dann stieß sie mich mit mehr Kraft, als ich ihr zugetraut hätte. Sie schubste mich rückwärts, bis ich stolperte und auf den leuchtenden Lichtkreis im Boden zustürzte.

Im Fallen drehte ich mich und versuchte, mich abzufangen, um nicht auf dem Rücken zu landen. Aber ich kam nicht auf.

Ich brach durch das Eis, die Kälte umhüllte mich, als ich in das Portal stürzte und die Frau, die nicht meine Mutter war, zurückließ.

Kapitel 31

Tru

Ich hatte erwartet, auf der anderen Seite wieder aufzutauchen, so wie ich das schon bei früheren Durchquerungen des Portals getan hatte. Aber Neko war nicht da, um mich zu führen, und dieses Mal gab es keine Pfade, aus denen ich wählen konnte.

Nur Dunkelheit. Das Nichts. Wie die Leere in mir selbst.

Dazu kamen starke Schmerzen, als das Eis, das meinen Körper umhüllte, tiefer in meine Haut eindrang. Der Schmerz in meinem Bauch überwältigte jedoch weiterhin alle anderen Beschwerden. Die Enge in meiner Kehle war schlimmer als das Einatmen von Eissplittern.

So wurde mir klar, dass ich etwas hatte, das mich in Drakes Gegenwart zurückbrachte. Eine Gefährtenbindung, nur nicht die, mit der ich zuvor den Weg zum Coffeeshop gefunden hatte.

Als ich mir an die Kehle fasste und nach dieser Verbindung griff, fühlte es sich an, als würde ich meine Zähne in Aas versenken. Während ich mit meinen Fingern daran entlangfuhr, zog sich das Band wie eine Schlinge um meinem Hals zusammen.

Sie war jedoch nicht so eng, wie sie sich anfühlte. Um meinen Hals versuchte das Band zwar, mich zu erwürgen. Aber die Leine, die von dieser Verengung ausging, hing lose zu meinen Füßen hinunter.

Wenn ich sehr vorsichtig war, konnte ich daran hochklettern. Ich konnte mich an Ambroses Gefährtenbindung hocharbeiten und diese Verbindung nutzen, um wieder in Drakes Welt zu gelangen. In Lynettes Welt. Rosas Welt.

Selbst wenn keiner von ihnen mich mehr in seinem Leben haben wollte, konnte ich damit den Mann retten, der monatelang auf mich aufgepasst hatte. Ich könnte ihn in die Lage versetzen, die Leute zu retten, die ihm wichtig waren.

Als ich schluckte, schmeckte ich Fäulnis in meiner Kehle. Aber ich schenkte dem Ekel keine Beachtung und krabbelte nach oben ... nur um wieder nach unten zu rutschen, als meine Hände keinen Halt mehr fanden.

„Du möchtest gar nicht zurück", hatte mir die Frau, die nicht meine Mutter war, vorgeworfen. Und sie hatte ja Recht. An diesem Seil hochzuklettern, das nach Tod stank und meine Seele mit Dunkelheit erfüllte, war das Schrecklichste, was ich je versucht hatte. Es war, als würde ich mich in Ambroses Kopf krallen und mich dort niederlassen. Sein Böses als mein eigenes annehmen.

„Aber, wenn das nötig ist, um Drake zu retten, dann werde ich auch das tun." Ich sprach die Worte aus, konnte sie aber nicht hören. Hier gab es keine Geräusche. Nichts außer Dunkelheit und Kälte, die so gewaltig war, dass meine Finger jegliches Gefühl verloren. Sogar die schreckliche Bindung an Ambrose wurde schwächer, die Enge um meinen Hals lockerte sich Stück für Stück.

Wenn ich einen zweiten Versuch unternehmen wollte, die Fessel zu überwinden, musste das bald geschehen.

Diesmal versuchte ich nicht nur, hochzuklettern. Stattdessen knotete ich das nach Aas stinkende Band auf Hüfthöhe und auf Kopfhöhe zusammen. Und das half. Die Knoten schwächten das faulige Wissen um meine Verbindung zu Ambrose ein wenig ab. Schwach genug, dass ich einen weiteren Atemzug Eis aufnehmen konnte, um dann erneut zu beginnen, nach oben zu klettern.

Dieses Mal schaffte ich es weiter. Klammerte mich länger fest. Aber als ich die Knoten hinter mir gelassen hatte, musste ich meine Beine um die Gefährtenbindung schlingen, um mich aufrecht zu halten. Und als ich das tat, fühlte sich das Gefühl der Leine auf meiner nackten Haut an, als würden Ambroses Finger über meine Wange gleiten.

„Ich frage mich", murmelte die Bösartigkeit, die ich als meine Gefährtin auserkoren hatte, *„ob es noch besser klappen würde, dich zu vögeln als das mit dem Blut?"*

Ich würgte und verlor fast den Halt, schwang über dem leeren Raum und verhedderte mich irgendwie in der Leine, sodass sie meinen Kopf schmerzhaft zur Seite riss. Verzweifelt streckte ich meine Hände nach oben und versuchte, Halt zu finden ... als etwas Heißes meinen erhobenen Arm streifte.

Für den Bruchteil einer Sekunde fühlte sich die Wärme gut an, dann brannte sie jedoch schlimmer als das Eis, das meinen ganzen Körper überzog. Es brannte, aber der Geschmack von Fäulnis verflog. Wenn ich mich da bloß nicht vertan habe ...

Das Brennen war flüchtig gewesen, als das, was auch immer es gewesen war, an mir vorbeigezogen war. Aber sie würde es wieder versuchen. Das wusste ich.

Dieses Mal, als die Hitze durch die Leere drang, war ich bereit. Dieses Mal, als das Brennen meine Haut berührte, löste ich die Fessel und griff mit allen zehn Fingern zu.

Es war eine Hand. Die Hand meines Schützlings. Das wusste ich schon, als ich mich anspannte und erwartete, dass ihre Verdrehung meines Schwurs mich dazu zwingen würde, diesen einzigen Weg aus der Dunkelheit aufzugeben.

Aber das tat sie nicht. Stattdessen zog Lynette mich ganz langsam nach oben. Durch das Eis und die Fäulnis und den Verlust von Okaasan, meiner einzigen wahren Familie.

In Richtung Heimat und Hoffnung und der Familie, die ich mir selbst aufgebaut hatte. Ja, auch wenn dazu ein Psychopath als Partner gehörte.

Ich kam keuchend auf der anderen Seite heraus, und das Licht blendete mich für einen endlosen Augenblick, als sich mein Sehvermögen wieder einstellte. Verschwommen hörte ich Worte, mal näher, mal weiter weg.

„Du hast Recht gehabt!" Das war Erik, mit jubelnder Stimme.

„*Du* hast Recht behalten!", erwiderte Lynette. „Du und deine Mathekünste haben uns hierhergebracht!"

„Das Wetter ist bloße Zahlenspielerei", erwiderte Erik mit bescheidener Stimme. „Und diese Gegend ist unerklärlicherweise kälter als die Umgebung, genauso wie das Dorf der Streuner kälter war, als es hätte sein müssen ..."

Sie beglückwünschten sich weiterhin gegenseitig, zwei Teenager, die glücklich und gesund waren und sich in ihrer Gegenwart pudelwohl fühlten. Ich blendete die beiden aus und spitzte Augen und Ohren, um zu verstehen, was weiter weg geschah.

„Nimm das!" Rosa klang wie eine Kriegerin, aber es folgte kein Schuss oder das Klirren einer Schwertklinge. Stattdessen war ich mir ziemlich sicher, dass ich etwas Anderes hörte ...

Ich blinzelte zweimal und sah schließlich die seltsamste Schlacht, die man sich vorstellen kann. Ich befand mich in demselben Coffeeshop, den ich vor über einer Woche verlassen hatte, aber in dieser Zeitlinie schienen es nur ein paar Minuten oder vielleicht Stunden gewesen zu sein.

Der Raum war allerdings viel voller als damals, als ich ihn verlassen hatte. Die beiden Teenager knieten neben mir, während Seth sie mit seinem Körper abschirmte. Neko hüpfte herum, als ob der Kampf mit einem bösen Geist ein einziges großes Abenteuer wäre. Und die wunderbare Schrecklichkeit, die sowohl aus Drake als auch aus Ambrose bestand, stand Jack, Kami – die der Körpersprache aller nach zu urteilen jetzt auf unserer Seite zu sein schien – und jemand anderem gegenüber, den ich zuerst gar nicht erkannt hatte.

Die andere Person war Rosa, aber nicht die großmütterliche Gestalt, die mir ans Herz gewachsen war. Stattdessen hatte die ältere Frau zwei riesige Wasserpistolen auf die Schultern geschnallt und eine dritte in der Hand. Damit bespritzte sie Drake, und während ich zusah, veränderte sich sein Körper.

Nein, nicht von einem Menschen zu einem Wolf. Stattdessen war dieser Übergang viel schleichender. Die Schultern, die sich ein klein wenig gebeugt hatten, als ob sie sich älter gefühlt hätten als der Körper, den sie bewohnten, breiteten sich aus. Die Augen, die vorher kohlschwarz gewesen waren, erhellten sich zu einem Grau wie Asche. Und Drakes

Blick wandte sich in meine Richtung und durchbohrte mich mit der Heftigkeit, die ich so schmerzlich vermisst hatte.

„Er will dein Leben", raunte Drake. „Lauf!"

Dann hatte Ambrose wieder die Kontrolle über ihren gemeinsamen Körper übernommen. Das Wasser, das seine Haut durchtränkt hatte, zischte, als es wieder trocknete. Die Schlinge um meine Kehle zog sich zusammen wie eine Faust.

Ich konnte nicht rennen. Ohne Ambroses Erlaubnis konnte ich nicht einmal atmen.

Doch die erteilte er mir nicht. Stattdessen durchquerte die Schrecklichkeit in diesem schönen Körper den Raum so schnell, dass ich ihn kaum kommen sah. So schnell, dass Jacks Ausfallschritt nicht ausreichte, um ihn aufzuhalten und Rosas zweite Wasserpistole stattdessen den Rücken des nicht besessenen Bruders durchnässte.

Ich wusste schon, was Ambrose vorhatte, bevor er es überhaupt in die Tat umsetzte. Genau das bedeutete die Gefährtenbindung – ein tiefes Wissen über die bevorstehenden Handlungen meines Gefährten. Aber ich konnte Ambrose nicht aufhalten, bevor sein Fuß Erik mit dem Gesicht nach unten auf die Bretter knallte und Seth mit den Handschellen, die die beiden miteinander verbanden, mit sich zog. Ich konnte Ambrose nicht aufhalten, bevor sich seine Hände um Lynettes Kehle schlossen.

Sie wimmerte kurz, dann verstummte auch dieser Laut. Erst dann ergriff Ambrose das Wort.

„Kleine Füchsin", knurrte das Böse mit Drakes Stimme. „Gib mir sofort diesen Körper, sonst ..."

„SIE KANN DOCH NICHT einfach einen Körper hergeben." Das war Jack, der auf uns zukam, bis Ambroses Hände sich verkrampften und Lynettes Gesicht sich rötete. Sofort erstarrte der Mann, der wie Drake aussah, sich aber nicht wie dieser verhielt, die Hände in völliger Ergebenheit erhoben und den Mund fest verschlossen.

Sein Blick traf jedoch meinen, denn sein Bedürfnis, Lynette atmen zu sehen, war fast so groß wie das meine. Und die Ablenkung durch Jacks Anwesenheit hatte den eisernen Griff der Gefährtenbindung um mich gerade so weit gelockert, dass ich sprechen konnte. „Oh doch", konterte ich. „Oder zumindest, falls ... Lynette, habe ich auf dieser Seite noch schwarze Haare?"

Ich neigte meinen Kopf, damit das Mädchen die neue weiße Strähne betrachten konnte, und sie nickte und atmete erleichtert auf, als sich Ambroses Griff wieder lockerte. Jetzt hatte ich sein Interesse. Jetzt musste ich nur noch einen Weg finden, das, was er wollte – mein Leben – zu nutzen, um alle anderen zu retten.

„Wie viele?", fuhr ich fort, als ob mein Schützling und ich eine harmlose Unterhaltung führen würden.

Ambroses Hände wurden noch lockerer. Er wollte diese Antwort genauso sehr wie ich.

„Eines", antwortete mein Schützling, und ihre Stimme war nicht mehr so heiser. Sie konnte wieder atmen, auch wenn sie sich buchstäblich in den Händen eines Mörders befand.

Ich nickte. „Und wenn ich es herausreiße, ist mein zweites von drei Leben vorbei."

Ich hatte das sowohl für Drake als auch für Ambrose erklärt. Ich wollte, dass der Alpha, der nicht mehr mein

Gefährte war, verstand, dass ich nicht mein ganzes Ich für ihn opferte. Dass ich schlimmstenfalls meine Fähigkeit verlieren würde, durch die Zeit zu reisen – die ich jetzt ohnehin schon beinahe verloren hatte.

Und vielleicht verlor ich auch meine Erinnerungen. Vielleicht würde ich das Wunder jenes Monats vergessen, den Drake und ich damit verbracht hatten, eine Familie zu gründen, und in dem er alle meine Verletzungen überwunden hatte, damit ich mich sicher fühlte, bevor er mich ermunterte, jeden winzigen Schritt vorwärts zu machen, sobald ich dazu bereit war.

Warum hatte ich den vollkommenen Augenblick nicht ergriffen, als er mir in die Hände gefallen war? Warum hatte ich Drake nicht im Sternenlicht geküsst und ihn gedrängt, mich so zu erobern, wie mein Körper das verlangt hatte?

Wenn ich dieses wunderbare Leben schon vergessen musste, dann wünschte ich, ich hätte es zumindest auch gelebt.

Ich zwang mich, an dem Kloß in meinem Hals vorbei zu schlucken. Und ich zwang mich, die Worte auszusprechen, von denen ich hoffte, dass sie Ambrose vollends überzeugen würden.

„Ein Leben ermöglicht es dir, einen Körper deiner Wahl zu erhalten. Du musst nicht den von Drake nehmen. Du kannst deinen alten Körper neu erschaffen oder dir einen noch besseren erträumen. Genau das wolltest du doch mit dem Schädel erreichen, nicht wahr, Kami? Du wolltest seine Eigenschaften dazu nutzen, dich in der menschlichen Welt zu erden."

„Ja." Ihre Stimme war lauter, als ich gedacht hatte, als ob sie sich genauso angeschlichen hätte wie Jack. Alle, die hierhergekommen waren, um mich und Drake zu retten, dachten wahrscheinlich über mögliche Lösungen nach, aber mit Lynettes Kehle in Ambroses Händen gab es keine Lösung mehr. Keine andere Lösung als die, die ich hier vorschlug.

„Du wirst den allerbesten Körper haben, den du dir nur vorstellen kannst", teilte ich dem Mann mit, der wie Drake aussah, aber nach Fäulnis stank, „und ich werde deine Gefährtin sein, gebunden an dich bis zum Tod und darüber hinaus. Genau das wolltest du doch. Das Einzige, worum ich dich bitte, ist, dass du alle anderen hier gehen lässt."

Hinter Ambroses Augen flackerte etwas auf. Feurige Ablehnung. Das war Drake, sein Beschützerinstinkt, der nicht hinnehmen wollte, dass es besser war, die meisten in diesem Raum zu retten, als gar keinen.

Wenn er mich hätte aufhalten können, hätte er das auch getan. Aber das konnte er nicht. Und was ich vorhatte, würde ihn endlich schützen.

Also achtete ich nicht auf die noch tiefere Kälte in meinem Bauch, als ich mich gegen die Wünsche des Mannes stellte, der mein Gefährte hätte sein sollen.

Der Böse hingegen, der mein Gefährte war, nickte. „Einverstanden. Ich finde sogar, du hast dich selbst übertroffen, kleine Füchsin."

Und Ambrose lachte dieses lange, schallende Lachen aus dem Bauch heraus, als er Lynette losließ. Dasselbe Lachen, das ich gehört hatte, als ich sein Grab durchstöbert hatte. Dasselbe Lachen, das ich auch gehört hatte, als er mich das erste Mal umgebracht hatte.

Und da brach auf einmal die Hölle los.

Kapitel 32

Drake

E*ine Stunde zuvor ...*

Ich hatte nicht klar nachgedacht. Dessen war ich mir bewusst. Das Feuer hatte mich verschlungen, aber ich versuchte noch immer, mich unter Kontrolle zu halten, ohne auf den stechenden Schmerz in meinem Bauch zu achten, wo der letzte Faden unserer Bindung gerissen war.

Sie ist weg. Das Verschwinden von Tru war wie das letzte Knacken des Holzes im Herzen eines Lagerfeuers, das seine Form und Gestalt verliert und etwas Wertvolles in dünne Luft und Asche verwandelt.

Ich war diese Asche. Ich war diese Leere. Ich war nichts ohne Tru an meiner Seite.

Noch schlimmer war jedoch das Wissen, dass Tru nicht gerettet worden war, als unsere Gefährtenbindung zerrissen war. Stattdessen war sie durch eine Grube im Boden gefallen und verschwunden, möglicherweise für immer. Wahrscheinlich litt sie gerade ebenso große Schmerzen wie das, was sich jetzt wie Wolfszähne in meinen Magen bohrte.

Jeder weiß, dass Bauchverletzungen tödlich sind. Ich hoffte nur, dass ich der Einzige war, der starb und nicht auch Tru.

Einige Minuten lang verlor ich mich fast in dem Feuer, in den Qualen und in der Vorstellung, was mit der Frau geschehen würde, die ich nicht hatte retten können.

Dann stürmten Jack, Kami, Lynette, Seth, Rosa und Erik durch die Tür, als ob es sich hierbei um eine Party und nicht um einen Kampf gegen einen bösartigen Geist gehandelt hätte.

An diesem Punkt musste ich mich zusammenreißen und mich auf etwas Anderes besinnen als auf Trus Abwesenheit. Denn diese Leute brauchten mich, auch wenn ich nur eine winzige Kontrolle über den Körper ausüben konnte, den ich mit dem Bösen teilte. Für sie musste ich wachsam sein und darauf warten, dass Ambrose den kleinsten Fehler machen würde.

Also mied ich das Feuer und ging unsere Möglichkeiten durch. Ich überlegte, ob Kami eine zusätzliche Gefahr darstellte, die es zu entschärfen galt, oder ob sie, wie es schien, zu unseren Verbündeten gehörte.

Letzteres. Eindeutig Letzteres. Denn mein Bruder hatte mir in die Augen geschaut und sein Kinn in die Höhe gereckt, um mir zu versprechen, dass die ganze Gruppe hier war, um meine Fehler zu bereinigen, so wie ich in unserer gemeinsamen Kindheit immer hinter ihm gestanden hatte.

Es war jedoch nicht das Nicken, das den Ausschlag gegeben hat. Es war die Art und Weise, wie sich Jacks ganzer Körper Kami gegenüber geöffnet hat, so wie ich das noch nie bei einem anderen Menschen außer mir gesehen habe.

Genauso wie ich mich Tru gegenüber geöffnet hatte, bis ...

Ich unterdrückte diese Gedanken, unterdrückte die erneuten Flammen und beschäftigte mich mit dem Umstand, dass Tru und ich Kami trotz ihrer früheren Anwandlungen falsch eingeschätzt haben mussten. Damit konnte ich mich abfinden. Ich hatte viel mehr Leute umgebracht als Kami. Ich würde Ambrose ohne mit der Wimper zu zucken erledigen, wenn es einen Weg gäbe, ihn aus meinem Körper zu reißen und ihn zurück in das Grab zu stecken, aus dem er sich niemals hätte befreien dürfen.

Ah. Besser. Das Feuer war dieses Mal seltsam beruhigend. Es half mir, die Schmerzen in meinem Magen an den Rand meines Bewusstseins zu drängen. Es half mir, mich wie ein Raubtier niederzulassen, während ich darauf wartete, dass Ambrose ausrutschte.

Dann zerrte Lynette Tru wieder aus dem sich drehenden Lichtkreis heraus und ließ mich vergessen, wie ich meine Gefühle unter Kontrolle halten konnte. Freude durchfuhr mich. Freude und Schmerz, Angst und Stolz über unseren Schützling zu gleichen Teilen.

Es war kein Feuer, aber es fühlte sich so sehr danach an, dass ich trotzdem brannte. Denn meine Gefährtin – ich korrigiere: die Frau, die nicht mehr meine Gefährtin war, aber immer diejenige sein würde, mit der ich dieses Wort in Verbindung bringen würde – zeigte den Mut, in den ich mich verliebt hatte, während sie gleichzeitig die völlig falsche Entscheidung traf.

Sie hätte gar nicht hier sein dürfen, so nah bei diesem Schrecklichen, der seine Aufmerksamkeit auf sie richtete wie ein Hund auf einen besonders leckeren Knochen. Sie hätte Ambrose nicht wissen lassen sollen, dass sie ihm ein Leben schenken und einen Körper seiner Wahl aufbauen konnte. Dieser Schritt käme einem Selbstmord gleich. Er ergab überhaupt keinen Sinn.

Bis mir klar wurde, dass Tru versuchte, mich zu retten, während ich gleichzeitig versuchte, sie zu retten. Kein Wunder, dass Ambrose über uns beide so erheitert war, dass er ein Lachen ausstieß, das unseren gemeinsamen Körper erschütterte. Wenn ich dazu in der Lage gewesen wäre, hätte ich meine Faust gehoben und uns die Nase blutig geschlagen.

Aber ich konnte mich nicht bewegen. Ich konnte nur zusehen, wie Tru eine Hand hob und versuchte, das einzelne dunkle Haar in der frischen weißen Strähne zu finden, was ich zwar nicht genau begriff, aber ich musste annehmen, dass das eine Art Tod für die Frau bedeutete, die ich als Gefährtin begehrte. Ohne Spiegel war das eine schwierige Aufgabe, aber irgendwie strich ihr Finger über das schwarze Haar und hielt inne. Es brauchte nur ein Zwicken und ein Ziehen ...

Dann wurde aus einer flüchtigen Bewegung Kami, die sich zwischen uns drängte. Kami packte das schwarze Haar und riss es aus Trus Kopf, bevor meine Hände sich erheben und sie aufhalten konnten.

Die Augen meiner Gefährtin flogen zu, als sie zu Boden stürzte ...

Und die Flammen stiegen so hoch, dass ich die volle Kontrolle über meinen Körper erlangte. Einen Augenblick, bevor mich das kalte Wasser zum dritten Mal durchnässte und das Böse aus meinem Fleisch vertrieb, fing ich Tru auf.

Nur verschwommen hörte ich Kamis Siegesschrei, als sich ihre Gesichtszüge so veränderten, dass sie meiner verblichenen Gefährtin glich. Ich kümmerte mich nicht darum, was als Nächstes passierte. Es war mir egal, dass Ambrose immer noch zugegen war und sich wahrscheinlich bald wieder einen Körper aussuchen würde, um ihn zu besitzen, jetzt, da es keine Wasserpistolen mehr gab, um ihn zu vertreiben.

Stattdessen sorgten sich die Flammen in mir allein um Tru. Sie tasteten nach ihrem Puls und verfluchten meine Finger, als diese so heftig zitterten, dass sie nicht erkennen konnten, ob ihr Herz schlug.

Sie lag in meinen Armen und wurde vom Feuer genauso aufrecht gehalten wie von den Muskeln. Leider war es unmöglich festzustellen, ob Tru noch lebte. Verzweifelt strich ich ihr Haar zurück, um ein Lebenszeichen zu finden. Irgendein Anzeichen von Leben ...

Dann spürte ich es. Ihr Atem an meinem Hals, kühler und langsamer als er hätte sein sollen, aber er ging flüsternd ein und aus, ein und wieder aus. Und das Feuer ließ mich endlich mit ihr zusammen atmen. Ich klammerte mich an diese Frau, die zwar nicht meine Gefährtin war, mir aber wichtiger war als die Streuner, die ich mein halbes Leben lang beschützt hatte.

Zum ersten Mal in meinem Leben war ich dankbar für die Flammen.

Und allmählich wurde mir klar, dass Tru, wenn sie wach gewesen wäre, verlangt hätte, dass ich mein Augenmerk auf Lynette und Rosa und Seth und Erik richten sollte. Wahrscheinlich hätte sie zu diesem Zeitpunkt schon entschieden, dass wir auch Jack und Kami beschützen mussten. Also ließ ich ihr zuliebe das Feuer ein wenig schwächer werden und widmete ein Viertel meiner Aufmerksamkeit den anderen im Raum.

Ambrose hatte es wohl satt, dass ich um Freiraum kämpfte, denn er lenkte sein Augenmerk auf einen ganz anderen Körper, den er bewohnen wollte. Erik, den Seth drei Meter von uns weggedrängt hatte, und der den besessenen Teenager mit verschlossenen Handschellen zurückhielt. Das Duo kämpfte um die Vorherrschaft und wälzte sich immer wieder hin und her, während sie abwechselnd die Oberhand gewannen.

Lynette machte keine Anstalten, sich von der Frau fernzuhalten, die Trus Haare und ihr Leben gestohlen hatte, ebenso wenig wie Rosa und Jack. So waren alle drei in Reichweite, als Kami ihren Mund öffnete und den Namen des bösen Geistes herausrief.

„Ambrose! Du möchtest einen echten Körper, nicht wahr? Keinen Pappteller, den man benutzt und dann wegwirft, damit man sich morgen wieder einen neuen suchen muss. Nun, du bist immer noch an das Leben gebunden, das ich gestohlen habe. Ich muss mich nur mit einem Körper vereinigen und er wird zu deinem."

Trotz ihrer Worte schaute sie nicht in die Richtung von Seth und Erik. Stattdessen war ihr Blick an Jack hängen geblieben und ich wusste, was sie vorhatte.

Das Feuer half mir, schnell genug zu sein, um sie aufzuhalten. Meine Hand schlug auf Kamis Mund und versuchte nicht einmal, sie zu schonen. Es spielte keine Rolle, dass sie jetzt genauso aussah wie Tru, deren reglosen Körper ich immer noch mit einem Arm an meine Brust drückte. Es spielte auch keine Rolle, dass Jack sich große Sorgen um Kami machte und sich mit einem Knurren auf mich stürzte, wobei er von Rosa und Lynette und einem umgestürzten Tisch aufgehalten wurde, die sich ihm alle in den Weg gestellt hatten.

Alles, was zählte, war, dass ich meinen Bruder davor bewahren musste, dauerhaft von dem Bösen besessen zu sein, das so viel Zeit in mir verbracht hatte. Von jenem Bösen, durch das ich nun nicht mehr in der Lage war, das Feuer zu kontrollieren.

Denn ich konnte meine Gefühle nicht mehr unter Kontrolle bringen. Nicht mehr. Das Feuer befürchtete, dass Tru nie wieder aufwachen würde, dass sie mich dann nicht mehr erkennen würde und mich auch nicht mehr erkennen wollte. Das Feuer mahnte mich, dass ich mich für den Verlust unserer Bindung rächen könnte, indem ich jemanden in kleine, blutige Stücke reiße. Und dass ich das genauso genießen würde, wie mein Vater dies getan hatte.

Das Feuer ließ meine Hand auf Kamis Gesicht so fest zudrücken, dass ich einen Bluterguss hinterließ. Und ich lockerte meinen Griff nicht. Ich war überzeugt, dass mein Bruder, der nicht mit einem solchen Ausmaß an Fäulnis umgehen konnte wie ich, auch nicht mit dem außer Kontrolle geratenen Feuer zurechtkommen würde. Er war ein Künstler, ein lebensfroher Geist, der bei jeder Gelegenheit lachte. Ich hatte ihn vor der Rolle des Henkers bewahrt, als wir Teenager waren, und das würde ich auch jetzt.

Selbst wenn das bedeutete, der Frau zu schaden, für die sich sein Körper öffnete.

„Du wirst mich zum Gefährten wählen", verlangte ich und zwang Kamis Kopf, sich zu mir umzudrehen, während ich weiterhin jedes Wort erstickte, das sie voreilig ausstoßen würde. Und ich senkte meine Stimme auf ein leises Flüstern, in der Hoffnung, dass Ambrose es nicht hören würde. „Guter Plan, falscher Bruder. Verpaare dich mit mir und töte mich, dann wird das Böse für immer sterben."

Was das Töten ihres Gefährten mit Kami anstellen würde, war ungewiss. Ich hatte gesehen, wie Tru sich zusammengekrümmt hatte, nachdem sie unsere Bindung gekappt hatte. Der Duft, der von Kami ausging, deutete darauf hin, dass sie gerade eine große seelische Erleuchtung erlebt hatte.

Wahrscheinlich eine Erleuchtung, die mit meinem Bruder und der wahren Liebe zu tun hatte, wenn man dem rehäugigen Blick der letzten Zeit Glauben schenken durfte.

Aber ich konnte auch Kamis Bereitschaft zum Opfer wittern. Sie tat dies, um uns alle zu retten, vielleicht auch, um die Todesfälle von vor einem Monat vergessen zu machen.

Ich hätte ihr sagen können, dass ich mich über die Shifter, die sie letzten Monat mit einer Bombe umgebracht hatte, informiert hatte. Hätte ihr erklären können, dass sie das verdient hatten, was ihnen widerfahren war.

Aber das tat ich nicht. Denn mit dem Feuer in mir war ich ein noch viel besserer Henker. Im Gegensatz zu meinem Bruder war ich in der Lage, diejenigen zu verbrennen, die es nicht verdient hatten, zu verbrennen.

„Bist du bereit, dich mit mir zu vereinigen?", forderte ich und blickte in Augen, die genauso dunkel waren wie die von Tru, aber doch ganz anders. Und zu meiner Überraschung war es nicht Kami, sondern mein Bruder, der mir antwortete.

„Nein." Jack drängte sich mir entgegen, sodass ich Tru fast fallen ließ. Ich knurrte und er spuckte weitere Worte aus. „Ich habe dir doch gesagt, dass du mich rufen sollst, wenn du Hilfe brauchst, aber das hast du nie. Deine Gefährtin hat mich jedoch gerufen, und ich folge ihrem Ruf. Diesmal bin ich an der Reihe, die Dinge zu regeln."

Ich versuchte, meine Worte behutsam zu halten und zwang mich zu glauben, was ich nun im Begriff war zu sagen, damit

Jack die Wahrheit in meinem Atem riechen konnte. „Ich kann Ambrose lange genug bekämpfen, um eine andere Lösung zu finden. Du hingegen nicht. Erinnerst du dich noch daran, als unser Vater uns ausgebildet hat? Weißt du noch, wie wir nach unserem ersten Mord geheult und uns übergeben haben?"

Jack zuckte zurück, als hätte ich ihn körperlich geschlagen. Sein Gesicht verfinsterte sich auf eine Weise, wie ich das schon so oft bei mir selbst erlebt hatte, wenn ich einen Auftrag hatte, mit dem ich nicht ganz einverstanden war. Auf eine Art und Weise, von der ich gehofft hatte, dass das Gesicht meines Bruders das nie tun würde.

Es war jedoch Lynette, die zum Gegenschlag ausholte. „Du kennst Jack doch gar nicht!", wetterte sie. Sie war erwachsen geworden, so wie auch Jack erwachsen geworden war, als ich nicht hingesehen hatte. Und dann tätschelte Jack meinem Schützling den Kopf, als wäre sie ein Welpe, der sich in den Kampf gestürzt hatte, um einen ausgewachsenen Wolf zu retten.

„Danke, Kleines. Ich übernehme jetzt." Dann spuckte er einen Alphabefehl aus, der noch stärker war als die Befehle, die ich sonst allen anderen entgegenschleuderte. „Lass meine Gefährtin los."

Seine Worte zwangen meine Finger loszulassen und gaben sie auch nicht mehr frei. Zum ersten Mal in meinem Leben verstand ich, was es hieß, von einem stärkeren Alpha besiegt zu werden. Egal, wie sehr ich an dem Feuer zog, ich konnte mich nicht bewegen, als Kami von mir wegrutschte. Ich konnte nicht reagieren, als mein eigener Bruder mir in die Augen sah und dann den Befehl verkündete.

„Komm mir nicht hinterher." Dann, leiser, nicht als Befehl, sondern als Erklärung: „Ich kann es nicht ertragen, von jemandem abgelenkt zu werden, der nicht weiß, wer ich bin."

Ich hätte so gerne widersprochen. Denn wer kannte meinen Zwilling schon besser als ich?

Aber ich konnte nicht. Meine Lippen waren buchstäblich zugefroren.

Das sprach eher für Jack als für mich. Ich kannte ihn nicht, nicht den Mann, zu dem er geworden war. Möglicherweise nicht einmal den Jungen, der er einmal gewesen war.

Und auch Kami konnte ich nicht aufhalten, als sie ihren Mund öffnete und ein unzerstörbares Band zwischen sich und meinem Zwillingsbruder knüpfte. Ich konnte nicht verhindern, dass Jacks Körper zuckte, als hätte man ihm einen Stromschlag verpasst und das Böse hinter seinen Augen auftauchte.

Kapitel 33

Tru

Ich konnte wieder atmen. Die Luft strömte in meine Nasenlöcher und duftete nach Zitrone, wenn auch nicht nach der Süße, die ich von diesem Aroma gewohnt war. Der Atem strömte durch meine Kehle, ohne dass ich Schmerzen hatte oder mich eingeschnürt fühlte.

Die Verbindung zu Ambrose war unterbrochen worden. Das wusste ich schon, bevor ich meine Augen öffnete.

Da sah ich, dass Kami eine Waffe auf Drake gerichtet hatte. Ich versuchte, mich zwischen die beiden zu werfen, aber meine Muskeln waren noch nicht bereit, sich zu bewegen. Selbst mein Mund wollte sich nicht öffnen. Es fühlte sich an, als hätte mein Körper sein Gedächtnis verloren, genauso wie mein Verstand das früher getan hatte. Als ob mein Gehirn sich an vergangene Ereignisse erinnert hätte, aber der Rest von mir nicht einmal wusste, wie er aufrecht stehen sollte.

Aber warum lag ich dann nicht ausgestreckt auf dem Boden?

Weil eine warme Kraft meinen Oberkörper von der Taille bis zur Schulter durchzog. Wärme, von der ich angenommen hatte, dass sie ein Teil von mir selbst war, bis mir klar wurde, dass diese Unterlage denselben Zitronenduft verströmte, den ich wie reinen Sauerstoff einatmete.

Und das bedeutete, dass ... der Mann, der vor dem Lauf einer Waffe stand, nicht Drake war. Es war sein Bruder.

„Zieh dich aus", forderte Kami und fuchtelte mit der Waffe herum. „Dann wandle dich."

Und Jack zog sich aus, als ob Kamis Macht über ihn überhaupt nichts mit Schusswaffen zu tun gehabt hätte. Er knöpfte sein Hemd auf wie ein männlicher Stripper auf der Bühne vor einem begeisterten Publikum und schlüpfte dann mit einer solchen Verführungskraft aus seiner Hose, dass ich meine Augen abwenden wollte.

Aber mein Körper weigerte sich immer noch, mir zu gehorchen. Also sah ich, was ich nicht hätte sehen sollen. Straffe Muskeln. Glatte Haut. Einen Wolfspelz, der um Jacks linken Oberschenkel geschlungen war.

Meine Stirn legte sich verwirrt in Falten. Jacks Wolfspelz war wie das Stück Fell, das ich in Drakes Safe gefunden hatte, nur viel größer. Und als er es sich jetzt um die Schultern warf, drang es in seine Haut ein, als wäre es ein Teil von ihm gewesen. Wenn ich mich nicht sehr täuschte, war dieses Fell der Grund für seine Verwandlung vom Menschen zum Wolf.

Ich blinzelte. Aber so wandelten sich Werwölfe nicht. Was bedeutete, dass Jack nicht wirklich ein Werwolf war.

Und Drake vermutlich auch nicht.

Aber das ist im Augenblick nicht das Problem. Das Problem war, dass ein böser Geist von Jack Besitz ergriffen hatte. Ein böser Geist, den ich eigentlich bekämpfen sollte, aber nicht konnte, weil mein Körper beschlossen hatte, sich heute Morgen frei zu nehmen.

Lynette hingegen kannte keine solchen Einschränkungen. Mir stockte der Atem, als sie sich nach vorne stürzte, als wolle sie sich in Kamis Schusslinie drängen. Dann atmete ich wieder auf, als Rosa das Mädchen an den Schultern packte und für sie beide sprach.

„Kami, hör mir jetzt gut zu. Du wirst diesen Mann nicht erschießen, es sei denn, das ist dein letzter Ausweg."

„Werde ich nicht?" Kami zog die Augenbrauen hoch und verzog den Mund zu einem Schmollen. „Hast du das denn nicht mitbekommen? Ich bin ein böser Geist, genau wie Ambrose. Er und ich haben eine Menge gemeinsam."

„Vielleicht", antwortete Rosa. „Aber ich habe dich schon mehrmals verköstigt. Du hast unter meinem Dach geschlafen. Du schuldest mir ein Versprechen und genau dieses Versprechen erwarte ich von dir."

„Ich bin aber keine Kitsune", konterte Kami. „Ich kann Versprechen abgeben und sie dann trotzdem brechen. Nichts passiert, nichts passiert."

„Ich brauche trotzdem dein Versprechen, bevor du hier rauskommst", antwortete Rosa und stellte sich in die Tür. Und einen Augenblick lang hatte es den Anschein, als gäbe es sonst niemanden in diesem Raum.

Ich kämpfte gegen das Unwohlsein an, das meine Muskeln lähmte. Was auch immer mit mir los war, ich musste es überwinden.

Aber bevor ich mehr als ein Zucken meines kleinen Fingers zustande brachte, zog Kami die Schultern hoch. „Du willst ein nutzloses Versprechen? Einverstanden. Ich erschieße Jack nicht, es sei denn, es ist mein letzter Ausweg."

Dann nickte Rosa, trat zur Seite und Kami stieß den Wolf, der meinen Exmann beherbergte, aus der Tür. Das Klacken seiner Nägel auf dem Boden wurde leiser, als Lynette versuchte, sich aus Rosas Armen zu befreien, um ihnen hinterherzueilen, woraufhin meine Muskeln schließlich beschlossen, sich vielleicht doch zum Dienst zu melden.

Gerade noch rechtzeitig. Denn es kamen noch viel lautere Schritte auf uns zu. Die Barista, die ich in meiner Erinnerung vor über einer Woche gesehen hatte, erschien in der Tür. Und dieses Mal lächelte sie nicht freundlich. Stattdessen hielt sie eine dampfende Kanne mit Kaffee wie eine Waffe in einer Hand.

„DAS IST NICHT DAS, wonach es aussieht", erklärte ich der Barista und löste mich aus Drakes Arm, obwohl ich dadurch vor so vielen Leuten völlig nackt dastand, dass ich spürte, wie sich die Röte von meinen Wangen auf meine Brust ausbreitete. Mein Körper fühlte sich immer noch so zittrig an wie der eines neugeborenen Rehkitzes, aber ich konnte wenigstens sprechen. Und ich hoffte, dass ich auch die Barista allein mit Worten entwaffnen konnte.

Mein erster Versuch war allerdings nicht sehr wirkungsvoll gewesen. „Ach ja?", antwortete die Barista und zog ihren Arm zurück, als würde sie mit der Kanne heißen Kaffees ausholen, um sie nach vorne zu schleudern. „Eine Frau hat gerade einen Wolf mit vorgehaltener Waffe aus dem Laden geführt. Du bist splitternackt. Diese drei Typen sehen aus wie Han Solo in *Das Imperium schlägt zurück*. Und schau dir doch mal an, was ihr mit unserem brandneuen Fußboden angerichtet habt!"

Sie hob einen Turnschuh an und stellte ihn mit einem nassen Platschen wieder ab. Die Möglichkeit eines Wasserschadens schien sie mehr zu beunruhigen als die Waffe.

Das war ein gutes Zeichen. Denn es deutete darauf hin, dass ich uns vielleicht doch noch herausreden konnte. „Du hast ganz recht gehabt, als du Han Solo erwähnt hast", erwiderte ich und stürzte mich auf die erste Idee, die mir in den Sinn gekommen war, um zu erklären, warum sämtliche Werwölfe im Raum immer noch durch Jacks Einfluss unbeweglich waren. „Hast du dieses virale Werwolfvideo nicht gesehen? Meinst du nicht, dass dein Coffeeshop berühmt würde, wenn die Fortsetzung hier gedreht würde?"

Offenbar war meine Erklärung nicht verlockend genug. Denn die Barista senkte ihre Kaffeekanne nicht. „Ihr hattet eine Waffe hier drin", konterte sie. „Meine Kunden waren zu Tode verängstigt. Wenn ihr jetzt abhaut, rufe ich die Bullen."

Zum Glück war ich nicht die Einzige, die versuchte, sich eine Lösung einfallen zu lassen. Denn während ich noch sprach, kramte Lynette in der Tasche des Anzugs, den Jack sich über die Schulter geworfen hatte und dann zu Boden hatte gleiten lassen – ein Anzug, von dem ich mir ziemlich sicher war, dass er ihn von seinem Bruder geliehen hatte. Und jetzt erwiderte mein Schützling meinen Blick mit einem kaum zu unterdrückenden Grinsen, als sie eine von Drakes Visitenkarten in Richtung der Barista schnipste.

Die Frau fing sie auf, wobei der Kaffee in das bereits auf dem Boden stehende Wasser spritzte. Ihr Mund verzog sich zu einer Seite, als sie den Text las und ihn dann noch einmal langsamer studierte. „Wirklich?", fragte sie Lynette schließlich mit verblüffter Stimme. „Ein Talentscout? Für *die*?"

„Wirklich", antwortete Lynette. „Er war an dir höchst interessiert. Er hat gesagt, du sollst ihn anrufen. Aber du darfst *niemandem* davon erzählen. Und wir brauchen ein paar Minuten, um das Chaos hier zu beseitigen."

Der Trick hat geklappt. Die Barista steckte die Karte in ihren BH, als wäre sie eine Kostbarkeit, und ließ uns dann allein, um das Durcheinander aufzuräumen. Gemeinsam wischten Rosa, Lynette und ich das Wasser auf, während sie mir erzählten, was passiert war, als ich bewusstlos gewesen war, und dass alle drei Werwölfe auf Befehl eines Alphas vorübergehend eingefroren worden waren.

Ich für meinen Teil gab zu, dass ich mit Neko als Führer durch die Zeit gesprungen war. Damit verstieß ich zwar gegen Okaasans Schweigegelübde, aber was machte das schon? Ich hatte mein zweites Leben verloren, also war ich hier für immer geerdet.

Ein Anflug von Traurigkeit durchzuckte mich, aber nur ein Anflug. Doch dieser Schmerz wurde jedes Mal schlimmer, wenn ich den erstarrten Alpha ansah, der eigentlich mein Gefährte hätte sein sollen.

Ich wandte meinen Blick ab und versuchte vergeblich, den Schmerz zu unterdrücken, als der Alphabefehl endlich seinen Einfluss auf Drake verlor. Das war mir zu diesem Zeitpunkt allerdings noch nicht bewusst. Ich hockte mich neben ihn hin, sein Zitronenaroma war wie Säure in meiner zugeschwollenen Kehle, und griff nach den Klamotten, die Jack getragen hatte, um irgendetwas zu finden, das mich daran hinderte, den Kunden unten eine noch größere Show zu bieten.

Drake muss etwas Ähnliches im Sinn gehabt haben. Denn unsere Stirnen prallten genau in dem Augenblick aufeinander, in dem wir nach demselben Kleidungsstück griffen. So etwas war uns in all den Tagen, in denen wir in Rosas Küche umeinander herumgetanzt waren, noch nie passiert. Wir hatten immer genau gewusst, wo der andere hinwollte, und waren ihm rechtzeitig aus dem Weg gegangen.

Natürlich hatten wir die Absichten des anderen gekannt. Wir waren ja auch verpaart gewesen. Nun ja, zumindest zur Hälfte.

Als unsere Stirnen zusammenstießen, fühlte sich dieser Schmerz allerdings nicht nur wie ein versehentlicher Kopfstoß an. Er fühlte sich an wie die bittere Erkenntnis, dass ich die Bindung zwischen mir und diesem Mann, durch den ich mich erst vollkommen fühlte, gebrochen hatte.

„Ich habe dir wehgetan." Drakes Tonfall war rau, seine Finger glitten sanft über die Stelle, an der wir uns gestoßen hatten. Sie berührten mich und zogen sich wieder zurück, als ob die Berührung wehgetan hätte.

Und vielleicht hatte es das ja auch. Wie würde es sich wohl anfühlen, jemanden zu berühren, der einst die eigene Gefährtin gewesen war und einen dann zurückgewiesen hatte? Wahrscheinlich so wie der Schmerz in meinem Bauch, der so viel schlimmer war als der neue Schmerz, der in meinem Schädel pochte.

Um mich von meinem Gefühl des Bedauerns abzulenken, wechselte ich das Thema. „Ich habe noch nie gesehen, wie du dich in deine Wolfsform gewandelt hast. Jedenfalls nicht direkt vor meinen Augen. Du hast ein Fell wie dein Bruder, nicht wahr? Seid ihr überhaupt Werwölfe?"

„Man nennt uns Woelfe", antwortete er, so leise, dass ich vermutete, dass seine Worte nicht einmal die anderen Shifter im Raum erreichten. „Wir verwandeln uns mit Fellen, und jeder von uns hat einen Zwilling."

„Und das ist ein Geheimnis, weil …?"

Drakes graue Augen waren normalerweise so aufmerksam, dass sie sich wie die Wärme seines Arms anfühlten, der mich gehalten hatte. Aber jetzt glitt sein Blick von mir weg und hinterließ bloß gähnende Leere.

Seine Worte jedoch besänftigten diese Leere. „Ich erzähle das niemandem, Jack zuliebe. Weil ich ihn damit in Gefahr bringen würde. Wenn unsere Felle gestohlen werden, kann das ein Todesurteil bedeuten."

Seine Stimme wurde immer heiserer, doch er sprach weiter. „Zumindest habe ich immer angenommen, dass das der Grund für mein Schweigen war. Aber ich vertraue dir mehr als mir selbst. Warum habe ich es also geheim gehalten, nachdem ich dich zu meiner Gefährtin gewählt hatte?"

Er schüttelte den Kopf, schluckte und fuhr fort, bevor ich eine Vermutung äußern konnte. „Mir ist gestern klargeworden, dass ich es dir nicht gesagt habe, weil du Geheimnisse liebst. Ich habe gehofft, wenn ich ein kleines Mysterium zwischen uns bewahre, bleibst du vielleicht bei mir."

Flüchtig nahm ich das Rascheln auf der anderen Seite des Raumes wahr, als Erik und Seth sich einen Augenblick später als Drake aus dem Bann des Alphabefehls lösten. Undeutlich hörte ich, wie Lynette den Tisch und die Stühle wieder aufrichtete und Rosa das Tischtuch auswrang, das sie im Badezimmer zwei Türen weiter als Handtuch benutzt hatte.

Aber ich hatte nur Augen für Drake. Für Drake, der mich zu seiner Gefährtin auserkoren hatte und der sich auf eine Art und Weise abgesichert hatte, die bewies, dass er genau wusste, wer ich war, und gleichzeitig einen ebenso großen Mangel an Vertrauen in seinen eigenen Selbstwert zeigte. *Das* war der

Mann, den ich einen Monat lang ohne triftigen Grund auf Distanz gehalten hatte.

Und jetzt war er es, der Abstand zwischen uns hielt, sein Geruch war so bitter, dass er fast nicht nach Zitronen duftete. Ich schloss die Augen und versuchte verzweifelt, unsere Freundschaft wiederherzustellen, aber es gab keinen glühenden Faden, den ich aus der Leere meines Magens ziehen konnte. Nur Schmerz und Bedauern und die Gewissheit, dass ich meine letzte Hoffnung, seine Lebensgefährtin zu werden, verspielt hatte.

Aber ich konnte ihn nicht gehen lassen. Also sagte ich ihm die Wahrheit.

„Das Rätsel um dich ist nur der kleinste Teil dessen, warum ich in deiner Nähe bleibe. Ich liebe die Art, wie du dich um alle kümmerst, ohne dass wir uns dadurch schwächer fühlen. Ich liebe das Feuer in deinen Augen, wenn du vergisst, es zu verbergen. Ich liebe deine Stärke und deinen Geruch und die Art, wie du zehn Schritte vorausdenkst."

Seine Augen hatten sich endlich gehoben. Das Grau war wieder warm und ein Hauch von Lächeln umspielte seine Lippen. „Heißt das, du bleibst bei mir, auch wenn wir nicht verpaart sind?"

„Ich nehme, was ich kriegen kann", bestätigte ich. „Aber diesmal werde ich dich nicht gehen lassen."

Seine Hand glitt unter mein Haar in meinen Nacken. Und anders als zuvor zuckten diese warmen Finger nicht zurück, als er sich herunterbeugte und sein Zitronenduft wie Parfüm roch.

„Sag mir, dass ich dich nicht küssen soll", forderte er und bohrte seine grauen Augen in mich.

„Ich rate dir lieber, dich zu beeilen."

Kapitel 34

Tru

Meine einzige Erinnerung an einen Kuss mit Drake war ganz anders als dieser. Damals hatte er sich so lange zurückgehalten, dass ich fast geglaubt hatte, er sei nicht interessiert. Jetzt verzehrten mich seine Lippen. Die kratzige Oberfläche seines unrasierten Gesichts schrammte über meine Haut. Seine Hand krallte sich in mein Haar und zerrte so heftig daran, dass es eigentlich schmerzhaft sein sollte, aber in Wirklichkeit Lust war.

Das hier war der echte Drake. Der ganze Kerl, der für einen Augenblick vergessen hatte, sich hinter Höflichkeit und Geduld zu verstecken. Das war der Wolf, den ich als meinen Gefährten wollte, oder als meinen Lebenspartner, falls es sich als unmöglich erweisen sollte, unsere Bindung wiederherzustellen.

Bis er abrupt einen Rückzieher machte. Drake fluchte leise vor sich hin, löste seinen Griff um mein Haar und drückte seine Lippen auf meine, ohne mich jedoch ganz wegzuschieben. „Tut mir leid", murmelte er. „Ich habe die Kontrolle verloren ..."

Anstatt zu antworten, biss ich ihm auf die Unterlippe, gerade fest genug, um meinen Standpunkt klar zu machen. Dann war ich diejenige, die ihn so heftig nahm, wie ich genommen werden wollte. Ich ließ meine Hände unter sein

Hemd gleiten, über Muskeln, die mir das Wasser im Mund zusammenlaufen ließen, wenn mein Mund nicht schon anderweitig beschäftigt gewesen wäre.

Drei unendlich lange Sekunden lang war er Eis unter meinen Fingern. Nein, das wäre nicht gerecht gewesen. Drake war nie wirklich kalt. Er vergrub seine Flamme einfach tief in einem abgeschirmten Bunker. Er versteckte ein Feuer, von dem er dachte, dass es so gewaltig sei, dass es alle um ihn herum zu Asche verbrennen würde.

„Ich möchte verbrannt werden", murmelte ich in seine Lippen.

Und seine Arme legten sich um mich und zogen mich an seinen großen Körper. Ich war immer noch nackt, weil ich durch das Portal getreten war, und die harten Muskelstränge mit nur einer Schicht Stoff zwischen uns raubten mir den Atem. Ich ...

Das Klingeln eines Handys schallte durch die Luft. Das und das Gekicher eines Publikums, von dem ich ganz vergessen hatte, dass es überhaupt da war.

Seths Stimme klang zögernd, als er unseren Augenblick unterbrechen wollte. „Laut Anrufer-ID ist es eine Polizeiwache. Soll ich rangehen?"

Es gab keinen guten Grund, warum die menschliche Polizei einen von uns anrufen sollte. Und Drake hatte Verpflichtungen, die oft Leben oder Tod für die Beteiligten bedeuteten.

Also zwang ich mich, einen Schritt zurückzutreten, während ich ein Versprechen gab, aus dem sich keiner von uns beiden mehr herausreden konnte. „Wir bringen das hier später zu Ende."

„Später", stimmte Drake zu und sein Blick verließ meinen nicht, während Seth das klingelnde Handy in seine Handfläche drückte.

Sein Blick verbrannte mich und ich genoss dieses Brennen.

Dann kam der Bunker wieder zum Vorschein, als er das Handy an sein Ohr hob. „India", krächzte Drake. „Wo bist du?" Er hörte einen Augenblick lang zu, dann beendete er das Gespräch und klärte mich auf. „Sie ist wegen Erregung öffentlichen Ärgernisses verhaftet worden. Wollen wir das mit dem Kuss vertagen?"

NORMALERWEISE GING Drake allein zu Aufträgen oder rief Kira an, um sich mit ihm vor Ort zu treffen. Aber er sagte nichts dagegen, als ich auf den Beifahrersitz des Autos rutschte, das er mir gekauft hatte. Allerdings zog er eine Augenbraue hoch, als Lynette die Hintertür mit Neko im Arm öffnete.

„Was?", fragte der Teenager mit einer Stimme, die höher klang, als sie eigentlich hätte sein müssen. Als wäre sie sich nicht sicher, ob sie willkommen war, ganz abgesehen davon, dass sie einen erheblichen Beitrag dazu geleistet hatte, diesen Tag zum Guten zu wenden. „Ihr braucht mich, um Kleidung für India auszusuchen. Öffentliches Ärgernis bedeutet *nackt* und Tru würde ihr wahrscheinlich ein Kleid aus *Little House on the Prairie* kaufen."

Bevor mein Schwur gegenüber Lynette so schrecklich verdreht worden war, hätte ich dem Teenager sofort gekontert. Ich hätte einige der schrecklichsten Kleidungsstücke erwähnt, in die sie mich einzukleiden versucht hatte.

Doch jetzt trennte uns beide eine eisige Barriere. Lynettes Augen blieben auf den Boden gerichtet, anstatt meinen Blick zu erwidern. Sie hatte sich sogar ein Paar Handschuhe angezogen, was sie seit Wochen nicht mehr getan hatte, so als würde sie sich nicht trauen, das Kätzchen in ihren Armen nicht zu verbrennen.

Drake war derjenige, der die Pattsituation unterbrach. „Gute Idee", räusperte er sich. „Du machst eine Liste, während ich fahre. Klamotten für India und Klamotten für Tru. Größen. Farben."

„Eine Liste? Damit du mich irgendwo absetzen kannst?"

„Eine Liste", wiederholte Drake, ohne eine Erklärung abzugeben.

Kurz darauf hielt er vor einem Einkaufszentrum an. Er nahm den Zettel entgegen, den Lynette ihm hinhielt. Dann befahl er uns: „Ihr bleibt hier."

„Wir sind keine Werwölfe", konterte Lynette. „Du kannst uns nicht einfach so herumkommandieren."

Doch ihr Versuch, frech zu werden, ging in die Hose, als ihre Stimme brach. Und ich drehte mich auf meinem Sitz herum, anstatt Drake dabei zuzusehen, wie er sich entfernte, um diesen offensichtlichen Schmerz zu lindern. „Lynette, es tut mir so leid", begann ich. „Ich hätte dir hinterherkommen sollen. Ich hätte das getan, wenn ich doch nur gekonnt hätte ..."

„Es tut *dir* leid?" Sie wischte sich eine Träne weg und bemühte sich, in diese Geste all ihre Verärgerung zu legen, was ihr nicht ganz gelang. „*Ich* bin doch diejenige, die uns kaputt gemacht hat. Ich habe unsere *Familie* zerstört. Ich habe nicht gewusst, wie ich deinen Schwur umkehren sollte, damit ich dir wieder näherkommen kann, also habe ich ihn *gebrochen*.

Siehst du das denn nicht? Du musst *nie wieder* Zeit mit mir verbringen."

Darum ging es also? Ich griff nach der Hand meines Schützlings, streifte den Handschuh ab und verschränkte meine Finger mit ihren, obwohl ihre Haut leicht verbrannt war. „Gut."

Ihre Antwort war eher ein Schluckauf. „Gut?"

„Jetzt hast du keine Ausrede mehr, zu denken, dass ich nur wegen dieses ganzen Hokuspokus bei dir bleibe."

Und schließlich schaute sie durch ihre tränenverschmierten Wimpern zu mir hoch. „Wirklich? Das ist das Beste, was du draufhast? Hokuspokus?"

Ich zuckte mit den Schultern. „Wo wir gerade dabei sind – du hast mich aus einem Zeitportal gezogen. Ich schätze, diese Hände können noch mehr, als wir alle ahnen."

„Ja." Lynettes Wangen waren immer noch tränenverschmiert, aber sie setzte sich ein wenig aufrechter hin. „Daran habe ich auch schon gedacht. Wenn ich Dinge berühre und sehe, was in der Vergangenheit passiert ist, bin ich vielleicht für den Bruchteil einer Sekunde sogar dort? Möglicherweise ..."

Wir waren weit mehr als nur einen Sekundenbruchteil lang über unsere Vermutungen verbunden. Und Lynette lächelte, als die Außenwelt plötzlich beschloss, sich in Form von Fingernägeln, die an das Fenster hinter meinem Kopf klopften, einzumischen.

Ich wandte mich um und sah, dass Winter mich durch das Glas anstarrte.

Kapitel 35

Tru

„**S**ie will Erik." Lynettes Gesicht verlor all die Lebendigkeit, die erst vor kurzem darin zurückgekehrt war. Und plötzlich war ich stinksauer. Obwohl ich lediglich ein Männerhemd trug, stürzte ich aus dem Auto, ohne Rücksicht darauf zu nehmen, dass Winter durch die Tür aus dem Gleichgewicht geriet.

„Was machst du denn hier?", verlangte ich.

Statt zu antworten, beäugte mich Drakes Mutter vom Kopf bis zu den nackten Zehen und schürzte ihre Lippen. Dann sprach sie an mir vorbei zu dem Alpha, den ich eine Millisekunde vor seiner warmen Hand um meine Taille roch. „Drake. Das *Problem*, das wir besprochen haben, ist noch nicht gelöst und ich bin mit meiner Geduld am Ende. Möchtest du entscheiden, welchen Streuner ich als Ablenkungsmanöver zu seinem Alpha zurückbringe?"

Früher hatte Drake die Manipulationen seiner Mutter immer eiskalt ertragen. Jetzt war die Warnung, die er ausstieß, pures Feuer. „Bedräng mich doch und sieh selbst, was passiert."

Winter schwankte zurück, aber ihre Antwort war standhaft. „Du klingst ja wie ..."

„Mein Vater? Mein Bruder?" Drake lächelte und diese Geste hatte nichts Menschliches an sich. Vielleicht hätte mich der Wolf in seinen Augen erschrecken sollen, aber eigentlich war ich dermaßen stolz auf ihn.

Ich tat mein Bestes, um in den Hintergrund zu treten, während Winter eine Erwiderung aussprach. „Die beiden sind jetzt *tot*, wie du dich vielleicht erinnerst. Du meinst wahrscheinlich, ich tue das alles bloß, um dir wehzutun, aber ich habe nur dein Bestes im Sinn. Ich ..."

„Du wirst meine Gefährtin zum Mittagessen ausführen, während ich mich um das sogenannte Problem kümmere. Sie wird danach keine blauen Flecken haben. Tru wird lächeln oder du wirst noch bitter bereuen, dass du an meiner Geburt beteiligt warst."

Trotz der unverhohlenen Drohung schien Winter nur an einem Wort aus Drakes Monolog interessiert zu sein. „*Gefährtin?*" Ihre Aufmerksamkeit schwenkte wieder in meine Richtung. „*Die?*"

Und Drake knurrte eher wie ein Wolf als wie ein Mensch. Sein Arm zog mich näher an seine Seite und sein Kinn neigte sich nach unten, als er mich mit einer hochgezogenen Augenbraue beäugte, anstatt seiner Mutter zu antworten.

Auch ohne unsere Gefährtenbindung verstand ich, was er wollte. War ich bereit, diese durch und durch unangenehme Frau abzulenken, während er einen Weg fand, um zu verhindern, dass India und Erik hingerichtet wurden? Fühlte ich mich in Winters Gegenwart sicher genug, um allein mit ihr loszuziehen?

„Es wäre mir ein Vergnügen", murmelte ich, „meine zukünftige Schwiegermutter kennen zu lernen."

Dann hob ich die Einkaufstasche vom Boden auf, die aussah, als wäre sie für mich bestimmt gewesen. Und ich schenkte Winter das falscheste Lächeln, das ich aufbringen konnte.

„Ich würde ein Buffet bevorzugen. Ich bin nämlich am Verhungern."

DER NACHMITTAG, DEN ich mit Winter verbrachte, war einfach nur unwirklich. Sie ging mit mir in ein schickes Restaurant, in dem es mit Sicherheit kein Buffet gab. Dort bestellte sie für uns beide und verlangte ein Steak, das vor Blut triefte, während sie die angebotenen Beilagensalate ablehnte.

Ich hätte widersprechen können, aber ich machte mir nicht die Mühe. Stattdessen folgte ich Winters Beispiel und sprach über belanglose Dinge, während ich mit meinem Weinglas in der Mitte des Tisches einen kleinen Revierkampf unter Shifters ausfocht. Sie gewann den Krieg um den Brotkorb und ich gewann die Schlacht um den Nachtisch, indem ich das üppigste Gericht auf der Speisekarte bestellte, bevor Winter ihren Vortrag über Kalorien und überflüssiges Körperfett beenden konnte.

Obwohl ich meine Fähigkeit verloren hatte, durch die Zeit zu reisen, kamen mir diese sechs Stunden in Winters Gesellschaft wie anderthalb Jahrzehnte vor.

Schließlich schickte Drake eine SMS, in der er uns bat, uns in dem Coffeeshop zu treffen, in dem wir gegen Ambrose gekämpft hatten. Und als wir drei Blocks weiter einen Parkplatz fanden, stank der Bürgersteig nach Wolf.

Allerdings nicht nur nach irgendeinem Wolf. Sondern nach Alphas. Mindestens ein halbes Dutzend von ihnen, wie wir feststellten, als Winter die Tür des Coffeeshops aufstieß und sie dann losließ, sodass sie zurückschnellte und mir fast ins Gesicht schlug. Zum Glück waren meine Reflexe schnell genug, um meine Nase vor Schaden zu bewahren, denn ich brauchte diese Nase, um zu begreifen, was ich da sah, als ich ihr nach drinnen folgte.

Der großzügige, offene Raum im vorderen Teil des Erdgeschosses war in einen Konzertraum umgewandelt worden, mit Bühne und Stuhlreihen. Letztere waren mit einer seltsamen Mischung aus fröhlichen Menschen und struppigen Werwölfen besetzt, wobei der überwältigende Geruch von Fell darauf hindeutete, dass einige der Letzteren Rudelführer waren.

Und obwohl ich mittlerweile verstanden hatte, dass in der heutigen Zeit Handys die bevorzugte Art waren, sich die Wartezeit zu vertreiben, war die Nutzung von Handys durch dieses Publikum ausgesprochen merkwürdig. Denn alle Alphas hatten Ohrstöpsel in den Ohren und starrten auf ihre Displays, als ob das, was sie dort sahen, wichtiger wäre als die Show, die gleich beginnen würde.

Dann bekam ich eine erste Ahnung, warum, als India das Mikrofon aus dem Ständer zog. „Willkommen, Wolfsfans!"

Ein Gebrüll erhob sich aus dem Publikum, ein Gebrüll, das von Lynette ausging, bevor es von allen Menschen aufgegriffen wurde. Die Alphas saßen derweil in stummer Erwartung, als ob es sich um ein Geschäftstreffen und nicht um eine fröhliche Party handelte, bei der die Musik und das Leben gefeiert werden sollten.

„Ich möchte euch heute einige brandneue Lieder vorstellen", fuhr India fort und zog mit ihrer Showeinlage alle Blicke auf sich. „Aber zuerst weiß ich, dass ein paar von euch gestern mein Video gesehen haben. Habt ihr vielleicht Bock, auch die Fortsetzung zu filmen?"

Sofort wanderten die Handys in die Hände der jungen Menschen, die wussten, dass ihnen hier Social-Media-Gold angeboten wurde. Dann stand Erik neben India auf der Bühne und beide entledigten sich ihrer Kleidung zum Trommelschlag der Barista, wobei sie sich im richtigen Augenblick umdrehten, damit die Show als jugendfrei gelten konnte.

Dann wandelten sie sich gleichzeitig. Direkt vor einem Publikum aus Menschen und Alphas, mit künstlichem Nebel um sie herum und bunten Lichtern, die wild auf den sich wandelnden Körpern aufblinkten. Der Trommelschlag steigerte sich zu einem Crescendo und mündete schließlich in einer überwältigenden Stille.

Diese Stille rückte die Wölfe auf der Bühne in den Mittelpunkt. Neben mir knirschte Winter so laut mit den Zähnen, dass ich befürchtete, sie würde bleibende Schäden davontragen. Die Menge schnappte nach Luft. Die Alphas stanken nach wilder Bestürzung.

Dann wurde der Ton wieder lauter, die Lichter blitzten auf und India stand wieder auf zwei Beinen da, nahm ein Seidengewand von Rosa entgegen und führte das gleiche Mikrofon wieder an ihre Lippen. „Ich bin eine Werwölfin", stellte sie mit funkelnden Augen fest. „Ihr habt gesehen, wie ich mich gewandelt habe. Ihr habt auch miterlebt, wie sich mein Gitarrist gewandelt hat. Kein Taschenspielertrick, nicht wahr, Leute?"

Ich hielt den Atem an. Sie sagte die ehrliche Wahrheit. Dachte sie wirklich ...?

Dann leitete sie zu einem Song über, in dem Werwölfe als Sinnbild für das Verstecken des eigenen Wesens vor dem Rest der Welt verwendet wurden. Sie sprach von dem Tier im Inneren als einer Dunkelheit, vor der man weglaufen oder mit der man sich anfreunden musste. Und ich konnte über die Schultern hinwegsehen, wie die Menschen ihre Begeisterung für das unglaubliche Charisma, die coolen Zauberkunststücke und die fantastische neue Band, die den Globus im Sturm erobern würde, in die Welt hinausschickten.

Sie hatten den Köder geschluckt. Sie hatten genau das gesehen, was India sie sehen lassen wollte.

Keine Wandlung eines Werwolfs, sondern eine menschliche Musikerin, die ihre Karriere mit ausgezeichneter Bühnentechnik eingeleitet hat. Die früheren Videos von Erik und India würden im gleichen Licht erscheinen.

Währenddessen sahen die Alphas im Publikum etwas ganz Anderes. Jedes ihrer Handys übertrug jetzt Drakes Gesicht, während er aus dem Raum nebenan sprach, wie ich feststellen konnte.

Ohne Ohrstöpsel konnte ich nicht hören, was er sagte. Also drängte ich mich an den Rand der Menge und trat durch die Tür in den Backstagebereich, gerade als Drake die Solonummer des Henkers in etwas ganz Anderes verwandelte.

„Euch Arschlöcher bei der Stange zu halten, ist eine Mammutaufgabe und ich brauche Hilfe", raunte er und sein Blick traf den meinen. Oberflächlich betrachtet war er wieder eisig, aber ich durchschaute ihn. Ich sah das Feuer in seinen grauen Augen, als er weiter in sein Handy sprach. „India und Erik sind zwei, die mich seit kurzem unterstützen. Wie ihr sehen könnt, sind sie hervorragend in ihrem Job und können gut mit Geheimhaltung umgehen. Wenn ihr ihnen auch nur ein Haar krümmt, werdet ihr euren Fehler noch bitter bereuen. Zu feige, euch direkt an mich zu wenden, wenn ihr Hilfe braucht? Dann geht doch zu einem meiner Mitarbeiter."

Ohne ein formelles Zeichen zu geben, berührte er den Bildschirm seines Handys und beendete damit vermutlich die Übertragung. Und die Frau, die mir durch die Menge gefolgt war, stürzte nun auf ihren Sohn zu, die Hände in die Hüften gestemmt. „Was soll das?"

Dieses Mal verbarg sich Drake nicht. Stattdessen stand er für das ein, woran er glaubte. „Das ist das Ende deiner Beteiligung an den Angelegenheiten des Henkers", fauchte er. *„Gib mir dein Handy."*

Winter hatte keine andere Wahl, als dem Alphabefehl zu gehorchen, auch wenn ihre Finger zitterten, als sie das besagte Gerät widerwillig herausgaben. Gemeinsam sahen wir zu, wie Drake die Standortbestimmung deaktivierte, die es ihr ermöglicht hatte, uns auf dem Parkplatz zu finden. Gemeinsam sahen wir zu, wie er die Kontakte zwischen den Alphas blockierte, die es seiner Mutter ermöglicht hatten, als Vermittlerin zwischen den Rudeln zu agieren.

Als er fertig war, waren ihre Lippen schon aufgetaut. „Ich kann diese Nummern jederzeit wieder entsperren."

„Das kannst du. Aber wenn du eine Beziehung zu mir möchtest, wirst du das nicht tun."

Ich hätte nicht gedacht, dass Winter von familiären Gefühlen angetrieben wurde, aber sie wich der Forderung ihres Sohnes mit einer Verzweiflung aus, die ich noch nie von ihr gehört hatte. „Du bist kein gewöhnlicher Werwolf, Drake. Das weißt du doch. Wenn du dich auf ihr Level begibst, verlieren wir alles, was wir uns so hart erarbeitet haben."

Ihr Sohn stieß ein Knurren aus, das entweder als Ablehnung oder als Zustimmung gedeutet werden konnte. Daraufhin wurden Winters Worte noch schneller und eindringlicher. „Versprich mir wenigstens, dass du diese so genannten Mitarbeiter nicht in ein Rudel verwandelst."

Wenn mich ihr Gespräch etwas angegangen wäre, hätte ich Winter geantwortet, dass das keinen Unterschied machen würde. Drake hatte die Streuner schon vor Ewigkeiten als sein Rudel ausgewählt. Woher hätte India sonst wissen sollen, dass sie mit ihrem Anruf warten musste, bis Ambrose den Körper ihres Alphas verlassen hatte? Warum sonst wäre Seth Drake wie ein treuer Lieutenant auf den Fersen und hätte mich akzeptiert, bevor er selbst beschlossen hatte, mir eine Chance zu geben?

Anstatt irgendetwas davon zu sagen, wiederholte Drake lediglich seine vorherige Bedingung. „Mein Job geht dich nichts mehr an."

Dann, ohne einen weiteren Blick in die Richtung seiner Mutter zu werfen und ohne die geringste Sorge, dass sein Feuer mich verbrennen könnte, verschränkte er unsere Finger. Und gemeinsam schlenderten wir zurück ins Publikum, um Indias zweiten Song zu genießen.

Epilog

Tru

In den darauffolgenden Wochen war fast alles in Bewegung. Drake kümmerte sich um den Rest seiner Streuner, bevor seine Mutter versuchen konnte, ihn zu überlisten, indem er für sie dauerhafte Unterkünfte fand oder sie ganz offiziell zu seinen Mitarbeitern erklärte. Zusammen mit seinen üblichen Aufgaben als Henker bedeutete das, dass er ständig auf Achse war.

Genau wie Lynette und ich. Denn auch wenn Winter der Meinung zu sein schien, dass der Henker als einsamer Wolf agieren musste, hatte ich keine solchen Bedenken. Lynette brauchte die Nähe zu beiden Beschützern, und ich brauchte jemanden, der auf dem Beifahrersitz saß und mir sanfte Anweisungen gab, damit ich mich von einer unbeholfenen Fahranfängerin in eine selbstbewusste Autofahrerin verwandelte. In der heutigen Zeit war die Beherrschung von Fahrzeugen ein Muss.

Genauso wie Internetkenntnisse. Lynette nahm mich an die Hand, wenn Drakes Aufgaben eine so außergewöhnliche Brutalität erforderten, dass er tatsächlich allein fahren musste. Unser Schützling öffnete mir die Augen für die wunderbare Fülle an Informationen, die mir zur Verfügung standen, und lachte dann, als ich mich über die falschen Meinungen aufregte, die in verschiedenen Onlineforen als historische Fakten ausgegeben worden waren.

„Dann korrigiere sie", meinte sie und verschlang einen der noch warmen Schokokekse, die Rosa und ich zusammen gebacken hatten. Das einundzwanzigste Jahrhundert bot gegenüber der Welt, aus der ich stammte, eine schier endlose Reihe von Vorteilen, nicht zuletzt die geschmolzene Schokolade, die sich auf meiner Zunge auflöste.

Internet-Trolle gehörten nicht zu diesen Vorteilen. Nach einem einzigen Fehlstart bemühte ich mich, meine Antworten so zu formulieren, dass sie die ständig Unzufriedenen nicht verärgerten, aber trotzdem meinen Standpunkt klarmachten. Und diese Mühe hat sich gelohnt, als erst ein Verlag und dann ein Filmstudio mich baten, sie hinsichtlich der historischen Genauigkeit ihrer Werke zu beraten.

Schon bald hatte ich eine Einkommensquelle, für die ich keine Klos putzen musste. Das war praktisch, denn Rosas Nichten hatten ihr Geschäft inzwischen vollständig übernommen und wollten nicht, dass ich ihnen in die Quere kam.

Die Arbeit von zu Hause aus sorgte auch dafür, dass ich Lynette davon ablenken konnte, jede wache Stunde an ihrem Handy zu kleben – ein verständlicher Impuls, seit Erik mit India und der Barista auf Tournee gegangen war. Die täglichen SMS und Videochats reichten zwar aus, um Lynette abzulenken, aber ihr Interesse an ihrem Handy überstieg oft alles andere.

An diesem Morgen jedoch starrte sie nicht auf das Display. Stattdessen fand ich sie auf den Reisetaschen hockend, die sie nach unten geschleppt hatte, um sie am Fuß der Treppe abzustellen. Eine war für mich, aber wer wusste schon, was sie da reingetan hatte. Ich nahm mir vor, ihre Kleiderwahl noch einmal zu hinterfragen, nachdem ich sie daran erinnert hatte, dass unsere Abreise noch Stunden entfernt war.

„Wir sollten jetzt schon los", erklärte mir Lynette, die meine Gedanken fast so gut lesen konnte wie Drake früher. „Du fährst wie eine Schnecke", fuhr sie fort, und das Grinsen auf ihren Lippen bewies, dass ihre Beanstandung nur scherzhaft gemeint war.

„Eine Schnecke könnte in den sieben Stunden, bevor wir dort erwartet werden, nach Gate City kriechen", entgegnete ich und war nicht überrascht, dass Lynette etwas in ihr Handy tippte und mir dann eine Antwort entgegenwarf.

„Erik meint, eine Schnecke würde neun Monate brauchen, um nach Gate City zu kriechen. Außerdem ist die Band früher dran und ..."

Sie brach ab, als Neko etwas tat, was er nicht mehr getan hatte, seit ich meine Fähigkeit verloren hatte, durch die Zeit zu reisen. Er stürzte sich auf das, was ich für ein Staubkorn gehalten hatte, und der Boden öffnete sich zu einem wirbelnden, beleuchteten Portal, das meinen Magen so sehr zusammenziehen ließ, wie seit über einer Woche nicht mehr.

Denn der Schmerz über die verlorene Bindung war allmählich abgeklungen, auch wenn sich keine neue Bindung einstellte. In der Zwischenzeit waren auch die Erinnerungen an Okaasan zu einem dumpfen Schmerz geschrumpft, der nur noch aufflammte, wenn ich daran dachte, dass ich meine Mutter nie wieder sehen oder von ihr hören würde.

Doch anscheinend war das gar nicht sicher.

Denn obwohl mich das Portal abstieß, war das Kätzchen in weniger als einer Minute aus dem Licht verschwunden. Er kam mit einer Kimonoschärpe zurück, die um seinen Hals gebunden war, und in die ein Stück Papier gesteckt war.

Plötzlich war die Kleidung in meiner Reisetasche vergessen. Genauso, wie unsere geplante Reiseroute. Ich ließ mich von Lynette zum Auto führen und ohne zu murren auf den Beifahrersitz setzen, während sie sich ans Steuer setzte und „Road Trip!" rief.

Und ich sah mir die Nachricht der Frau an, die nicht meine Mutter war, eine Nachricht, die unerträglich kurz war. In einer einzigen Zeile wurde ich gebeten, ihr zurückzuschreiben und ihr mitzuteilen, wie es mir ginge. Keine Unterschrift. Keine Entschuldigung. Ihre Handschrift war jedoch wesentlich krakeliger, als ich in Erinnerung hatte.

Wenn ich mich nicht täuschte, war Okaasan sogar noch älter als damals, als ich gegangen war. War sie aufgrund der verstrichenen Zeit nun also bereit, eine Art von Beziehung wieder aufleben zu lassen?

Und wenn ja, was für eine?

Vor einem Monat hätte ich den Zettel zerknüllt, weil mich die dürftige Zuneigung aufs Neue verletzt hätte. Aber in den wenigen Augenblicken seit dem Verlust meines zweiten Lebens hatte ich genug Zeit gehabt, darüber nachzudenken, wie viel Okaasan offensichtlich an mir lag.

Denn ja, sie hatte mich mit der Tatsache, dass sie nicht meine Mutter war, einen ziemlichen Schlag versetzt. Sie hatte zugegeben, dass sie mich mit dem Wissen, dass ich ermordet werden würde, zu Ambrose geschickt hatte.

Aber im Nachhinein waren ihre Gründe ganz offensichtlich. Sie hatte alles nur um meinetwillen getan.

Sie hatte mich mit so viel Liebe aufgezogen, obwohl ich nicht ihr leibliches Kind war. Sie hatte hingenommen, dass die Zeit unabänderlich war und dass meine weiße Strähne bewies, dass das Schlimmste bereits eingetreten war, sodass sie mich zu Ambrose geschickt hatte, bewaffnet mit einem Familienerbstück und einer so innigen Liebe, dass Kami daraus hervorgegangen war.

Sogar, dass sie mich in letzter Zeit von sich gestoßen hatte, war nur zu meinem Besten gewesen. Okaasan hatte begriffen, was ich nicht erkannt hatte: dass ich mich entschieden hatte, mein Leben hier unter Leuten aufzubauen, die mir nicht weniger lieb waren, bloß, weil wir nicht blutsverwandt waren. Sie hatte gesehen, dass ich sowohl im wörtlichen als auch im übertragenen Sinne einen Schubs brauchte, um mich von der Vergangenheit zu lösen und die Zukunft anzunehmen.

Und diesen dringend benötigten Anstoß hat sie mir gegeben.

Dieser Brief war ein weiterer Beweis dafür, dass sie sich um mich sorgte. Die Art und Weise, wie sie weder meinen noch ihren Namen geschrieben hatte, nur für den Fall, dass mich einer von beiden zurück in ihre Welt locken würde.

Aber dafür war es nun zu spät, deshalb kümmerte ich mich in meiner Antwort nicht um solche Dinge. *„Liebe Okaasan“*, schrieb ich, wobei meine Worte fast so wackelig waren wie ihre, weil Lynette mit der Unvorsichtigkeit eines Teenagers um die Ecke bog, *„Danke, dass du mich fortgeschickt hast. Ich vermisse dich zwar jeden Tag, aber mein Leben hier ist voll von Liebe und Freude ...“*

Nachdem ich meine Welt so ausführlich wie möglich auf dem kleinen Blatt Papier beschrieben hatte, unterschrieb ich den Brief mit dem Namen, den ich endlich für immer zu meinem eigenen machen wollte. *„Deine dich liebende Tochter, Tru“.*

UNSER DREIFACHDATE war ein durchschlagender Erfolg. Lynette und Erik begrüßten einander wie liebeskranke Welpen. Kira und Thom führten uns durch jede Facette ihrer Stadt, während sie gleichzeitig altbekannte Orte mit der Begeisterung von Neulingen erkundeten.

Und Drake und ich waren zusammen. Das war wirklich alles, was es gebraucht hatte, um diesen Tag zu einem Vergnügen zu machen.

Am Ende fuhren wir mit dem Riesenrad, von dem aus man die Stadt aus der Vogelperspektive sehen konnte und das Drake und mir gleichzeitig die nötige Privatsphäre bot. Denn sein letzter Trip hatte ihn auf die andere Seite des Kontinents geführt und es war fünf lange Tage her, dass ich ihn das letzte Mal gesehen hatte.

Fünf Tage, seit seine starken Arme mich umarmt hatten. Fünf Tage, seit ich seinen Zitronenduft genossen hatte.

Lange Zeit verlor ich mich in der Berührung und dem Geruch. Aber schließlich kamen wir wieder zu uns.

„Der Job?“, fragte ich.

„Geht so“, murmelte er. „Immer noch keine Nachricht von Jack oder Kami?“

Ich schüttelte den Kopf. Es fiel uns beiden schwer, nicht zu versuchen, den beiden nachzujagen und ihre Probleme zu lösen. Aber sie wussten selbst, wie sie mit uns Verbindung aufnehmen konnten, und Drake versuchte, das Leben seines Bruders nicht so zu beeinflussen, wie seine Mutter es bei ihm getan hatte.

Außerdem hatten wir nicht die geringste Ahnung, wo sie sich gerade aufhielten. Die Entscheidung war gefallen, als wir nicht sofort versucht hatten, sie aufzuspüren. Alles, was wir jetzt tun konnten, war warten und hoffen.

„Eine Erinnerung?", fragte Drake, um das Thema zu wechseln. Das war eine unserer Lieblingsbeschäftigungen: Wir arbeiteten uns zurück in die gemeinsame Geschichte, die ich aus den Augen verloren hatte, die Drake aber immer noch im Herzen trug.

„Eine Erinnerung", stimmte ich zu, ließ mich tiefer in seine Arme sinken und bereitete mich darauf vor, eine Geschichte über jemanden zu hören, der ich vor Monaten gewesen war.

„Unser erster Kuss hat genau hier stattgefunden", murmelte Drake nach einem Augenblick der Stille. „Bevor ich gewusst habe, dass du dein Gedächtnis verlieren würdest. Vor dem Schwert und Kami. Mein Geruch hat dich erschreckt, aber unter freiem Himmel ..." Sein Achselzucken vervollständigte den Gedanken.

„Ein Riesenrad hat mir keine Angst eingejagt?", fragte ich.

„Du warst doch diejenige, die mich auf das Ding geschleppt hat", antwortete Drake trocken. „Und ganz oben hast du dann meine Hand ergriffen. Aber nicht aus Angst. Sondern voller Ehrfurcht."

Und plötzlich konnte ich mir genau vorstellen, was passiert war. „Wir haben uns Zuckerwatte geteilt." Ich war mir nicht sicher, woher ich das wusste, aber die restliche Süße lag mir schwer auf der Zunge. „Und deine Blicke haben mich gestreichelt."

„Das war der Augenblick, in dem ich erkannt habe, dass du mein Gefährte bist."

Seine Stimme war heiser vom vielen Reden und ich hatte eine Wasserflasche in meiner Tasche für genauso einen Fall. Aber ich konnte mich nicht von ihm abwenden, um sie herauszuholen, da in diesem Augenblick etwas geschah.

Ein Lichtstrahl schoss aus meinem Herzen direkt in sein Herz. Mein Atem stockte, als ich sah, wie sich die Vergangenheit entfaltete, als hätte ich hinter Drakes Augen gestanden.

In seinem Blickfeld waren meine Wangen rot und meine Augen weit aufgerissen. Sein Blut rauschte durch seine Ohren und dämpfte die Geräusche, während er sich im Stillen schwor, ich wäre seine Lebenspartnerin.

Drake hatte sich schon damals für mich entschieden, genau wie ich mich jetzt für ihn entschied. Denn dieser Lichtstrahl war nicht nur eine Erinnerung gewesen. Es hatte bei mir angefangen und seinen Höhepunkt darin gefunden, dass Drake diese Verbindung sofort angenommen und erwidert hatte.

Als Drake mir diesmal die Hand auf die Wange legte, spürte ich seine Freude genauso wie er meine Freude spürte. Ich konnte sein Feuer fühlen, so wie er fühlte, dass ich vor diesem Feuer überhaupt keine Angst hatte.

Und dort, hoch über Gate City, wurden wir wieder zu Gefährten.

ICH HOFFE, Vom Wolf Verflucht *hat dir gefallen! Wenn ja, dann hilf doch bitte einem anderen Leser, Tru eine Chance zu geben, indem du dir eine Minute Zeit nimmst und eine Rezension bei einem Händler deiner Wahl hinterlässt.*

Danach trage dich unbedingt in meine E-Mail-Liste ein (www.aimeeeasterling.com), damit du als Erster erfährst, sobald neue Bücher erhältlich sind. Und verpasse auf keinen Fall die Geschichte von Kami und Jack in Vom Wolf Erwählt, *dem großen Finale der Serie.*

Vielen Dank fürs Lesen! Wegen dir schreibe ich.

www.ingramcontent.com/pod-product-compliance
Lightning Source LLC
Chambersburg PA
CBHW021147160726
47994CB00001B/118